SOMETHING IN THE WATER

水中疑云

〔英〕凯瑟琳·斯戴曼（Catherine Steadman） 著

邵文实 译

中国出版集团 现代出版社

图书在版编目（CIP）数据

水中疑云 /（英）凯瑟琳·斯戴曼
(Catherine Steadman) 著；邵文实译 . -- 北京：现代
出版社，2021.4
ISBN 978-7-5143-9204-3

Ⅰ . ①水… Ⅱ . ①凯… ②邵… Ⅲ . ①长篇小说—英
国—现代 Ⅳ . ① I561.45

中国版本图书馆 CIP 数据核字 (2021) 第 075927 号

版权登记号：01-2021-2128

水中疑云

作　　者：【英】凯瑟琳·斯戴曼（ Catherine Steadman ） 著
译　　者：邵文实
选题策划：杨　静
责任编辑：杨　静　王　羽
出版发行：现代出版社
通信地址：北京市安定门外安华里 504 号
邮政编码：100011
电　　话：010-64267325　64245264（传真）
网　　址：www.1980xd.com
电子邮箱：xiandai@vip.sina.com
印　　刷：三河市国英印务有限公司

开　　本：880mm×1230mm　1/32
印　　张：13　　　　　　　字　　数：270 千字
版　　次：2021 年 5 月第 1 版　　印　　次：2021 年 5 月第 1 次印刷
书　　号：ISBN 978-7-5143-9204-3
定　　价：55.00 元

若把胜利细细详说，便与失败再无差异。

——《魔鬼与上帝》，让·保罗·萨特

我将微笑，而我的微笑将沉入你的瞳仁，然后，天知道它会变成什么。

——《禁闭》，让·保罗·萨特

1

10月1日，星期六

坟

你以前有没有想过，挖一个坟墓要花多长时间？别再好奇了，无穷无尽。不管你以为的时间是多久，都请把它乘以二。

我敢肯定，你在电影里见过这样的情形：男主角，也许正被枪指着头，一面嘴里嘀咕着，一面汗流浃背地往地下越挖越深，直到他站在自己掘出的六英尺深的坟墓里。或者，两个倒霉的骗子，一面在令人捧腹的不明智的混乱中争吵、打趣，一面疯狂地铲土，泥土直飞天际，好似在卡通片中那般不费吹灰之力。

事实并非如此。此事劳心劳力，一点也不容易。地面坚实，泥土厚重，动作迟缓。真他妈的太难挖了。

而且此事很无聊，用时漫长，还非完成不可。

压力、肾上腺素及必须去做此事的孤注一掷之心会让你撑上大约二十分钟，然后你便会崩溃。

你的肌肉冲着胳膊骨和腿骨直打哈欠。皮对骨，骨对皮。你的心脏因为肾上腺的休克而疼痛不已，你的血糖下降，你达到了极限，彻彻底底的极限。但你知道，你一清二楚地知道，无论是深是浅，无论疲惫与否，那个坑还是得挖下去。

于是，你又加了把劲。这就好比是在一场马拉松赛的中途，新鲜感已经消失，你只是不得不完成这场毫无乐趣的该死的比赛。你已孤注一掷：你押上了全部的身家性命。你已经告诉过自己所有的亲朋好友，你会跑完全程，你让他们承诺要捐款给某个慈善机构或别的地方，而你与该机构的交情只不过是点头之交而已。朋友们内疚地应承下了比他们实际想给的更多的钱，觉得自己有此义务，起因是大学里的某次自行车骑行或可能做过的其他事，每当酩酊大醉时，他们都会滔滔不绝地讲述个中细节，让你厌烦透顶。我还在说马拉松，跟上我的节奏。然后你夜夜外出，独自一人，头戴耳机，强忍着胫部的抽痛，为这场赛事积累里程。这样你就可以与自己战斗，用你的身体战斗，在那里，在那一刻，在那严峻的时刻，然后拭目以待，看谁会赢。除了你没人在看。除了你没有人真的在乎。只有你和你自己在挣扎着想活下去。这就是挖坟墓的感觉，就好比音乐已经停止，你却不能停下舞步。因为如果你停止舞蹈，死亡便会降临。

于是你继续挖下去。你挖，是因为相较于用你在某个老人的小屋里发现的铁锹在硬实的土地上挖一个永远也挖不完的坑，另一种选择要糟糕得多。

你在挖坑的时候，眼前总是彩旗飘飘：由于缺氧和低葡萄糖，视觉皮层中的神经元受到代谢刺激而产生的磷酸盐。你的耳朵在血液的作用下轰鸣不已：由于脱水和过度劳累导致的低血压。但是你的思绪呢？你的思绪掠过你堪比止水的意识之池，只偶尔瞥上一眼它的平静表面，你还没来得及伸手去抓，它们便已消失得无影无踪。你的大脑一片空白。中枢神经系统将这种过度劳累视为一种非战即逃的状况：运动诱发的神经系统发育，以及热门体育杂志最喜欢的"运动诱发的内啡肽释放"，都能抑制和保护你的大脑，使之免受你的当下之举所带来的持续疼痛和压力的折磨。

疲惫是一种奇妙的情绪平衡剂。要么逃跑，要么挖掘。

在大约四十五分钟的时候，我断定六英尺对于这个坟墓来说是个遥不可及的深度。我无论如何也挖不了六英尺深。我身高五英尺六英寸。我怎么才能爬出来？那样，我就是名副其实地自掘坟墓了。

根据 2014 年民治调查公司的一项调查，五英尺六英寸是英国女性的理想身高。显然，这是普通英国男性所偏爱的自己伴侣的身高。我真幸运。幸运的马克。上帝啊，我希望马克在这里。

那么，如果我挖不到六英尺深，该挖多深？多深才够深？

由于埋得不够深，尸体很容易被发现。我不希望发生那样的事情。我真的不希望那样，那肯定不是我想要的结果。一次敷衍了事的埋葬，其实就像其他所有敷衍了事的事情一样，可以归因于三件事：

1. 缺乏时间。

2. 缺乏初始方案。

3. 缺乏关心。

就时间而言：我有三到六个小时来做这件事。三个小时是我的保守估计，六个小时是我剩下的白昼时光。我有的是时间。

我相信我有初始方案：三个臭皮匠，顶个诸葛亮。我希望如此。我只是需要一步一步来完成此事。

第三，关心？上帝，我真的关心。我很关心，比我这辈子的任何时候都要关心。

三英尺是 ICCM（英国公墓和火葬场管理协会）推荐的最浅深度，我知道这个是因为我在谷歌上搜索过。在我开始挖掘之前，我先用谷歌搜索了一下。瞧，初始方案。关心。我蹲在尸体旁边，脚下是湿树叶和麦芽味的淤泥，用谷歌搜索着如何埋葬一具尸体。我用属于这具尸体的一次性手机搜索此事。如果有人真的发现了尸体……他们是找不到尸体的……然后设法检索数据……他们是检索不到数据的……那么这条搜索记录就会让他们大跌眼镜。

**

整整两个小时后，我停止了挖掘。这个坑刚过三英尺深。我没有卷尺，但我记得三英尺大约是到我胯部的高度。这是我十二年前在离开大学之前骑马度假时设法跳过的最高高度。十八岁的生日礼物。它一直留在记忆里，这很古怪，不是吗？但现在我正站在差不多齐腰深的坟墓里，回想着一次马术比赛。顺便说一下，我得了第二名，很开心。

不管怎样，我已经挖了大约三英尺深，两英尺宽，六英尺长。是的，这花了我两个小时。

重申一下：挖坟是件很艰难的差事。

为了让你有直观的感受，这个坑，我花了两个小时挖的坑的规格是：3 英尺 ×2 英尺 ×6 英尺，也就是 36 立方英尺的土，也就是 1 立方米的土，1.5 吨的土。而那——是一辆掀背车的重量，或者是一头成年灰鲸的重量，或者是一头普通河马的重量。我把与那些东西等重的土壤铲起，让它们落在距其原来的位置稍微靠左的地方。这个坟墓只有三英尺深。

我打量着那堆土，慢慢地撑起身子爬出来，前臂被自身的重量压得颤抖不已。尸体躺在我面前的破防水油布下，油布是明亮的钴蓝色，在褐色森林地面的映衬下十分醒目。我发现了这块被丢弃的油布，它像面纱一样挂在树枝上，背对着路旁停车处，与一台废弃的冰箱无言地交流着。冰箱小冷冻室的门在微风中慢条斯理地吱嘎作响，倾倒在地。

被丢弃的东西真是令人无限伤感，不是吗？荒寂凄凉，但又有种美感。我想，从某种意义上说，我将要丢弃一具尸体。

　　冰箱扔在这里已经有一段时间了——我知道这一点，因为四个月前我们开车经过这里时，我从车窗里看到了它，可一直没有人来把它带走。我们，马克和我，在庆祝了周年纪念日后，在从诺福克回伦敦的路上看到了它，而数月之后，冰箱还在这里。在那段时间里发生了那么多事情——对我而言，对我们而言——但这里什么也没有改变，想到这一点，着实有些古怪，就好像这个地方与时间脱了节，成了一个等待区。也许自从冰箱主人来过这里以后就再也没人来过，天知道那可能是多久以前的事了。冰箱看起来特别像七十年代的东西——你知道，有那种砖式风格、库布里克式的。英格兰潮湿森林里的独块巨石。过时了。它在这里至少有四个月了，没有人来收走它，没有从垃圾场来的人。没有人来这里，这一点很明确。除了我们。没有地方议会的工作人员，没有不满的当地人写信给地方议会，没有清晨遛狗的人蹒跚地走过我挖的坑。这是我能想到的最安全的地方。于是我们到了这儿。让一切尘埃落定需要一段时间，那些土。但我想冰箱和我有足够的时间。

**

　　我审视着它——那堆皱巴巴的防水油布。它下面躺着血肉、皮肤、骨头、牙齿。死了三个半小时。

　　我想知道他是否还有体温，我的丈夫。触感温暖。我上谷歌搜索了一下。不管怎样，我可不想被吓到。

还行，胳膊和腿摸上去应该是冷的，但是身躯还有余温，那就没错。

我深深地、长长地呼了一口气。

好了，我们开始吧……

我停了下来，等等。

我不知道为什么，但我清除了他的一次性手机上的搜索历史。我知道这毫无意义：此手机是无法追踪的，而且在十月的潮湿地面下，几个小时后就无论如何都用不了了。但也许它还是能用呢。我把手机放回他的外套口袋里，把他的个人苹果手机从其胸前口袋里掏了出来。它处于飞行模式。

我浏览了一下相册。我们的合影。我泪如泉涌，随后，两滴滚烫的泪珠从我的脸上滑落下来。

我把防水油布完全去掉：它下面的一切都暴露无遗。我擦掉手机上的指纹，把它放回尸身上那尚有余温的前胸口袋中，撑起膝盖，去拖尸体。

我不是个坏人。也许我是个坏人。也许这该由你来判断？

但我确实应该解释一下。为了解释，我就需要回顾过去，回到四个月前的那个纪念日的早上。

2

7月8日，星期五

纪念日的早晨

这天早上，天还没亮马克和我就醒来了。这是我们纪念日的早晨，我们第一次见面的周年纪念日。

我们一直待在位于诺福克海岸的一家精品酒店中。马克是在《金融时报》的"消费方式"副刊上找到它的，他订阅了这本杂志，但这些副刊是他唯一有时间阅读的部分。不过，《金融时报》是对的，这是"你梦寐以求的舒适的乡村避难所"。我很高兴这就是"我们的消费方式"。当然，我们花的其实不是我的钱，但我想很快就是我的了。

酒店是由新鲜海鲜、冰啤酒和羊绒毯构成的完美的乡村安乐窝。旅游指南上说它是"海上的切尔西"。

我们把过去的三天都花在行走上，直到我们的肌肉松弛而沉重，我们的脸颊因英格兰的阳光和劲风而变得通红，头发散发着森林和咸咸的海水的味道。行走，然后做爱、洗澡、吃饭。神仙般的日子。

这家酒店始建于1651年，最初是为前往伦敦的颠簸之旅中的海关官员们提供的驿站，自从著名的诺福克人、特拉法尔加战役的获胜者、海军中将霍雷肖·纳尔逊勋爵成为它的常客后，它便有了吹嘘的资本。他曾住在我们隔壁的五号房，显然，在他失业的五年间，每到星期六，他都会来此领取快信。有趣的是，纳尔逊有过好几次失业经历。我原来一直以为，一旦你加入海军，那么你就永远都是海军了。但你瞧，这事谁都会遇到。不管怎么说，多年来，牲畜拍卖、巡回审判和简·奥斯汀笔下的所有乐事都曾在这家酒店里举行过。

　　我们房间里的那本灰色质地的精装版大开页画册告诉我们，审判臭名昭著的伯纳姆谋杀犯的初次听证会就是在楼下现在的私人餐厅举行的。说她们臭名昭著是有问题的，我敢肯定，我从来没有听说过她们。于是我读了起来。

　　故事始于一个鞋匠的妻子，她在家里的饭桌旁翻江倒海地呕吐，她的丈夫就在旁边看着。呕吐不止的泰勒太太被人下了砒霜。食品柜里的面粉中掺有砒霜，尸体解剖时人们又在她的胃里发现了砒霜的残留物。对这起中毒事件的调查发现，泰勒先生一直与他们的邻居范妮·比林太太有染。范妮·比林从当地一家药店买了三便士的砒霜。砒霜被神不知鬼不觉地混进了泰勒家的面粉袋，最终进入了要了泰勒太太的性命的水果布丁里。我猜泰勒先生那天晚上没吃饭，也许泰勒先生吃的是不含碳水化合物的食物。

　　另一位邻居在泰勒太太死因审理时提供了进一步信息——凯瑟琳·弗雷里太太那天去了泰勒家，他听见她在范妮接受质询之前曾对她说："坚持住，他们是不能拿我们怎么样的。"

经过进一步的调查，人们发现，凯瑟琳的丈夫和孩子在前两个星期也突然死去了。

有人怀疑是谋杀。凯瑟琳丈夫和孩子的胃部被运往诺威治，在那里的分析证实，它们中也含有砒霜。泰勒家的一名证人做证说，他看到凯瑟琳在照顾呕吐后的病恹恹的泰勒太太，还看到她将（用刀尖从纸袋里挑出来的）一撮白色粉面加进了泰勒太太的粥里，第二次对她下毒，这次是致命的。这两个女人一个星期前还毒死了凯瑟琳的嫂子。

凯瑟琳和范妮因杀害各自的丈夫以及泰勒太太、凯瑟琳的孩子、凯瑟琳的嫂子等多起谋杀罪而被绞死在诺威治。据《奈尔斯周刊》1835年的报道：这两人"被送往永生时，观者如潮（两万到三万人），其中一半以上是女性"。被送往永生。绝妙的航运参考。

把"伯纳姆谋杀犯"放在酒店的信息手册里是种奇怪之举，尤其是在考虑到短期休假的性质时。

**

闹钟在凌晨4点半把我们从温暖的埃及棉鹅绒被中叫醒。我们默默地穿好衣服，我们的衣服是前一天晚上就拿出来的：棉布薄T恤、适合走路的靴子、短裤，以及在太阳出来之前穿的羊毛衫。我用房间里的小咖啡机为我们煮咖啡，而马克在浴室里整理头发。以任何标准来衡量，马克都不是一个虚荣的人，但就像大多数三十多岁的男人一样，准备工作似乎主要是弄头发。不过，我喜欢他的犹豫不决，这是他的完美之中的一点儿微瑕。我很开心可以更快地做好准备。我们穿着整齐地坐在羽绒被上喝着咖啡，窗户开着，他的胳膊搂着我，沉默不语。我们有足够的时间在破晓前开车赶到海滩。床边的每日信息卡上列出的日出时间是 5 点 5 分。

我们相对安静地驱车前往霍尔汉姆海滩，一面呼吸着新鲜空气，一面想着心事。我们在一起，却又因各自的思绪和彼此的存在而变得孤独。我试图留住那尚未完全消失的浓重的睡意。有时候，我们会有一种内在的仪式感，事情就是会以那样的方式而发生。一点点神奇的东西悄悄潜入我们的生活，我们像培养多肉植物一样培养它。我们以前做过所有这一切：它是属于我们的事情之一。周年纪念日的早晨。当我们在公园泊车的时候，我很想知道，在结婚后，我们是否还会庆祝这一天。

我们下了车，走向寂静无声的霍尔汉姆府邸。富贵鸟的叫声不时地划破寂静。当我们"砰"地关上车门时，旁边田野里的一群鹿抬起头来，呆立在那里。我们迎着它们的目光，一时间全都静默不动，直到它们的注意力重新落回到草地上。

我们的车是今天早早到达用黏土沙砾铺就的停车场的汽车之一，要不了多久，这里便会热闹喧腾起来——它一向如此——遍地都是带着狗的家庭、马车夫和骑手、竭力享受最后的好天气的大家族。很显然，这样的炎热不会持续太久。但是人们每年都是这么说的，不是吗？

当我们沿着沙砾小道走向霍尔汉姆那无限延展的沙滩时，四下里还看不到一个人。此处有四英里长的金白色沙滩，其背景是成片的松树林。北海的风吹弯了一片片野草，沿着高耸的沙丘龙脊把沙子扬入空中。风景在目力所及范围之内从左向右伸展开来，延伸至清晨的海上薄雾之中。连绵数英里的被风吹拂的沙滩和大海，一个人影也没有，在黎明前的晨光里显得颇为神秘。一片新形成的不毛之地，总是给人以一种全新开始的感觉，就像新年一样。

马克牵起我的手，我们向海岸走去。在水边，我们吃力地脱下靴子，踏进冰冷的北海，牛仔裤被卷到了膝盖处。

他的微笑。他的眼睛。他滚烫的手紧紧抓着我的手。冰冷的海水在我的脚上造成一种锐利的紧绷感，进而迸发出一种流动的白热感顺着我的腿部往上爬，灼热的寒冷。我们选的时间刚刚好，天空开始泛白。我们欢笑着。马克根据他的手表倒数到 5 点 5 分，我们耐心地望着海水另一边的东方。

在太阳还未升至银光闪烁的海面上的黎明时分，整个天空都明亮了起来。黄光划破地平线，当它落在最低的云层上时，就会泛起桃红色，而再往远处看，整个天空都呈现为蔚蓝色。哈哈。它是如此美丽，美得让我觉得想吐。

当我们再也受不住寒冷的时候，我回到岸边，弯下腰，在浅滩处将脚上的沙子弄干净，然后穿上靴子。我的订婚戒指捕捉到了透过晶莹剔透的海水折射出的炫目的阳光。现在天空晴朗，空气湿润，带着咸味，清爽宜人，那么明亮，那么澄澈，天空湛蓝无比。一年中最好的一天。生活总是这样，充满了希望，年年如此。

马克在去年 10 月他三十五岁的生日后向我求婚。虽然我们在一起很多年了，但不知怎么的，这仍然给了我惊喜。我有时会想，我是不是比其他人更加后知后觉？也许我投入的注意力不够，也许我只是不擅长拼凑事情。我经常为发生的事感到惊讶。我总是惊讶地从马克那里得知，某某人不喜欢某某人，某人被我吸引或有其他强烈的反应。我自己从不注意这些，我想这样可能最好不过了。你不知道的东西是不会伤害到你的。

马克会处处留心，他与人相处融洽。当人们看见他出现的时候，就会兴奋起来，他们爱他。人们经常会在我们罕见地分头行事时问我："马克不来吗？"语气里带着困惑和失望。我不介意，因为那也是我的感受。马克会锦上添花，也会雪中送炭。他倾听，真正的倾听。他保持目光的接触，不是那种侵略性的，而是以一种让人放心的方式——他的表情告诉人们：有我在呢，而这对我来说就足够了。他对人感兴趣。马克倾听时目不斜视：他就在那里，和你在一起。

**

我们坐在一座沙丘的高处，眺望着一望无垠的天空和大海。这里的风要大一些，空气在我们耳边呼啸。我庆幸穿着厚毛衣。爱尔兰粗羊毛会在让人感到温暖的同时散发出动物的气味。对话转向了未来，我们的计划。我们总是在这一天做计划。我猜就像年初目标、年中目标。我从小就喜欢未雨绸缪，我喜欢计划，我喜欢审时度势。在我们相遇之前，马克从来没有真正下过决心，但他很快就接受了它，这其中的稳步推进的未来主义性质很适合他。

我的年中目标并非不同寻常的。通常都是：多读书，少看电视，在工作上更聪明一点，与所爱的人在一起的时间多一点，饭吃得好一点，酒喝得少一点，要快乐幸福。然后马克说，他想更专注于工作。

马克在银行工作。我知道，是的，嘘——。但我所能说的只是：他不是个浑蛋。在这一点上你得相信我。他绝对不是伊顿公学、饮酒俱乐部、马球队的毕业生。他是约克郡白手起家的棒小伙子。当然，准确地说，他的父亲并不是煤矿工人或别的什么身份，现已退休的罗伯茨先生曾在东来丁担任保诚集团的养老金顾问。

马克在伦敦金融城发展迅速，通过了监管考试，成了一名交易员，专门从事主权债券交易，后来跳了槽，升了职，然后不幸就发生了——金融崩溃。

金融业跌到了谷底。每一个明白人从第一天起就感到了害怕，他们可以看到，那一切就在他们面前悄悄溜走了。从技术上讲，马克没事。他的工作是安全的——甚至可能比以前更安全，因为他从事的是在危机之后人人都需要得到帮助的事情——主权债务。但所有人的奖金都大幅下降。这也还好，我们并不在排队领面包的队伍里，但是他的很多朋友都被解雇了，这很可怕。当时，我心惊胆战地目睹着成年人的败落：他们的孩子还在上学，而且再也负担不起抵押贷款了；他们的妻子自从怀孕后就再未工作过。没有人有备用计划。那一年，人们来与我们共进晚餐时，总会发出哭泣。他们怀着歉意离开我们的房子，勇敢地微笑着，承诺一旦他们搬回到某县，让生活回到正轨，就会再来看我们。他们中的很多人从此杳无音信。我们听说，他们搬回伯克郡同父母住在一起，或者搬去澳大利亚工作，或者离了婚。

马克换了家银行：他的所有同事都被解雇了，剩下他只能一个人干五个人的活，所以他抓住了一次机会，到别处去试试。

那家新银行，我不喜欢，它给人的感觉不怎么好。那里的男人设法让自己变得大腹便便。他们的身体走了样，他们吸烟，以前我对此并不介意，但现在，它带有了令人不安的绝望气息。这让我忧心忡忡。它散发着愤怒和梦想破碎的味道。他们有时会和我们一起外出喝酒，对自己的妻子和孩子冷嘲热讽，抱怨不已，就仿佛我不在场似的。他们认为如果不是为了那些女人，他们就一定会在某个海滩上逍遥自在。

马克不像他们，他会自己照顾自己。他跑步、游泳、打网球，保持身体健康，而现在他每天要和这些人在一个房间里待上十一个小时。我知道他很有主见，但我看得出来，这让他累坏了。而现在，在我们的周年纪念日，他宣布，他想更专注于工作。

专注意味着我见他的次数将减少。他已经工作得太辛苦了，他每天早上六点起床，六点半离开家，在办公桌上吃午饭，晚上七点半回到家时，已经筋疲力尽了。我们一起吃晚饭，聊天，也许会看场电影，他十点钟关灯睡觉，为的是将这一切再重复一遍。

"可这正是我想要改变的，"他说，"我已经在那儿工作一年了。当我转到那里的时候，他们承诺我，我在这个职位上只是暂时的，直到部门重组。但是他们不让我这么做，他们不会让我重组部门，所以我做的并不是他们雇我时许诺要我做的事。"他叹了口气，不停地用手去撸脸。"这也还行，但我需要和劳伦斯好好谈谈。我们需要谈谈我的年终奖金，或者换一个团队，因为这些家伙中的一些人根本不知道自己在做什么。"他停顿了一下，看着我，"我是认真的，艾琳。我本来不打算告诉你这件事的，可是星期一那笔交易谈妥以后，赫克托尔哭着打来了电话。"

"他为什么哭？"我惊讶地问。赫克托尔至今已与马克一起工作了很多年，当马克离开另一家银行的时候，当一切都出了问题的时候，马克向赫克托尔保证，如果他跳槽，他也会给他找个工作。他遵守了诺言。马克跳槽时把赫克托尔当作其协议的一部分，他们一起来这家银行工作。

"你知道我们前几天一直在等数据来签署这笔交易吗？"他探询地看着我。

"是啊，你在停车场接的电话。"我向他点了点头。昨天，我们在酒吧吃午餐时，他溜了出去，花了一个小时在砾石道路上踱步，任由他的食物变凉。我靠读书打发时间。我是自由职业者，所以我对"电话漫游"一清二楚。

"是的，他告诉我他拿到了数据。交易桌上的那些家伙哪怕是在假期的间隙也很难在办公室见到他们，他们给他出了很大的难题。等我们一回去，他们就开会讨论加班时间和公平守则问题。这很荒谬。姑且不说这事了吧。赫克托尔和纽约联系，试图解释说他找不到人，以及为什么数据到得迟了，可他们全他妈的疯了。安德鲁……你记得纽约的安德鲁吧？我告诉过你关于——"

"就是我在布兰妮的婚礼上听到在电话里骂你的那个家伙吗？"我插嘴说。

他哼了一声，笑了。

"是的，安德鲁。他……极易激动，但管他的呢。于是安德鲁在电话里对赫克托尔大喊大叫，赫克托尔吓坏了，连忙给交易定价，发送了出去。然后上床睡觉。当他醒来后发现有数百个未接电话和电子邮件。原来他们在数据里多加了一个零。格雷格和交易桌上的其他人把这个零放进去是为了拖延交易。他们原以为赫克托尔会在发送之前检查一遍，等下星期大家都回到办公室后，让他们再把数据重拟一遍，但赫克托尔没有检查。他在上面签了字，然后发了出去。而那是一份具有法律约束力的合同。"

"哦，天哪，马克。他们就不能说这是个错误吗？"

"说实话，不能，亲爱的。所以他打电话给我，试图解释他只是以为那样做没问题，而他总是，总是，通常都会检查……但是安德鲁说把它发出去，然后……然后他就开始哭了。艾琳，我只是……我觉得我周围全是些极端的——"他停了下来，遗憾地摇摇头，"所以，我要把触角伸到别的地方试探一下。我百分之百地乐意接受奖金减少或减薪，无论如何，市场是不会回到过去的样子了。我们在跟谁开玩笑？我就是不再需要这种压力了。我想要回我的生活，我想要你和孩子，重新有自己的夜晚。"

这个消息让我满心欢喜，我拥抱了他，把我的头埋在他的肩膀上。

"我也想要那个。"

"好啊。"他轻轻地吻了吻我的头发。

"我要找个好地方，等赫克托尔的事情解决后，就递出辞职信，休园丁假，举行婚礼，进行蜜月旅行，希望能在 11 月左右回归常态。正好可以赶上圣诞节。"

他以前也休过园丁假，每个在金融部门工作的人都必须在两份工作之间强制休假，这本是为了阻止内幕交易，但实际上它是两个月的带薪假期。这听起来确实是个不错的计划。我也绝对可以从工作中抽出几周的时间。我们可以做点什么，好好度蜜月。我现在正在制作我的第一部长纪录片，但是我将在婚礼前完成第一阶段的拍摄，然后在开始第二阶段之前，我应该有三到四周的时间间隔，这三到四周肯定对我们有利。

一种温暖的感觉传遍了我的胸膛。这样对我们很好。

"我们该去哪儿？"他问。

"蜜月？"

这是我们第一次真正谈论它。我们讨论过一切，唯独还没说过这个。原封未动，就像一份未打开的礼物。但是，我想现在是提出这个问题的好时机。我为此感到兴奋，有好几个星期的时间，他都是我一个人的。

"我们干点疯狂的事吧，这可能是我们最后一次拥有时间或金钱。"我脱口而出。

"没错！"他喊道，和我一样元气满满。

"两个星期——不，三个星期？"我提议道。我眯起眼睛，考虑着拍摄日程和我必须要做的采访。我可以设法空出三个星期。

"现在我们来说说看。加勒比海？马尔代夫？博拉博拉？"他问。

"博拉博拉。那听起来很完美，我不知道它在哪里，但听上去妙不可言。我们可以坐头等舱吗？"

他朝我咧嘴一笑："我们可以坐头等舱，我来订票。"

"太好了！"我还从来没有坐过头等舱。

然后，我说出了我可能会后悔终生的话。

"我要和你一起去做水肺深潜。当我们去的时候，我要再试一次。到时候我们可以一起下潜。"我之所以这么说，是因为似乎我能够给马克的一切就是让他知道我有多爱他，就像一只嘴里叼着死老鼠的猫，不管他要不要，我都把它放在了他的脚边。

"当真？"他关切地盯着我，阳光照得他的眼睛眯了起来，微风轻轻地吹拂着他乌黑的头发。这有些出乎他的意料。

马克是个合格的潜水员。每当我们一起旅行时，他都一直想让我和他一起去潜水，但是我总是退缩不前。在我们相遇之前，我有过一次糟糕的经历，把我吓坏了。没什么大不了的事，但只要一想到它，就能把我吓得屁滚尿流。我不喜欢被困住的感觉。一想到那种压力和缓慢的上升，我就吓得要死。但我想为他做这件事。新的共同生活，新的挑战。

我笑靥如花，"是的，绝对的！我能行。这能有多难？连孩子都能做到。我会没事的。"

他看着我。"我真他妈爱你，艾琳·洛克。"他说。他就是那么说的。

"我也真他妈爱你，马克·罗伯茨。"

他俯下身来，扳过我的头亲吻我。

"你是真的吗？"他盯着我的眼睛问道。

我们以前玩过这个游戏，只是它根本不是一个真正的游戏。或者它是的？也许是心理游戏。

他真正想问的是——"这是真的吗？"它一定是个诡计，一个错误，这真是太好了。我一定是在撒谎。我在撒谎吗？

我停了一秒钟。当他看着我的时候，我的面部肌肉松弛下来。我让我的瞳孔像宇宙爆炸般地收缩，然后平静地回答："不是的。"不，我不是真的。这很可怕，这事我只做过几次，从我自己的脸上消失，让自己消失掉，就像手机回到出厂设置一样。

"不，我不是真的。"我简单地说，面无表情，又一脸坦诚。

我必须让自己看起来像是在实话实说。

当情况貌似真实时效果最好。

他的眼睛忽明忽暗地在我脸上跳来跳去，寻找一个钩子，一个可以理解的裂缝。但我脸上什么也没有，我已经消失了。

我知道他很担心。他深深地担心有一天我真的会消失。他担心这一切不是真的；担心自己醒来时，屋里的一切都保持了原样，而我却不在。我知道那种恐惧：当我们和朋友外出或站在一个热闹的房间的两端时，我会看到这种恐惧偶尔会出现在他的脸上。我看到了它，那种表情，然后我知道他是真的。我现在从他脸上看到了它，这对我来说已经足够了。

我让微笑悄悄爬上我的脸颊，于是他的脸上洋溢出喜悦之情。他笑了，因感动而变得满脸通红。我大笑着，然后他又把我的脸捧在手心里，把他的唇压在我的唇上。就像我赢了一场比赛一样，就像我刚从战场上回来一样。我干得好。上帝啊，我爱你，马克。他把我拉进盐沼地的芦苇丛中，我们拼命地做爱；手上抓着羊毛衫，皮肤湿漉漉的。当他达到高潮时，我在他耳边低语道："我是真的。"

3

7月11日，星期一

电话

去年，我终于从一个囚犯慈善机构获得了共同资助，得以开展我的第一个个人项目。现在，在多年的研究和计划后，我正在美梦成真：我自己的长纪录片。我已经完成了所有的研究和前期制作，同时还做了一些自由职业者的项目，我计划在九天后开始拍摄面对面的访谈。我在这部作品中倾注了太多心血，我最希望的是，这一切都能实现。计划只能带你走这么远，然后你只需拭目以待。这是重要的一年，对我而言，对我们而言。电影、婚礼，一切似乎都在同时发生。但我打心眼儿里认为，自己正处于人生中的神奇时刻，我在二十多岁时开始制订的所有计划最终都实现了，步调一致，好像我以某种方式精心安排好似的，尽管我不记得自己有意识地这么做过。我想这就是生活的运作方式，不是吗——先是一无所有，然后一切都同时出现在你的生命里。

这部电影的构思其实很简单：一天晚上，当我向马克讲述寄宿学校的生活时，我突然有了这个灵感。在寄宿学校，晚上熄灯后，我们会在黑暗中花几个小时谈论我们终于有了家之后要做些什么。当我们可以选择自己的食物时，我们要吃什么。我们没完没了地幻想着那些想象中的美味佳肴，痴迷于浸在肉汁中的约克郡布丁或穿成串的小香肠。我们想象，当我们可以选择自己的衣服时，我们会穿什么，我们会去哪里，当我们有了自由后会做什么。然后马克说，这听起来像监狱。我们对于家的梦想与囚犯对家的梦想如出一辙。

于是，制作这部纪录片的想法便翩然而至。它的形式很简单。它将通过访谈和对真实的日常生活的报道，追踪三名囚犯在监禁期间和之后的生活：两名女性和一名男性，记录他们在获释前后对自由的希望和梦想。今天，我将与最后一个囚犯进行最后一次介绍性的电话交谈，然后，在他们获释之前，我将对监狱里的每一个目标人物进行面对面的访谈。到目前为止，我已经和两位女性通过几次话了，但要想安全地访问我的男性候选人则要困难得多。今天，我们终于接到了来之不易的电话。今天我在等埃迪·毕晓普的电话。就是那位埃迪·毕晓普。伦敦东区仅存的黑帮头目，用斧头砍人的、开夜总会兼赌场的、一口伦敦腔的流氓。他最初是理查森帮派的成员，最近成了在河南岸活动的最大的犯罪团伙的核心。

我低头盯着家里的电话，它没响。它应该响了。现在是下午1点12分，我一直在等来自本顿维尔监狱的电话，我已经等了十二分钟——不，现在是十三分钟。我的另外两位主人公——爱丽莎和霍莉，都准时来了电话。我想知道哪里出了问题，祈祷埃迪没有退出，没有改变主意。我祈祷监狱委员会也没有改变他们的决定。

任何事情要得到监狱委员会的批准都难上加难，所以我将亲自主持面对面的访谈部分。只有我和一个锁定位置的摄像机。在那个阶段，它将是原始的素材，但之后便会与内容相贴合，所以我很高兴。在第二阶段，一旦我的采访对象出狱，菲尔和邓肯就会加入我中间来。

菲尔是我认识并毫无保留地信任的摄影师——他有一双敏锐的眼睛，我们有着非常相似的审美观，我知道这听起来有点自命不凡，但我保证这很重要。邓肯和我以前合作过几次。他很有趣，但更重要的是，他物超所值。邓肯和菲尔都将对项目资金略感失望，因为不能敞开来用。幸运的是，他们和我一样喜欢这个想法，并且对这个项目怀有信心。

我翻了翻塑料夹子，里面装着司法部和英国皇家监狱管理局发给我的来之不易的许可文件。最重要的是，我希望这部纪录片能够克服对于囚犯的刻板印象，方法是将这三个人作为独立于他们的定罪之外的个体来呈现。霍莉和埃迪·毕晓普都因非致命罪行被判处四至七年徒刑。爱丽莎被判"可假释的无期徒刑"，也就是十四年。但是，这些判刑是否说明了他们是什么样的人？这能告诉你谁更危险吗？谁是较好的人？你能信任谁？我们将拭目以待。

我把电话、电线等都拉到沙发处，端着电话机坐在窗下的一小片阳光中。伦敦北部透过枝繁叶茂照射过来的阳光立刻温暖了我的肩膀和后脖颈。不知怎的，英国的夏天还在继续。人们仍然在说它不会持续，但它已经持续到了现在。马克去上班了，屋子里一片寂静。从远处的斯托克纽明顿大街传入我耳中的只有卡车低沉的隆隆声和摩托车的轰鸣声。我从乔治亚时代的窗棂向后花园望去：一只长着白爪子的黑猫正沿着后墙逡巡。

**

我得请大家帮忙才能走到这一步。曾给了我第一份工作的电影导演弗雷德·戴利在给司法部长的一封信中为我做了担保。我敢肯定，他的两个英国电影学院奖和奥斯卡提名比我的纪录片大纲更有助于我的事业。ITV已经表示有兴趣在纪录片公映后接受它，第四频道也在另一封信中担保说会播出我的作品——他们已经播出过我的两部短片。当然，我的电影学院会支持我。白立方画廊为我出具了一封推荐信，这对司法部来说是有价值的。我一直为之撰稿的所有制作公司和公立机构"创意英格兰"在迄今为止的整个制作过程中提供了不少的资金和支持。

于是，我顺理成章地有了埃迪·毕晓普。他是真正的意外收获，绝对是纪录片工作者梦寐以求的人物。这次访谈正是我得到资助的原因。所以这个电话可说是相当重要，埃迪可说是个重要人物。

你可能不知道，但埃迪的故事堪称英国的犯罪史。他十八岁时加入了理查森帮派，当时该帮派正处于鼎盛时期，正好处于它于1966年垮台之前。那一年，英格兰队赢得了世界杯，同年，一切都因克莱家族而拉开了序幕。

埃迪有干此工作的天赋。他为人可靠，正直坦率，雷厉风行。不管是什么工作，不会杂乱无章，不会小题大做。他很快成为理查森兄弟的左膀右臂，以至当理查森兄弟最终在 1966 年夏天被捕时，埃迪·毕晓普挺身而出，维持着一切，与此同时，理查森兄弟和团伙其他成员都在狱中。

据称，埃迪在伦敦南部重建了整个犯罪集团，并将之经营了四十二年，直到七年前因洗钱而被捕。埃迪在伦敦南部经营了四十年，在整个城市大肆杀人放火、敲诈勒索，而他们只能判他七年的洗钱罪。

叮铃铃，叮铃铃。

电话刺破了寂静。尖厉地，持续地，我突然紧张起来。

叮铃铃，叮铃铃。叮铃铃，叮铃铃。

我告诉自己没事。我以前对其他候选人也做过同样的事。没问题。我深吸一口气，把话筒举到耳边和嘴边。

"喂？"

"喂，是艾琳·洛克吗？"那声音属于女性，简短，四十多岁。不是我等的人，显然不是埃迪·毕晓普。

"是的，我是艾琳·洛克。"

"我是本顿维尔监狱的黛安娜·福特。埃迪·毕晓普先生打电话找您，我能为您接通电话吗，洛克女士？"她的声音听上去没精打采的。她不在乎我是谁，也不在乎她是谁。对她而言，这只是又一个电话而已。

"呃，是的，谢谢你，黛安娜。谢谢。"接着，切断电话和等待接通的微弱的咔嗒声。

埃迪从未接受过采访。他从来没有对任何人说过这件事，从没有。我一点也不怀疑我是那个破天荒的人，但我不确定自己愿意成为这个人。埃迪当职业罪犯的时间比我活的时间还长。我不知道他究竟为什么同意参与我的纪录片的拍摄，但我们走到了这一步。他给我的印象是，他是那种不会无缘无故地做一件事的人，所以我想我很快就将搞清楚个中的原因是什么。

我吸了一口气。

然后，电话接通了。

"我是埃迪。"那声音低沉而温和，富有伦敦腔的喉塞音。奇怪的是我终于听到了它。

"你好，毕晓普先生，很高兴终于和你通话了。我是艾琳·洛克。你今天过得好吗？"一个良好的开始。非常专业。我听见他在电话另一头拖着脚走路，以适应新的环境。

"你好，甜心，很高兴听到你的声音。洛克是吗？那么，还不是罗伯茨太太？什么时候是结婚的大日子？"他乐呵呵地问，很是随意。

我能从他的声音中听到笑意。在其他任何情况下这样问别人都是件好事，我几乎对着电话微笑起来，但有什么东西阻止了我。因为埃迪不可能知道我即将举行的婚礼，不可能知道我要改姓氏，也不可能知道马克，除非他一直在调查我。而他在监狱里，这意味着他一定让人调查过我。调查我是一个比快速在线搜索更耗时耗力的过程。我不使用社交媒体，我不上脸书。所有优秀的纪录片导演都知道你可以利用大量的社交媒体信息做些什么，所以我们都对它敬而远之。所以，简言之，埃迪·毕晓普刚刚告诉我，他对我进行过专业的调查。他控制着局面，他知道我的一切，以及马克和我们的生活。

　　我在回答之前想了一会儿，他在考验我，我不想在游戏的这么早的阶段就犯错误。

　　"我想我们俩都做了调查，毕晓普先生。你发现了什么有趣的事情吗？"

　　我的过去没有什么太大的争议，也没有什么不可告人的秘密。我当然知道这一点，但我仍然感到暴露无遗，处于威胁之下。这是他的权力展示，是他的一种口头暗示。埃迪可能已经在监狱里待了七年，但他想让我知道，一切仍在他的掌控之中。如果刚才他不是这么坦率的话，我真会被吓着的。

　　"很让人放心，我得说。让我很省心，甜心。一个人总是越细心越好。"他说。他认为我是没有威胁的，但他想让我知道他在监视我。

　　我继续说下去，试着表明立场，把缠在一起的话题解开，使谈话不知不觉地进入工作性质的对话。"谢谢你同意参与此事。我真的很感谢你会同意，我想让你知道，我将以一种尽可能公正和直接的方式来作访谈。我不是卖狗皮膏药的，我只是想讲述你的故事。或者，更确切地说，我要让你来讲述你的故事。按照你想要的方式。"我希望他知道我这话的意思。我敢肯定，过去有很多人都曾试图欺骗他。

"我知道，甜心。你以为我为什么答应你？你是个稀有品种。只是别让我失望，好吗？"他让这句话在我的心里渗透了一秒钟，然后缓和了紧张气氛，让语气变得轻快起来，"不管怎样，这一切什么时候开始？"他的语气快活、殷勤，我想我听到了他拍手的回声。

"嗯，我们面对面的访谈安排在 10 月 26 日，也就是二十周后，也就是不到五个月后。然后你的释放日期是 12 月 6 日。所以我们可以安排在与之较接近的时间进行你释放后的拍摄。你介意我们在你释放那一天对你进行跟拍吗？"我问。我现在挥洒自如，这是我所有的计划可以发挥作用的地方。如果我们能跟拍埃迪在释放时的真实情形，那就太棒了。

他的声音又回来了，温和但清晰，"说实话，亲爱的，这对我来说并不理想。我那天会有点事儿，如果你明白我的意思的话。也许给我一两天的时间，好吗？你能接受吗？"我们在讨价还价。他想给我一些东西——这绝对是个好兆头。

"当然，我们会在采访过程中解决这个问题的。你有我的电话号码，所以我们会就那些日期保持联系。这不是个问题。"我看着外面的那只猫沿着篱笆爬了回来，弓着背，低着头。

埃迪清了清嗓子。

"毕晓普先生，在现阶段，关于访谈或日程安排，您还有什么问题要问吗？"我问。

他笑了起来，"没啦，亲爱的，我想我们今天就说到这儿吧，除了你该叫我埃迪。不过，很高兴终于与你说上话了，艾琳，在听了那么多关于你的事之后。"

"我也是，埃迪。这是我的荣幸。"

"哦，代我向马克问好，好吗，亲爱的？他似乎是个不错的小伙子。"这是一句脱口而出的话，但我却如鲠在喉。他也在调查马克，我的马克。我不知道该说什么，一时之间的短暂停顿在电话中变成了沉默。他打破了它。

"那么，你俩是怎么认识的？"他让这个问题悬停在空气里。见鬼。这不是也不应该是关于我的讨论。

"这不关你的事，埃迪，对吗？"我勉强让声音里带着一丝笑意。这些话语流畅而自信，奇怪的是，还带有一丝性感。完全不合时宜，但不知何故却十分地应景儿。

"哈！是的。完全正确，甜心。一点也不关我的事。"埃迪哄笑着说。我听到那笑声在电话那头的监狱走廊里回荡。"非常好，亲爱的，非常好。"

好了，我们回到了正轨。看来进展顺利，我们似乎相处得不错。我和埃迪·毕晓普。

我面带微笑地挂上电话，这次是真笑。我独自一人在空荡荡的客厅里露出微笑，沐浴在阳光中。

4

我们的相遇

我在伦敦梅菲尔区的私人会员俱乐部安娜贝利遇到了马克。我们得说清楚：安娜贝利不是我俩经常去的地方。这是我第一次也是最后一次去那儿。不是因为什么可怕的原因，我在那里玩得很开心——上帝，我在那里遇到了我生命中的挚爱——但首先，我俩出现在那里都纯属偶然。如果你以前从没听说过安娜贝利，那我得说，它是个奇怪的去处。它坐落在伯克利广场的一段不起眼的楼梯之下，有五十年的开放历史，从尼克松到 Lady Gaga，每个人都曾轻快地迈下过它的楼梯下。它由阿斯皮纳尔勋爵于 20 世纪 60 年代创建，最初是家赌场，更接近于康纳利所饰演的邦德会去的地方，而不大像个摆满老虎机的去处。阿斯皮纳尔与皇室、政治和犯罪有着千丝万缕的联系，所以，你可以想象，他吸引了一群相当性感的人。他创建了一个安静的小型晚餐俱乐部 / 接送点，由管理这种机构的机构所经营。我不是会员，但我的同伴是。

我是在从国家电影电视学院毕业后的第一份工作中认识卡罗的。那是一部关于白立方画廊的电视纪录片，我很兴奋能得到这份工作。我的教授对制作人说了我的好话，并把我的第一部短片传给了她，她很喜欢。我是弗雷德·戴利的摄影助理，他绝对是我心目中的英雄之一，此人最终帮助我制作了我的第一部纪录长片。幸运的是，我们相处得很好——我往往会与颇难对付的人友好相处。我会早早出现，见机行事——端上咖啡，面带微笑，试着让自己隐形但又不可或缺，小心翼翼地游走于轻佻和可靠之间。

卡罗为这部纪录片做了一些引人注目的事情。她是我见过的最聪明的人，至少是我所见过的受教育程度最高的人。她是继西蒙·沙玛和阿兰·德波顿之后的最近一位获得了剑桥大学历史专业的"星级第一"荣誉的人。毕业后，并不缺乏工作邀约的她接受了一份出人意料的工作，在她读预科学校的最好的朋友的资助下经营一家新画廊。五年后，据说这家画廊发现了下一代伟大的英国艺术家。我们初次见面时相谈甚欢，然后她邀请我参加了一个活动，从那以后我们很快成了好朋友。

卡罗很有趣。她有个习惯，对自己的身世避而不谈；从她的只言片语中，我隐约捕捉到了一些女学究气的、抽卷烟的坏蛋的气息。她令人兴奋，我们见面几周后，她带我去了安娜贝利。

我第一次见到马克是在我从厕所回来的路上。我一直躲在厕所里，试图躲开一个搞对冲基金的讨厌的家伙，他酒喝得上了头，以为我偶尔的点头外加在人群中搜索的坚定目光在某种程度上表明了我的兴趣。我从一个西班牙女孩那里得到的确切情报是：手里新拿了一杯酒的"对冲基金"还在女厕门口晃悠，等着我回来。所以，我利用这个机会用手机查了一下时事。十分钟后，"对冲基金"消失了。毫无疑问，他去追求另一位"幸运"的女士了。我径直走回吧台，透过人群看到穿着暗金色连衣裙的卡罗的背影，她正兴致勃勃地跟一个人说着话。然后她向右扭过身子，露出了说话的同伴。

我的脚步货真价实地乱了，因为身体先于大脑做出决定：我的存在对他们的互动而言是完全多余的。卡罗是个魅力四射的女子，是身材高挑、充满自信的亚马孙女战士。她那件金片叠成的连衣裙的线条勾勒出了她身体的每一道曲线，她显然没穿内裤。她看起来好似一个光彩夺目的杂志香水广告中的人，而这个男人则是她在杂志中的搭档。他臻于完美。高大魁梧的他看上去肌肉发达，却不会让人觉得那是他刻意健身的结果。也许他是个桨手，也可能是网球运动员，也许他以伐木为生，是的，他非常擅长砍树。我记得我有一种不自然的强烈愿望，想看他那么做。他蓬乱的棕色短发看起来像是懒觉刚起，却仍然不失得体。他因某句我听不太清楚的话而咧嘴一笑，而卡罗则哈哈大笑起来。我不知道是为什么，却因着某种原因而加快了步伐。我乐于认为是我的身体在掌控一切。无论如何，我将身子挺直到最大幅度，在不知道该说些什么的情况下走了过去，但完全无法控制自己的行动。他的目光至少是在十步之外的地方与我的目光相遇，把我吸引了进去，他凝望的眼神如同舞蹈般在我身上逡巡，对此，我会渐渐熟悉，并终身渴望。他的眼神搜索着我的脸，从我的眼睛轻快地掠至我的嘴唇，寻找着我。

在我们离开拍摄现场之前，我有时间换了衣服，我选择了一件粉灰色的复古连体裤，穿的是露趾的穿带凉鞋。这是我的费·唐娜薇主演的《电台风云》风格的套装，只适用于情况紧急的晚上。我穿着它显得很好看。我知道这一点，是因为像"对冲基金"这样的男人可不会为了性格而去追求一个人。

卡罗随着那个棕发男人的目光把头转向我。"嘿，亲爱的！你到底去哪儿了？"她笑盈盈地看着我，显然对我们带来的效果很是满意。我觉得我的脖子开始发红，但我把它压了下去。

"马克，这个漂亮的妙人儿是我的朋友艾琳，她是个艺术家。她拍摄纪录片，是个天才。"她柔声细语地说道，用一种出人意料的领地占有方式挎住了我的胳膊。被需要是件好事。

"艾琳，这位是马克。他在金融中心工作，他喜欢收集现代艺术。尽管我们已经确定他不是任何描绘卡拉什尼科夫冲锋枪或人类指甲的画作的粉丝。但除此之外，他的思想是开放的。对吧？"

他微笑着伸出一只手，"很高兴认识你，艾琳。"

那双眼睛让我动弹不得，使我深陷其中。我握住他的手，确保自己与他的握力相当。我感到他整只温暖的大手包裹住了我因才从卫生间出来而依然十分冰凉的手指。

我向他露出微笑：让它从我的嘴角向外扩散，直至双眼。我把自己的一部分奉给了他。

"我也是。"我回答。

我需要知道他是跟谁一起的，我是否能拥有他。我能拥有他吗？

"我去拿饮料，你们谁要？"我主动提议。

"事实上，嗯，我正打算去洗手间，厕所接力。马上回来。"卡罗欢快地说道，然后走了出去，只留下一股浓郁的香水味。她把他留给了我。不过，随后我的猜测是，性感男人在卡罗的世界里比比皆是，不足挂齿。

马克用食指和拇指微微松开领带，藏青色西装。

"喝点吗，马克？"我提议道。

"哦，上帝，不，对不起，让我来。"他点点头，挥挥手，点了香槟。他朝一个角落做了个手势，于是我们一起在一张矮桌旁落座。原来他刚认识卡罗，而且他是一个人在此。好吧，他是和一个名叫理查德的朋友一起来的。

"他正在那边同那位可爱的女士说话呢。"马克带着纯属友好的神情指着一个女子说，她显然是受雇随同某人前来社交的。及膝的乳胶长靴和无聊的游离眼神。理查德似乎并没有因为缺少对话内容而感到困扰，似乎一个人把两人的话都说完了。

"哇，好吧，有意思。"我没有料到自己会说出那个词——哇。

马克咧嘴笑了笑，点了点头，而我完全没能拦截住我那全无保留的喷着鼻息的笑声。他也大笑起来。

"我们走得很近，理查德和我。"他装出一本正经的样子字正腔圆地说道，"他才从一家瑞士银行过来，我基本上算是他的监护人，或者看护？谁知道呢。我只是不得不带他去他想去的地方，很明显……就是那儿。你拍什么样的纪录片？"

"目前还没拍多少，我其实是刚刚起步。我拍了一部关于挪威渔民的短片，它有点儿像是在向梅尔维尔致敬，有点儿像《本地英雄》遇到了《老人与海》，你明白吗？"我看了他一眼，看我是不是让他厌烦了。他微笑着向我点点头。

我们一直聊了两个小时，一起喝掉了两瓶库克香槟，我想他会为此付账的，因为账单相当于我那套相当体面的公寓的一个月的房租。谈话和香槟都进行得很是畅快。当他微笑的时候，我的大腿会不由自主地绷紧。

终于，马克的朋友从房间另一头捕捉住他的目光，并做了个他和女伴打算离开的手势，这时，魔咒解除了。他们已经达成了某种你可以想象得到的艰难协议。

"那个魔性的音符一响，恐怕我就得收工了。"马克不情愿地站起身。

"你一定要送他回去吗？"我故意拖延着时间。我不想要他的电话号码，但我想让他要我的号码。

"上帝啊，那可不成……感谢上帝，我不用那么做。我会把他们送上出租车，我的事就做完了。你呢？"

"卡罗的住处就在拐角处，今晚我可能要睡在她的沙发上了。"我以前也这么干过，说实话，她的沙发床可比我的床舒服多了。

"不过，你住在北面，对吗？你的住处，通常而言？"他现在也在拖延时间。我越过他的肩膀看到理查德正在楼梯旁以消极对抗的方式蹀着步。他的约会对象一定已经走到了大街上，被过路人弄得烦透了。

"嗯，是的，北面，芬斯伯里公园。"我现在很不确定这场对话将何去何从。我们苦于打不开局面。

他果断地点了点头，做出了一个决定。

"太好了。嗯，好吧，长话短说。我可爱的妹妹送给我的圣诞节礼物是个投影仪，我真的很喜欢它。我把它投射在我公寓的空墙上，真是棒极了！你能想象得到吗？我有一些纪录片，长片，而我一直想看看这部有关尼古拉·齐奥塞斯库的四个小时的纪录片，你呢？"

我看着他。他是在开玩笑吗？齐奥塞斯库？我真的说不清。这可能是我收到过的最出彩的古怪邀请了。我意识到我还没有答复他。但他仍在继续说着话，使目前的气氛保持在状况之内。

"想看吗？相当性感的东西，对吧？他有自己的旅游巴士。嗯，齐奥塞斯库巴士。"

他停顿了一下。他是完美的。

"太妙了，真是太妙了。我真的很喜欢。算上我。"我从包里拿出一张新制成的名片递给他。自从我上个月毕业后从文具店将它们拿回来起，这是我第三次这么做，但我的动作看起来很熟练。弗雷德·戴利有一张，卡罗有一张，现在马克·罗伯茨也有了一张。

"我下周有空，让我们看上四个小时的齐奥塞斯库吧。"

说完，我就重新消失在安娜贝利的核心地带。

在我转过拐角之前，我必须克制住自己不回头看。

5

7月20日，星期三

访谈一

马克在早上 7 点 23 分从公司给我打了个电话。出事了，他的声音里有惊恐。他在压抑着它，但我能听出来。

我从椅子上坐起身。我以前从来没有听到过他声音里的这种腔调。即使是在温暖的房间里，我也有些微微发抖。

"艾琳，听着，我在洗手间。他们拿了我的黑莓手机，我必须马上离开大楼。洗手间外有两个保安，等着送我离开此地。"他喘着粗气，但控制住了自己的气息。

"出了什么事？"我问，恐怖袭击的画面和晃动的手机镜头在我脑海里闪过。但事实并非如此，我知道不是这样的。我已经意识到这件事的要点了。到目前为止，我已经从足够多的人那里听说过这事了。它因贫瘠令人毛骨悚然。他被"放走"了。

"劳伦斯 7 点把我叫到他的办公室，他告诉我，他得到小道消息，说我打算跳槽，他认为我从今天起休假会对大家都好。他很乐意提供推荐信，但我的桌子已经被清空了，我必须在离开大楼前把工作电话交给他。"电话那边沉默了一会儿，"他没有提到是谁告诉他的。"

再一次的沉默。

"但是没关系，艾琳，我没事。你知道，他们在解雇你之后会让你直接去参加一个人事会议。他们会把你带出房间，直接带进另一个房间，里面有一个人事代表！他们留有后手，上帝啊。真是一派胡言！销售代表问我在这里开心吗？而我不得不说：是的，这里太棒了。一切最终都有了好的结果。劳伦斯帮了我一个忙，放手让我去迎接下一个挑战，等等，等等。"马克怒吼道。他能通过电话感觉到我的担心。

"不过没事的，艾琳。会没事的。我向你保证。听着，我现在得跟这些人走了，但我一小时左右就到家了。"

可我不在家。

我现在在霍洛威监狱，即将进行我的第一次面对面的访谈。他不可能忘记的，对吗？我在监狱的一间等候室里。该死！请不要让我现在回家，马克。请好好的。

但如果他需要我，我会在那里的。

哦，真是活见鬼！那两种不断困扰着你的需求：你自己的工作和"在家里"。你的两性关系或者你的工作。无论你多么努力，你都不可能两者兼得。

"我该回家吗？"我问。

沉默。

"不，不，没关系，"他终于说道，"我得打他妈的一大堆电话，得想办法。在事情闹大之前，我得去别的地方。拉菲和安德鲁本打算昨天给我回电话——"

我听见他那头传来砰砰的敲门声。

"见鬼。等一下，伙计！上帝啊。我在小便！"他喊道，"我得走了，亲爱的。时间到了，访谈之后给我打电话。爱你。"

"爱你。"我发出亲吻声，但他已经挂了。

沉默。我又回到了安静的等候室。警卫朝我看了看，皱起了眉头，棕色的眼睛仁慈而坚定。

"我不想提这件事，但你不能在这里打电话。"警卫咕哝着说，为自己扮演了大厅的监视者的角色而感到尴尬。但这是他的工作，他正在尽最大的努力。

我把手机调到飞行模式，放在我面前的桌子上。再度的沉默。

我盯着桌子另一边的空椅子，受访者的椅子。

我感到一阵短暂的自由的战栗。我没和马克一起在那间厕所里。整个世界对我来说仍然是开放的和清晰的。这不是我的问题。

罪恶感立即接踵而至，这是多么可怕的想法，它当然是我的问题，这是我们的问题。再过几个月我们就要结婚了。但我不能让这种感觉一直持续下去。我对马克的问题无法感同身受。那意味着什么？我没觉得发生了什么灭顶之灾，我感到自由和轻松。

他会没事的，我安慰自己。也许这就是为什么我什么都感觉不到。

因为明天一切都会好的。今晚我要早点回家。我要给他做晚饭。我要开瓶葡萄酒，然后一切安好。

　　电动门突然发出蜂鸣声，把我拉回现实。紧接着是滑动螺栓发出的低沉的撞击声。我把记事本摆正，将钢笔对齐。警卫望着我的眼睛。

　　"任何时候，只要你觉得不舒服，就冲我点点头，我们就结束。"他说，"我会留在房间里，我肯定他们告诉过你。"

　　"好的。谢谢你，阿玛尔。"我向他露出我最职业性的笑容，并按下了摄影机上的录像按钮，将镜头对准了门。

　　阿玛尔按下了开门键，嗡嗡声震耳欲聋。我们开始吧，第一次访谈。

**

　　门又发出了轰鸣声，一个矮个子金发姑娘的身影从门上的铁丝窗里露了出来，一双眼睛落在我身上，上上下下地打量了一番，然后移开了。

　　我未及多想地站在那里。蜂鸣器在房间里嗡嗡作响。然后是门闩的哐啷声，磁石的断开声。

　　她走进房间。第一位访谈者，身高五英尺三英寸。霍莉·比福德，二十三岁，瘦得要命。她的齐腰长发凌乱地堆在头顶，蓝色的囚服在她瘦小的身躯上显得宽大而沉重，颧骨锋利。她看起来像个孩子。人们说，当你周围的每个人都开始看上去年轻得不可思议时，你便知道，你真的老了。我只有三十二岁。在我看来，她大约十六岁。

门在她身后嘁嘁地关上了。阿玛尔清了清嗓子，我很高兴阿玛尔能留下来。监狱昨天来过电话：虽然霍莉将被释放，但若是现在就放弃对她的监控，他们并不完全乐意。霍莉继续站在那里，不自觉地，在房间的正中间。她的眼睛懒洋洋地扫视着家具和摄影机。它们跳过了我。她还没有同我打招呼。然后，她的目光落在了我的脸上。我的身体缩紧了，我撑住了自己。那凝视是毫不畏惧的。它撞击着我，它很坚硬，它使她看起来比她瘦小的身材结实得多。

"那么你是艾琳喽？"她问道。

我点头。"很高兴终于见到你本人了，霍莉。"我回应道。

在过去的三个月里，我们的电话交谈一直很简短，主要是我在说话，解释这个项目，偶尔会因为她心不在焉的"是"和"不是"而陷入沉默。但现在我能看到她了，我明白，那些在电话里听起来空空如也的沉默其实非常满。我只是以前看不出那里面装了些什么。

"你想坐下吗？"我提议道。

"并不想。"她坚持站在门边。

僵持不下。

"请坐下，霍莉，否则我们就把你送回牢房。"阿玛尔打破了那凝重的沉默。

她慢慢地把我对面的椅子从桌子底下拖出来，端端正正地坐下，双手放在膝盖上。她抬头望着等候室墙上的磨砂玻璃窗户。我瞥了阿玛尔一眼，他让我放心地点了点头。继续。

"那么，霍莉。我就直接问我们在电话里讨论过的问题了。别担心摄像机，用你平常的方式跟我说话就行了。"

她根本没看我，眼睛还停留在上方的窗户上。我不知道她是不是在想外面的事。天空？风？突然，一幅画面出现在我的脑海：马克坐着出租车回家，腿上放着一只装着他的东西的文件盒，陷入自己的困境中。当他在无处可去的城市里穿行时，他此刻在想些什么呢？现在我也抬眼望着那窗户。在我们上方，两只海鸥从开阔的蓝天中飞过。我深深地吸了一口监狱里的漂白空气，目光又落到了我的笔记上。我需要集中注意力。我把马克抛到脑后，抬头看着霍莉那张尖尖的脸。

"好吧，霍莉？你清楚了吗？"她的目光又落回在我身上。

"什么？"她问，好像我在胡言乱语似的。

好吧，我要让这一切重回正轨。B计划，我们把这事情做完吧。

"霍莉，你能告诉我你的姓名、年龄、刑期和定罪情况吗？拜托。"这是一条简单明了的指令。我的语气已经和阿玛尔的一致了。不管这个游戏是什么，我们都没时间玩了。

她在椅子上微微坐起来些。无论好坏，她理解这种态势。

"霍莉·比福德，二十三岁，因在伦敦骚乱中纵火而被判刑四年。"她声音清脆而机械地回答道。

　　她是 2011 年 8 月伦敦为期五天的骚乱中的四千六百名被捕者之一。这场骚乱始于对马克·达根被非法枪杀的和平抗议，但很快升级为完全不同的事件。机会主义者在自认的正义感的驱使下，迅速利用了这场混乱，托特纳姆陷入一片喧嚣。警察遭到袭击，商店被烧毁，财产被破坏，商场被洗劫。混乱在接下来的几天几夜蔓延到了伦敦。骚乱者和抢劫者意识到，他们比警察抢先了一步，开始通过社交媒体平台协调其攻击。抢劫者聚集在一起，联合起来，袭击商店，然后把抢劫的战利品照片放到网上。商店关门了，人们躲得远远的，害怕被袭击。

　　我记得当时看到低像素手机照相机拍下的镜头时的情形：人们涌进 JD 体育用品商店，哄抢运动鞋，哄抢运动袜。

　　别误会我的意思，我不是在贬低他们。你只能用人们长时间不能拥有的东西来嘲笑他们。你只能把人逼到这一步。直到，不管是好是坏，他们开始反击。

　　在 2011 年 8 月的这五天里，伦敦股市直线下跌。

　　在那些日子里被逮捕的四千六百人当中，有二千二百五十人上了法庭，这创下了纪录。判决迅速而严厉。当局担心，如果不对卷入其中的年轻人杀一儆百，那么令人担忧的例子就会出现。在被指控、审讯和判刑的人中，有一半还不到二十一岁，其中一个是霍莉。

　　她坐在我对面的桌子旁，眼睛又一次盯着上方的窗户。

　　"你在骚乱中做了什么，霍莉？根据你的记忆，跟我们谈谈那一夜。"

　　她忍住了一声笑，眼睛瞟向对面的阿玛尔，以期寻找盟友，然后视线慢慢地移至我身上，脸又变得僵硬起来。

"按照我的记忆，"她笑嘻嘻地说，"——那是他们枪杀马克·达根的那个周末。我在脸书上看到，每个人都在做这种疯狂的事情——他们闯入了零售商店，弄到了各种各样的东西，比如衣服之类的，而警察甚至不在意，他们甚至不前去那里阻止任何人。"她稍微理了理凌乱的发髻，把它系紧，"我室友的哥哥说，他会开车送我们去那里弄点东西，但后来他担心自己的餐盘会送来，所以他没有这么做。"她停下来，看着阿玛尔。他茫然地望着前方。她可以想说什么就说什么。

"反正到了周日，一切都真正地开始了。我的朋友阿什用黑莓手机给我发来短信，说他们要去惠特吉夫特中心，它可以说是克罗伊登的主要购物中心。阿什说我们得穿连帽衫，遮住脸，别让监控镜头拍到。于是我们去了那儿，我们有很多人。街上到处都是碎玻璃，每个人都站在那里。于是阿什开始砸惠特吉夫特的电动门，然后警报开始响了，于是我们一拥而入，因为我们认为警察过不了多久就会抵达。但没有人迈进门去，我们就站在那里。然后有个路过的家伙径直穿过人群，就像在说'你们这些木偶们他妈的在等什么'，说完他径直走了进去。然后我们也拥了进去。"

"我拿了几件衣服和一些好东西，这就是你想知道的吗？"她停了下来，呆滞的眼睛死死地盯着我，又一次变得凌厉起来。

"是的，霍莉，这正是我们想知道的东西。请继续。"我向她点了点头，试图保持不动声色，无动于衷：我不希望事情偏离轨道。

她又嬉笑了一下，在座位上换了个姿势。她继续说了下去。

"然后我们饿了，沿着大街往回走。人们在扔东西：那些报纸自动售卖机、砖头、着了火的瓶子。用那些大垃圾箱堵住了道路。反正阿什加入了，后来，当我们看到警察时，我们返身跑向汽车站。附近很安静，没有警察，有辆公共汽车停在路中间，亮着灯，车上还有一些人。我们想要安全一点，于是也试图上车，但是司机不肯开门。司机开始崩溃，大喊大叫，挥舞手臂。然后有人打开前门，车上的人开始从另一端拥下车，因为他们害怕我们会把他们扔下去，或是别的什么。司机吓得尿了裤子，因为门开了，他不再那么勇敢了。然后他也跑掉了，于是车归了我们。"

她向后靠在椅子上，心满意足，又抬起眼睛望着那面磨砂玻璃。

"这很不错。我们爬上车顶，躺在后座上吃了些鸡肉，喝了些酒。就在那时，我们失控了。"她沉思地说。几乎是在自言自语。好像在权衡一种有价值的批评，一种已打卡并储存起来以备将来参考的批评。

"反正就是我倒了一些杰克·丹尼尔烧酒在后座上，然后拿一份免费报纸把它点着了，我是在开玩笑。阿什笑了起来，因为他想不到我会那么做，然后整辆车的后部都着了火。于是我们都大笑起来，又往上面扔了更多的报纸，因为反正上面他妈的乱极了。火烧得真的很大，热极了，而且气味难闻，于是我们下车去看。阿什告诉大家是我干的。现在整个双层甲板都着火了。路过的人都在和我击掌和碰拳，因为情况似乎完全失去了控制。我们用我的手机拍了些疯狂的照片。别那样看着我。"

她咆哮道。

"我不是智障，"她说，"我没有把照片放到网上或其他什么地方。"

"霍莉，你是怎么被抓住的？"我的语气中没有感情色彩。

她的目光从我身上移开了，挑衅消失了。

"结果我被某人的手机拍了下来，上面是着火的巴士和看着它的我们，阿什在说是我干的。第二天，当地报纸的头版刊登了一张照片，我在看着巴士着火。他们在法庭上使用了它，他们还弄到了我们在巴士上的录像。"

我看过巴士着火的镜头。霍莉，她的眼睛明亮得像一个在看烟花表演的儿童，欢快而生动。她的朋友阿什站在她身边，肌肉发达，一身运动装，是她的护花使者。看它会令人不安，那笑声，那兴奋，那骄傲。考虑到她现在的态度，知道要怎样才能让她笑起来，实在令人不寒而栗。

"你很快就要回家了，这令你兴奋吗，霍莉？"我不指望得到诚实的回答，但我必须问。

她又朝阿玛尔瞥了一眼，停顿了片刻。

"是的，那不错。我想念我的伙伴，我想穿一些正常的衣服。"她耸了耸她那件宽松的毛衣，"吃些好吃的东西。他们基本上是让我在这里挨饿，这里的食物吃起来太恶心了。"

"一旦你出去了，你认为自己还会再做那样的事吗，霍莉？"我问。值得一试。

她终于笑了，在座位上直起身。

"绝对不会了。我不会再做那样的事了。"她说，现在是笑嘻嘻的。她甚至都不想好好撒谎。她完全有再做那种事的打算。对话开始让我觉得有点不自在。我第一次怀疑她是否有心理问题，现在我想结束这次访谈了。

"你将来有什么打算？"

她的举止立刻改变了，她的脸、她的姿势，改变了。不知怎么的，她看起来又变小了，一副天真无辜的样子。她的语调突然变得正常了，一个正常的二十三岁的女子。礼貌，开放，友好。这种变化令人深感不安。我毫不怀疑这是假释委员会将要面对的问题。

"嗯，我和监狱慈善机构谈过帮我减刑的事。我想回馈社会，证明我可以再次被信任。他们会帮我找到一份工作，并与我的缓刑监督官合作，帮助我重新做个安分守己的人。"她说，语调甜美而轻快。

我逼问她。

"可是你想要什么，霍莉？对未来？一旦你离开这里，你想过什么样的生活？"我尽量保持语气平和，但我能感觉到自己话语中的味道。

她又露出了无辜的微笑。她激怒了我，她很享受这一点。

"那要视情况而定了。我只想先离开这里，接下来我就不知道了。你得等等看，对吗？但是期待……了不起的事，艾琳。了不起的事。"她那令人不安的嬉笑又回来了。

我看向阿玛尔，而他回望着我。

这是非常可怕的情形。

"谢谢你，霍莉。这是个绝妙的开始，我们今天就到此为止吧。"
我说。

我关掉了摄像机。

6

7月29日，星期五

把我交给新郎

我们要举行一个晚宴。鉴于所发生的一切，我知道现在不是举行晚宴的最佳时机，但婚礼马上就要到了，距现在只有五个星期了，而我还得请人帮个大忙。

客人一小时后到。我还没换衣服，也没洗澡，更别说做饭了。我们要做烤肉。我不知道为什么，我以为这会又快又简单，是马克和我可以一起做的东西。他管烤肉，我管辅料。我之前这么说时，马克非常喜欢这个主意，把它当作我们的关系的隐喻。那是难得的打情骂俏的时刻，但这个玩笑很快就消失了，现在我一个人站在我们最先进的厨房里，盯着一只冰冻的肉鸡和一堆蔬菜。

马克的状况不妙，所以我今天迟了。我把他赶去做准备。他被解雇才一个多星期，从那以后，他就一直在踱来踱去：在客厅，在卧室，在浴室，光着脚，在电话上对纽约、哥本哈根，以及德国和中国的人们大喊大叫。我们需要休息一夜，我需要休息一夜。

　　我邀请了弗雷德·戴利和他的妻子南希今天来吃晚饭，这事实际上已经计划了一个月了。实际上，我和他们亲如一家。自从我在我的第一份工作——协助他拍摄白立方的纪录片——遇到他以来，弗雷德就一直支持我，给我建议。我真的认为，如果没有他给我的头脑风暴，没有他用英国电影电视艺术研究院的抬头写的那么多信，我的纪录片是不会制作出来的。还有可爱的南希——他的妻子——我所见过的最热情、最温柔的女人之一，从不会错过任何一个生日、开幕式或聚会。我的替代家庭，我小小的临时支撑。

　　厨房里还是没有马克的影子，所以我开始自己动手做饭了。他已经打了半个小时的电话，试图追踪有关一份新工作的另一条线索。事实证明，他在我们周年纪念日早上提到的那些试探都没有结果，是他在纽约的"朋友"让马克陷入了困境，最终也让我们俩都陷入了这一团乱麻之中。当我在他失业那天晚上回到家时，马克已经知道罪魁祸首是纽约的安德鲁。安德鲁给马克的办公桌打了个电话，不知怎么的把格雷格的声音错当成了马克的——我不知道这是怎么回事，因为格雷格是格拉斯哥人。不管怎样，安德鲁把格雷格错当成了马克，并告诉他，纽约办公室的一个人今天晚些时候会打电话给他，可能会给他提供一份新工作。

　　格雷格，这个讨厌鬼，毫无疑问高兴得容光焕发，然后径直走到他们的老板面前，尽职尽责地把电话交谈内容告诉了他。

　　纽约的安德鲁显然未能很好地应对自己卷入的这起混乱，结果取消了纽约的那个可能的工作机会，所有这些花招都是为了让他免于为自己最初犯下的错误而道歉的耻辱。但你要知道，在银行界，道歉是软弱的表现。软弱不会激发信心，而我们都知道，市场是建立在信心之上的。牛市你就赢了；熊市你就输了。因此，现在失业的马克时不时地会衣衫不整地站在我们的客厅里，对着家里的电话大喊大叫。

他告诉我并没有失去一切。他与拉菲和其他几个工作上的朋友谈过，至少还有三种可能性，如果不是更多的话。他只要坚持几个星期就成。在现阶段，他自己已经无能为力了。即使他得到了工作机会，也要在园丁假结束后才能开始工作，也就是说要到九月中旬。一个强制性假期。在我生活中的其他任何时候，我都绝对会喜欢这个主意，但是现在电影已经开始拍了，在婚礼前，我都会忙得不可开交。糟糕的时机。

仿佛就在这个时候，他梳洗完毕，换好衣服，出现在厨房里。他对我微笑，看起来很是迷人。他穿着白衬衫，散发着新喷的香水味儿，拉起我的手旋转着。我们在厨房里跳了片刻没有音乐伴奏的舞，然后他把我推到一臂远的地方，说：“下面的事情由我来做。上楼去把自己打扮得更漂亮些。这是我给你的建议！”他抓起一条抹布，甩动着它，将咯咯地笑着的我赶出了厨房。

有些人可能会觉得这种转变令人不安，但我喜欢他的这一点。他可以在转眼之间做出改变，前后判若两人。他控制住了自己的情绪。他知道我今晚需要他，所以他在那里。

我在楼上为穿什么而苦恼。我想让自己有种看似不经意、实则煞费苦心的装扮。这是种微妙的平衡。

今晚，我要请弗雷德在婚礼上把我护送到马克的手中。这很微妙，因为弗雷德不是我的亲戚。他只是最接近于我对父亲的想象的人。我尊敬他，我关心他，且自以为他也关心我。至少我希望如此。不管怎样，我讨厌谈论我的家庭。我觉得人们太过强调我们的出身，而不够重视我们的归宿，但无论如何……我想我有必要告诉你关于我家人的事，这样你才能明白。

我母亲曾经年轻、漂亮、聪明。她工作努力，经营着一家公司，我非常爱她，一想到她我就会心痛，所以我不去想她。她去世了。二十年前的一个晚上，她的车驶离公路，滚落到铁轨上。第二天，我爸爸打电话到寄宿学校告诉了我这个噩耗。那天晚上他来接我。我休学一周，参加葬礼。之后，他在沙特阿拉伯找到一份工作。我在学校放假时去那儿探望他。十六岁时，我不再去他那里，而是选择去朋友家度假。他再婚了。他们现在有两个孩子。克洛伊现在十六岁，保罗十岁。爸爸不能来参加婚礼，说实话，我很高兴。这些日子他赚的钱不多。几年前我去拜访过那里，睡在一个多余的空房间里。我知道当他看着我的时候，他看到了我的妈妈，因为那正是我看着他的时候所看到的一切。总之，就是这样。关于这事，我就说这么多。

当我终于打扮好自己下楼时，空气中充满了令人馋涎欲滴的晚餐的香味。桌子摆好了。最好的盘子，最好的杯子，最好的香槟，马克还不知从哪里找出了一些布餐巾。上帝啊。我甚至不知道我们有餐巾。我进去的时候，他朝我咧嘴一笑，深棕色的眼睛扫视着我裙子下的身形。

我穿了一件极简主义的黑色天鹅绒连衣裙，黑发松松地绾向脑后，露出马克作为生日礼物送给我的金色长耳环。

"美极了。"他上下打量着我说，同时点燃了最后一根蜡烛。

我默默地看着他。我很紧张。他站在那里，胸部结实宽厚，英俊无比。他看出了我的紧张，于是他放下手头的事情，走到我跟前。

"会没事的。你请求的是件好事，会没事的。"他对我耳语道，紧紧地拥着我。

"可是，如果他问起他们怎么办？"我抬头看着他。我不能把这事再重复一遍了。我不想想起母亲。

"他了解你。他会知道，你需要向他提出请求自有你的理由。如果他发问，我们就一起来应对。好吗？"他后退了一步，迎着我的目光。

我不情愿地点点头。"好的。"我低声说道。

"你相信我吗？"他问。

我露出了微笑。"毫无保留。"我说。

他咧嘴笑了，"那么好吧！让我们准备开始晚宴吧。"

然后，门铃响了。

7

8月3日，星期三

婚纱

一位和蔼可亲的爱尔兰妇女正把我婚纱底部的褶边缝至我的膝盖处。她名叫玛丽。我穿着爱德华时代的精致双绉婚纱站在那里，观察着这整个场景，心中毫无波澜。卡罗在一旁看着，她是我的伴娘。她帮我找到了这件婚纱，她认识几个电影服装设计师。服装设计师往往有很多复古服装存货：他们在拍卖会上买下它们，为电影复制它们，然后再卖掉，全都和新的一样。这件就是其中之一，它堪称完美。

我们来到萨维尔街的一家裁缝店的地下室，想做一些小小的改动。这件婚纱不需要改动太多，它合身极了。

这是卡罗父亲生前经常光顾的裁缝店。我不知道他是怎么死的，可能是心脏病发作，他老了。他是在晚年生下卡罗的，我想她只见过他六七十岁的样子。其实我对他的了解不多——我们在谈话时只是会略有提及，从来都不足以留下深刻的印象。在她家里，楼下的洗手间里挂着一张镶在镜框里的支票，上面写着一百万英镑，收款人是他。这栋独属于她的房子位于汉普斯特德，有五层楼高，后面有个罗素广场那么大的花园。他是名副其实的百万富翁，一个老派的百万富翁，至少这是我的印象。客厅里有一幅沃霍尔的画，靠在一面墙上。

所以，不管怎样，当卡罗给我建议时，我都倾向于接受，只要我能负担得起的话。他们免费帮我改衣服，我不知道为什么，但免费是我能负担得起的。

"好了，都弄好了，亲爱的。"玛丽站起身，将膝盖上的线头掸去。

**

回到街上，卡罗转向我。

"晚午餐？"

我饿死了。从昨晚起我就没吃过东西。在一种非同寻常的不理智的冲动作用下，我决定今天早上不吃早餐，因为我不想让婚纱显得不合尺寸。我知道，我知道，我在实际举行婚礼的当天会吃东西的。事实上，我非常期待婚礼——我们选择的承办商看起来棒极了。做了预订，付了押金。下星期是菜单品尝时间。妙极了。上帝，我饿死了。

"午餐是最合适不过了。"我看了看手表，现在是下午3点。比我想的要晚，但我真的需要和她谈谈。马克赤脚踱步的样子一直在我脑海里萦绕不去。我需要谈谈马克的工作。我不想这样，但我必须如此。我得找个人谈谈。尽管跟别人谈论我们的关系感觉像是种背叛。通常情况下正相反，是马克和我讨论别人，我们不向外人谈及彼此。我们是自己人，难以渗透，安全可靠。我们遗世独立，直到现在，直到这一刻。

但不是马克，他不是问题所在。我就是不知道该怎么办，如何解决正在发生的问题。卡罗一定从我脸上看出了这一点。

"来吧，我们去乔治那儿。"她宣布。

是的，乔治。一天的这个时候，乔治会安静下来，这是一家豪华的会员制餐馆，有个带天篷的平台，位于梅菲尔区的最心脏地带，远离街道的喧嚣。她挽着我的胳膊，带我走进梅菲尔。

"怎么了？"服务员给我们端来两杯杯壁上沾着凝露的冰水，她刚一离开，卡罗便开口问道。

我一边大口喝水，一边看着她，柠檬不停地碰触着我的上唇。

她笑了起来，"什么事也不告诉我是没有用的，你是个糟糕的骗子，艾琳。很明显你特别想告诉我些什么，那就说话。"她把杯子举到唇边，满怀期待地啜饮着。

我的水喝完了，杯子里的冰发出哗啦啦的响声，"如果我们讨论了这事，事后你就得把它忘掉，答应我。"我小心翼翼地放下杯子。

"活见鬼，真幼稚。好吧，行，我答应。"她向后靠在椅子上，扬起了眉毛。

"是马克，他被解雇了。"我的声音比之前稍微低了一些，因为我意识到隔着三张桌子的生意人。你从不知道会发生什么。

"什么？临时下岗？"她向前倾了倾身子，压低了嗓门来配合我。

我们真是天生的一对。

"不，不是临时下岗。他们支付了他的园丁假，但没有一揽子财务计划，没有一次性付款。他们要求他辞职以换取推荐信。如果他说不，他们反正也会炒了他，不给推荐信。显然，他们就想这么干，好让他的老板四处去跟人说，他是自愿辞职的。"

"什么？！到底是怎么回事！就那样吗？！——真荒唐！该死，他没事吧？"卡罗的声音提高了一个八度。一个商人从椅子里转过身来看我们。我朝她嘘了一下。

"还行吧。我是说……他不太好，但没关系。这是件棘手的事，因为我真的想在他身边支持他，但同时我又不想……你知道，通过切实地帮助他来使他显得无能，明白吗？这很微妙。我得在他注意不到的情况下来帮他。别误会我的意思，这不是因为他需要支持或什么的。是因为我爱他，你知道的，卡罗。我希望他快乐。但是他不会让我来让他快乐起来。就好像他认为，忧心会让他集中注意力，或者别的什么，就好像它会帮助解决所有问题似的。我从没见过他这样，你知道吗？他一向都有计划，但这个计划要泡汤了。整个欧盟局势，该死的英国脱欧，英镑跌到了谷底，跌到了历史最低点，政府、新首相、新外交部长。特朗普。一切都糟透了。对于这场彻头彻尾的狗屎风暴来说，这可能是最糟糕的时间点。"

"哼。"卡罗摇摇头表示声援。

我继续控诉着，"我和他一样清楚，这会毁掉他得到别的工作的机会。不仅如此，即使有人在招人，也很难说服未来的雇主相信，他是在找到新工作之前辞了职。他说他们会想知道，他究竟为什么要那样做。很显然，那看起来太奇怪了。嗯，他是这么说的。但是我说：你告诉他们，你不喜欢那里。或者说，你想在忙婚礼之前先休息一下。我的意思是，放空一段时间并不是犯罪，但随后我切实地明白了他的意思。那样看起来很软弱。对他们而言，我是说。就好像他无法承受压力，不得不'休息一下'。就好像他精神崩溃了或什么的。啊！上帝，这真烦人。说真的，卡罗，这事快把我逼疯了。我处理不好它。我的每项建议都被否决了。我不知道该怎么办。所以我就坐在那里，边听边点头。"

我停了下来，不再说话。她在座位上换了个姿势，望着外面的街道，明智地点点头，然后对我做出了回应。

"我不知道该说什么，亲爱的，真他妈的让人沮丧。那会把我逼疯的。不过，马克是个聪明人，不是吗？我是说——那个，他什么都能做，对吧？他为什么不另谋高就呢？凭借他的经验，他其实可以在任何行业工作。他为什么不去找别的工作呢？"

答案很简单。如果卡罗要求我改变职业生涯，我也会给出同样的答案。我不想干别的工作。马克也不想干别的工作。

"他可以，绝对能。但是，你知道，希望事情不会发展到那个地步。我们还在等一些消息。只是婚礼马上就要到了，我感觉他好像有点儿打退堂鼓。"

"关于什么？婚礼策划，还是你们的实际关系？"

"……策划吧？我不知道。我不知道，卡罗。不，不是我们的关系。不是的。我现在感觉很糟糕。"

"他是个浑蛋吗？"她的语气现在一反常态地极其严肃。我忍不住笑出声来。

她立刻露出关切的神情，我猜想我现在的表现不像是我自己。我看上去一定是疯了。

"对不起！不，不，他不是个浑蛋。"我看着她关切的脸，她皱起的前额。

这次谈话毫无意义，我立刻意识到了这一点。卡罗不知道我该怎么办。她一无所知，她甚至都不太了解我。不是真正的了解。我是说，我们是朋友，但我们并不真正了解对方。其实我也不了解她。我不会在她这里找到任何答案。我需要和马克谈谈。我正因这次对话把这里搞得一团糟。我们应该谈论鲜花、蛋糕和准新娘的周末聚会。我打起了精神。

"你知道吗，我想我只是饿了！没吃早饭，"我承认道，"其实没什么，我想我只是对婚礼有点紧张。还有低血糖。我需要的，我真正需要的，是恺撒卷和一些细薯条。还有葡萄酒。"

卡罗的微笑马上又回来了。我回来了。一切都很好，所有的压力都被遗忘了。告解被抹去了，事情被一笔勾销了。我已经摆脱了困境，而她则完全与我同在。我们继续向前。谢谢你，卡罗。女士们，先生们，这就是为什么她是我的伴娘。

＊＊

　　下午晚些时候，我终于离开了卡罗，略带醉意，步履缓慢地加入下班高峰期的通勤者大军中，跟他们一起拥向地铁。

　　在回家的地铁上，我想着我该对他说些什么。我们需要好好谈谈。实际上，关于所有的事。

　　或者，我们也许只是需要做爱，那似乎总能让我们重新振作起来。从我们上一次睡在一起算起，到现在已经四天了，这对我们来说是漫长的时间。我们通常至少一天一次。我知道，我知道。别误会我的意思，我知道这不是常规数字。我知道在第一年过去之后，那样既荒唐又令人作呕。我知道这一点，是因为在我遇到马克之前，性生活更大程度上是一个月一次的例行公事。过度夸张，最终令人失望。相信我，我之前总是会遇到些烂桃花。但是我们，马克和我，从来没有那样过。我想要他。我总是想要他。他的气味，他的脸，他的后脖颈，他放在我身上的手。

　　天哪，我想他。我感到我的脉搏在跳动。坐在我对面的那个女人从她的填字游戏中抬起头来。她皱着眉，也许她能听到我的想法。

　　在我的裙子下面，我能感觉到肌肤上的桃色丝绸的轻柔摩擦。成套的内衣。自从我开始和马克约会，我就一直穿成套的内衣。他喜欢丝绸。我慢慢地交叉起双腿，感觉着皮肤与皮肤的摩擦。

8

8月13日，星期六

试吃

我们订婚后做的第一件与婚礼有关的事就是看场地。我们去过很多地方：古怪的，朴素的，奢华的，前卫的，俗气的。你说得出来的地方我们都参观过了。但当我们一迈进皇家咖啡馆那带有书卷气、镶着木板的接待室时，便立即清楚地知道，那正是我们想要的。不管那是什么。

今天，他们为我们准备了每道菜的三种选择，让我们在接待室私下品尝，还有搭配的葡萄酒和香槟的选择。我们期待这个已经很久了，但现在到了这里，这似乎有点儿走过场的意味。当马克在经历这一切时，庆祝似乎也显得有些古怪。但我们不能让生活停滞不前。

在前往那里的地铁上，马克用手机看着新闻。我也试着做同样的事。在考文特花园站，他转向我。

"艾琳，听着。我知道你为此感到很兴奋，但是我们能不能现在就做出决定，选最便宜的食物和饮料？当然，我们将每样都尝尝，这将是美好的一天，但是从钱的角度来说，最后我们只选最便宜的，好吗？我是说，这已经是一家五星级餐厅了，所以那里的每样菜品都会是很不错的，对吗？我们能就此达成一致意见吗？这样可以吗？”

我明白他在说什么。他当然是对的。这是一顿八十人的晚餐，我们需要理智对待。老实说，他们家的酒真是他妈的太棒了，但我们不需要更多的了。

“嗯，好的，同意。但是我们能按部就班地来吗？我们能说些中听的话，直到品尝结束吗？我想尝尝所有的东西。我是说为什么不呢，对吗？我们只会做这么一次。我们只是尝尝，等到最后再说，行吗？”

他放松下来，“行啊！太好了，谢谢你。”

我紧握着他的手，他握回来。在他的眼睛后面，有什么东西在几乎觉察不到地发生着改变。他又慢慢地转向我。

“艾琳。谢谢你，为你，你知道……我现在有很多事情要做，我知道我可能没有以最好的方式表达出来。”他的眼睛扫视着附近的乘客，他们都专注于手机和平装书。他向我靠过来，现在声音小多了，“当我有压力的时候，我往往会沉默不语。而且，你知道，我通常不会有压力，因而很难找到战胜压力的办法。所以谢谢你。”

我更用力地握着他的手，将头靠在他的肩膀上。

“我爱你，没关系。”我低声说。

他稍微移动了一下，在地铁座上直起身。他还没有说完，还有更多的话。我抬起头。

"艾琳。我上星期做了件事——"他陷入了沉默。

他端详着我的脸。我的胃翻动起来，那样的话总是使我心寒，让我为某事做好准备的话，更坏的消息来了。

"你做了什么？"我温柔地问，因为我不想吓跑他。我不想让他闭口不言。

"你看，我很抱歉我之前没有告诉你这件事。我只是，我认为时间不对，所以不合时宜，于是它就成了事，于是现在我们到了这个境地。"他停了下来，他的眼神是懊悔的。

"我取消了我们的蜜月。"

"你说什么？！"

"不全是。我只是，我取消了其中一周的行程。博拉博拉距现在只剩下两个星期了。"他仔细端详着我的脸，他在等着看接下来会发生什么。

他取消了我们的蜜月旅行。不，他没有取消，他只是重新安排了其中的一部分，仅此而已。但是在没有问我的情况下？在什么也没说的情况下？在没有同他未来的妻子商量的情况下？秘密地。而现在，既然我今天同意为食物少付些钱，他便断定，告诉我也没什么问题。好吧。

当我试着消化这个消息的时候，我的大脑在飞速地运转着，想弄清楚这是什么意思。但什么也想不明白。它重要吗？也许不。我真的不能让自己太在乎。我不能让自己在乎一个假期，它感觉不像是什么事。我敢说我不介意吗？我应该介意吗？但也许关键是，他撒谎了。或者，他撒谎了吗？他其实并没有撒谎，对吗？他只是没告诉我就做了一件事。算了吧，至少他现在告诉我了。但他总得找个时间告诉我，对吧？难道他不会吗？另一种选择是什么？等我们上了飞机再告诉我？不，他当然会告诉我的。这就行。我一直很忙，我太忙于工作了。此外，在热带岛屿待上两周也是可以的。不只是可以，简直是梦幻，有些人一辈子也不会有这么长时间。反正我什么也不需要，我只是想要他，我只是想嫁给他，难道不是这样的吗？

我们以后再去解决这事。但现在我不会把他吓跑，不想让情况变得更糟。他犯了一个错误，他很抱歉，就是这样。

我举起他那仍然与我的手指交错而握的手，吻了吻他的指关节。

"没关系，别担心，我们稍后再谈钱的事。让我们度过愉快的一天吧。行吗？"

他笑了，眼神仍然很悲伤。

"成交，让我们度过愉快的一天。"

这是美好的一天。

**

在镶着镜子和橡木板的熠熠生辉的宴会厅里，我们坐在一张铺着白桌布的桌子旁，桌子浮在海一般的抛光拼花地板上。一位侍者热情地给我们端来了精心安排的时令菜肴。当所有的开胃菜都摆在桌上后，领班随即解释了每个选项，并递给我们一张考虑周到的卡片，上面列出了菜肴和价格。然后他消失在橡木嵌板之后，把我们留在了那里。我们仔细研读着卡片。

开胃菜

龙虾配豆瓣菜、苹果、奶油醋　　　　　　　　每人 32 英镑

岩石牡蛎配葱醋、柠檬、黑面包和黄油　　　　每人 19 英镑

芦笋配鹌鹑蛋、甜菜根和块根芹蛋黄酱　　　　每人 22.50 英镑

这一项再乘以 80 人，这只是开胃菜。我看着马克，他的脸变得煞白。我情不自禁大笑起来。他看着我，脸上流露出如释重负的神情。他微笑着举起酒杯祝酒。我举起我的。

"为没有开胃菜？"

"为没有开胃菜。"我吃吃地笑道。

我们开始吃美味的主菜，它们物有所值。我很高兴我们不必为它们付钱。

我们选择的主菜是：19.5 英镑的皇家咖啡馆自制鸡肉馅饼，配以培根、鹌鹑蛋、法国菜豆、土豆慕斯。

甜点我们选的是：13 英镑的黑巧克力加野樱桃；黑巧克力奶油和野樱桃蜜饯。

再加上 30 瓶饭店专用红葡萄酒和 30 瓶饭店专用白葡萄酒，还有 20 瓶起泡酒。

我们认为自己做得很好，直到领班杰拉德坐下来，与喝完咖啡后的我们聊天。显然，最低消费是 6000 英镑。去年我们预订的时候，他们一定告诉过我们，但我们显然没有在听，即使我们在听，那在当时也不重要。杰拉德告诉我们不必担心：我们只需增加餐后咖啡和一个供 80 人吃的干酪拼盘就能达到那一价位。在我们的总数上再加 1300 镑。我们表示同意。好吧，我们还能做什么呢？婚礼三周后就要举行了。

后来，酒足饭饱、满怀买家懊悔之情的我们走下了皮卡迪利车站。在转门前，马克抓住我的上臂拦住了我。

"艾琳，我们不能这么做。说真的，这简直太荒谬了。太多了，对吧？我是说——怎么啦？我们需要在回家后取消它，肯定会损失押金，那也行，只要取消就成。我们在众灵餐厅举办婚礼，然后去一家当地餐馆或什么的吧？或者去我父母家，他们可以安排一个乡村大厅之类的，对吗？"

我低头看着他紧紧握着我上臂的手，这不是我认识的人。

"马克，说真的，你现在有点吓着我了，真的吓着我了。你为什么要这样做？这是我们的婚礼。我们有积蓄，还没有到我们得贷款来支付开销的程度。人的一生中或许只会有这样一天，就我而言，我想把我的钱花在这上面，花在我们身上。我的意思是，显然不是我所有的钱，只是其中的一小部分。否则这一切又有什么意义呢？"

他用鼻子用力地发出叹息声。沮丧之余，他放弃了谈话，他的手放开了我，我们来到了地下。

我们余下的旅程是在沉默中度过的。我看着地铁上的其他人，想知道他们过着什么样的生活。我坐在马克旁边，彼此却不说话，我想象着我并不认识他。也许我只是地铁上的一个女孩，要只身一人去个什么地方。我不必担心接下来会发生什么，或者余生都会为那件事心痛。这种想法令人平静，但最终是空洞的。我想要马克，我真的想，我真希望我能把他从这种情绪中摇晃出去。我希望我能应对。

**

我们一进家门，他就转向我，他的声音不再是车站里的那种低声细语了。

他说我不明白。我没在听。我从来没见过他这样，就好像内心里面有什么东西要迸发出来似的。

"我认为你并不真正理解这些发生的事情，艾琳，对吗？实际发生了什么？我没了工作，这些我都没有钱付。我找不到另一份工作，没有人在招聘。我的世界与艺术、电影学院或其他什么地方的生活截然不同。我不能就这么跳下船去，干别的工作谋生！我是一名投资银行家，我没有受过训练去做别的事情。就算我受过，那也不重要。我没法创建自己的银行，或者，我不知道，与人合作进行一个后现代银行项目，或者诸如此类的屁事。我不像你，我和你来自不同的地方。我花了一辈子的时间才有了今天的成就。我的整个生活。你知道那有多难吗？同我一起上高中的人都在加油站工作，艾琳！你明白吗？他们住在廉价公寓里，往超市货架上堆东西。我不会再回到那种生活了，我不会让这种事情发生。但我没有后台。我没有亲朋好友在出版业、新闻业或者酿酒业工作。我退休的爸妈住在东莱丁，他们很快就需要照顾。我总共有八万英镑的积蓄，其余都用在这所房子里了。现在我们正打算要个孩子。我曾有份真正的工作，我把它弄丢了，我们完了。因为不幸的是，我不像你那样，有钱去买奢侈品。"

我怒火中烧，我受够了。今天到此为止。

"去你妈的马克！你他妈就是个浑蛋。你什么时候给我付过钱？什么时候？"

今天本应是美好的一天。

"不，艾琳，不，你不是，真可悲。因为如果你是的话，你现在就闭嘴了。"

我的心几乎停止了跳动。马克走了，就是那么回事，站在我的客厅里的是另一个人。见鬼。我的呼吸变得很浅——上帝。别哭。请不要哭，艾琳，呼吸就好。我感到了眼睛后面的刺痛。

马克看着我。

他咕哝了几句听不清的话，转身向窗外望去。

我默默地坐了下来。

"我真不敢相信你刚刚说了那样的话，马克。"我说。

我知道我应该放下此事——但不，不，我不应该放下。去他的吧！四个星期内我就得嫁给这个男人。是否从现在起，这就是我的余生，我想知道。

"马克。"

"什么，艾琳！你认为我们婚礼后要做什么？如果我们真的有了孩子的话？你认为会发生什么？我的工作支付一切费用，支付了这栋房子的费用。"

"不，马克。不对！我俩都为它付了钱！我也把所有的积蓄都存进了那笔存款里。我所拥有的一切。"我冲口而出，提高了嗓门，好与他对峙。

"好吧，了不起，太了不起了，艾琳。你也把钱投进去了。但是你不能用你的薪水支付所有的抵押贷款，对吗？我的意思是，我们不是住在佩克汉姆的只有一张床的公寓里，对吧？你赚的钱绝对不足以用来偿还抵押贷款。我不是想惹你生气，艾琳，但你就是不听。我们得把房子卖掉。很明显！"

卖掉它？哦，我的上帝。我的脸一定沉了下来，因为他现在满意地点了点头。

"我想你根本没真的想过这个问题，是吗？因为如果你真的想过的话，艾琳，你就会和我一样担心。我们要走下坡路了。"

哦，我的上帝。我沉默不语，我是个白痴，我现在明白了。这很伤我的心。他说的事情我一样也没想过。我没有想过这样一个事实：我们所有的计划都可能化为泡影，他可能再也找不到一份好工作了。

他是对的，难怪他那么生气，他一直在独自应对这件事。我一直在上蹿下跳，表现得就好像……但接着我想起来了。事情不一定非得如此。就像卡罗说的，他可以干其他工作。

"但是马克，你可以找别的工作！任何工作！你的简历很棒，你就不能——"

"不，艾琳，"他疲惫地说，"那样不行。我还能做他妈的什么？我唯一有能力做的事情是定价和出售债券，别无所长。除非，你建议我去酒吧干活？"

"马克，求你了。我只是想帮忙！好吧！我不太清楚你们这个行业到底是怎么运作的，对吗？我只是想与你共同解决问题，所以请不要再说我不明白，你向我解释一下就可以了。求你了。"我知道我听起来像个任性的孩子，但我不知道还能说些什么。

他坐在我对面的沙发上，筋疲力尽，他的肩膀隆起着。一种僵局。

我们沉默地坐着，只能听到车流发出的低噪声和风吹过花园里的树木的声音。

我站起身，走过去坐在他旁边。我伸出手，温柔地碰了碰他的背。他并没有退缩，于是我开始用手掌轻轻地揉搓它。安慰他，透过浆过的棉衬衫按摩他温暖的后背，他任由我那么做。

"马克？"我试探着说。

"我们卖了这个地方也没关系。我会难过的，因为我喜欢这里。但我不在乎我们住在哪里，我只是想要你，无论你在哪里。桥底下，帐篷里。只要你。如果时间不对，我们也不必马上要孩子。听着，我知道你不喜欢换工作，但只要你开心，你做什么都不会影响我。我的意思是，我不会对你有任何不同的看法。你就是你。我从来不是因为钱或诸如此类的东西而爱你。有钱固然好，但我只想和你在一起。如果你愿意，我们甚至可以和你爸妈一起住在东来丁？"

他抬起眼睛看着我，不由自主地笑了。

"太好了，艾琳，因为这是我要告诉你的另一件事，妈妈已经在空房间里安放了日本床垫。"他狡黠地看着我，一个玩笑。感谢上帝，我们大笑起来，紧张情绪得以释放。会没事的。

"我真的认为，那将是让你妈大展身手的一年，你知道的！"我笑道。

他笑了，有些难为情，又变得孩子气了。我爱他。

"对不起。"他的目光平稳。他觉得抱歉。

"你能让我再次加入吗？"我问。

"是的，我很抱歉。我早该告诉你我的感受。但从现在起我会的，好吗？"

"好的，拜托。"

"好吧。但是艾琳，我知道这很愚蠢，但是……我不能回到我开始的地方了。我不能重新再来一遍了。"

"我知道，亲爱的。没关系。你不必这么做。我们会一起解决这个问题的。因为我们就是这么做的。"

他拉起我的另一只手，我戴戒指的手，举到他的嘴边亲吻。

"马克，我应该继续服用避孕药吗？我们应该等等吗？"

"你知道俗话说……"他热情地笑了，"机不可失，时不再来。"他仍然想要孩子。感谢上帝。

他把我拉近。我们把腿跷到沙发上，一起在午后的阳光下拥抱着睡去了。

9

8月15日，星期一

访谈二

我回到霍洛威监狱去见我的第二个访谈对象爱丽莎。警卫阿玛尔离开了，取而代之的是一个叫奈杰尔的警卫。他五十四五岁，是比阿玛尔年长得多的职业狱警。我从他的面相上判断，这份工作的新鲜感在他二十岁出头的时候就消磨掉了，但他还站在这里。我们所在的房间与上次相同。我想起茫然地盯着那片天空的霍莉，她的脸变成了马克的脸。霍莉的获释日期及我们的后续采访定在从现在算起的五周之后，但那要等到婚礼之后，在我们度完蜜月回来之后。

**

这是一个莫名潮湿的日子。我啜饮着奈杰尔为我准备的员工休息室的速溶咖啡，等待着爱丽莎的到来。咖啡又热又浓，这就是现在最重要的事。我像喜欢我的男人一样喜欢我的咖啡。显然，我是在开玩笑。

等一下，我是在开玩笑吗？昨晚我没睡好，自从我们上次吵架以来，已经过去两天了。不过我想我们现在没事了。上个周末，我们取消了婚礼场地，一起重新安排了很多婚礼事宜，其实这挺好玩的。我释然地发现，自己并不是一个精神高度紧张的新娘，在很大程度上不是。我们削减了某些方面的开支，以便将其挥霍在另一些地方。现在我们都安顿好了。马克似乎开心多了，也安心多了，回归了他的老样子。我想这整件事只是稍微动摇了一点儿他的信心，但他现在又回来制定战略了。

我不在乎婚礼，只要他开心就行。

奈杰尔大声地清了清嗓子，冲我点了点头。我打开身边的摄像机，笨拙地站在那里，好像要迎接一个我不认识的人。但有趣的是，爱丽莎给我的感觉是，自从我们在电话上聊过天后，我好像其实是认识她的，尽管我从未见过她。

我透过门上的窗子那经过加固的网格看到了她，看到了她的眼睛：温暖、平静、严肃。她走进来，从柔软的金色刘海下看着我。她有一张坦诚开朗的面庞。霍洛威监狱派发的浅蓝色运动衫、裤子和便鞋在她身上看起来就像是来自斯堪的纳维亚的时尚品牌，就像她在为伦敦时装周尝试新装一样，非常简约，非常时髦。爱丽莎四十二岁。她先是看了看奈杰尔，然后把我对面的椅子拉出来。他点了点头。我把手伸过空荡荡的白色桌子，她默然地微笑着握住了它。

"爱丽莎·富勒。"她说。

"艾琳。很高兴终于见到你了，爱丽莎。非常感谢你能来。"

"是的，终于可以既闻其声，又见其容了，这真是太好了。"她说，笑容绽放开来。

我想直奔主题，但爱丽莎正盯着奈杰尔，他的在场将是一个障碍。

"奈杰尔，我现在开着摄像机，它已经在录像了，所以你能不能退出访谈现场？我会把磁带准备好供你们检查的，就在门的另一边就行。"

在采访霍莉的过程中，我从来没有想过让阿玛尔做同样的事情，但是爱丽莎是目前为止我遇到的最安全的受访者。奈杰尔耸了耸肩。我相信他知道爱丽莎的历史和罪行，他知道我和她单独在这里绝对安全。但我不确定同霍莉和埃迪·毕晓普在一起时会多安全。我想知道，他们是否会允许这两个人不受监控？

周日我收到了一封来自本顿维尔的电子邮件：埃迪要求再进行一次电话访谈。我不确定他到底想谈什么，我希望他对下个月的拍摄不会临阵退缩，我希望不会有更多的博弈。

我一直等到奈杰尔走出去，门上的门闩落下来后，才重新开了口。

"谢谢你，爱丽莎。我真的非常感谢你参与这个拍摄。我知道该说的我们都已经在电话里说过了，但只是还得扼要复述一下：我要做的是把我们今天在这里所说的一切都录下来。如果有什么地方出了问题，或者你对自己的表达方式不满意，那就告诉我，我会再问你一次，或者我会换种方式提问。你不必担心要在镜头前表演之类的事情。别去理它，只跟我说话就成，就像平常的谈话一样。"

她笑了笑。

　　"我已经有一段时间没有进行'平常的谈话'了，艾琳。所以恐怕你得忍受我了。我会尽力的。"她咯咯地笑着说。她的声音温暖而深沉。在电话里听了这么久的声音，现在面对面听到她本人说出来，这很有趣。自从我们开始这个过程以来，我们已经进行了三次非常全面的电话交谈。我设法避开了采访的中心话题，因为我希望她能够在镜头前第一次完整地向我讲述她的故事。我想保持新鲜感。现在，此地，她真实地出现在我面前，这真的很奇怪。当然，我在她的档案里、报纸上的文章中看到过她的照片，一个月前，马克在我身后读过她的故事，但这次不一样。她那么脚踏实地，那么沉着冷静。我看过她十四年前被捕时的照片，当时她二十八岁。不知怎的，她现在更漂亮了；她当时就很有吸引力，但她显然越长越漂亮了。她柔软的暗金色头发松散地束在脑后，在脖颈处扎成一个低马尾，她的皮肤是被阳光自然地亲吻过的颜色，鼻子和前额上有点点的雀斑。

　　她说自己缺乏平常的交谈，只是在半开玩笑。我能从她的眼睛里看出来。我笑了，理解她为什么会同意这个项目。文化乡愁。我无法想象霍洛威会有太多像爱丽莎这样的人。她来自她的地方。我们是不同代际的人，她和我，但我们绝对是同类。

　　"那么，我们可以试一试吗？在我们开始之前有什么问题吗？"我问。

　　"没有，我很高兴能直奔主题。"她把已经很挺括的运动衫抚平，将眼睛上的刘海撩开。

"太好了！我将让我的问题保持简短，它们其实更像是给你的提示，让你专注于一个话题，或者引导你进入下一个话题。我可以把自己的声音删除掉，我们也可以之后用画外音来进行覆盖。让我们试一试。您能告诉我您的姓名、年龄和刑期吗？"

我感到手机在口袋里无声地振动起来。马克，也许是好消息，也许是一份工作录用函？上帝，我希望如此，这就能一下子解决所有问题了。振动突然停止了，要么是转到了语音信箱，要么是他记起了我今天在哪里，我现在应该在做什么。

我迅速恢复了注意力。看到爱丽莎轻吸了一口气，于是我放开了关于马克的思绪，监狱的访谈室似乎在她的周围消失了。

"我叫爱丽莎·富勒。我四十二岁，已经在这里——在霍洛威监狱待了十四年。我因协助我母亲道恩·富勒自杀而被判刑。她病入膏肓，胰腺癌。我被判了可以判的最高刑罚。"她停顿了一下，"唔……协助自杀的最高定罪。那一年有很多关于从轻判罚的报道，媒体上有很多关于协助自杀的定罪未被法院受理的报道。当时有过一次讨论，其结果是决定，相关部门应当在未来采取更强硬的路线。规则改变后，我碰巧是第一个撞到枪口上去的人。他们认为，这类案件将与过失杀人同罪，即使这显然不是过失杀人。"

她停顿了一下，眼神掠过了我。

"妈妈本来想去瑞士的安乐死机构，但我们告诉她一切都会好的，她会战胜病魔的。当时她只有五十五岁，正在接受可获得的最密集的化疗。大家都认为它最终会有效果，但是她心脏病发作了。

"当他们停止治疗时，她已经病得不能飞了；反正我也不想带她去瑞士。在她还在康复期间时，爸爸和我去参观了那个地方。那里很冷，很空旷，你知道，就像你在高速公路服务站住的那种旅馆房间。"她把袖子拉下来盖住双手，"我无法想象她在那儿的样子，濒临死亡。"

一瞬间，我想起了自己的母亲。一个一闪而过的画面：妈妈躺在床上，在一个房间里，独自一人。在撞车后的那个夜晚。人们发现她后，她已经摔坏了，浑身被雨淋得湿透。我不知道那是什么样的房间，或是它在哪里，是否只有她一个人。我希望不是爱丽莎说的那种房间。

爱丽莎的眼睛快速移向我的脸，继续说下去："我们谁都不能想象她在那儿的情形，于是我们把她带回了家。她的情况更糟了。然后有一天，她让我把吗啡留给她。我知道那是什么意思……"她的声音颤抖着。

"我把它放在床头柜上，但她拿不起那瓶子。她不断地把它掉在床单上。我在楼下给爸爸打了电话，我们一起对这事进行了无保留的讨论。我上楼去拿摄像机，爸爸支起三脚架，妈妈对着摄像机，后来又对着法庭说，她精神正常，希望结束自己的生命。她展示了她自己是如何无法举起瓶子的，更别说自己注射了。然后她解释说，她是在请求我帮助她。拍完视频后，我们吃了晚饭。我在客厅里摆好桌子，点上蜡烛。我们喝了香槟。然后我离开了，让她和爸爸说话。过了一会儿，他走到大厅里，他什么也没说。我记得很清楚。他只是从我身边走过，上床去睡觉。我给她盖好羽绒被，我们聊了一会儿，但她累了。她本想和我谈上一整夜的，但是她太累了。"

爱丽莎再次停了下来。她屏住了呼吸，目光游离。我等待着，沉默不语。

"她累了。所以我按她的要求做了，然后我吻了吻她，道了晚安，她就睡着了。不久之后，她停止了呼吸。"她停顿了一下，然后转回来看着我，"我们从未撒过谎，你知道。一次也没有。我们从一开始就说了实话。只是时机不对，碰上了严厉打击。但这就是生活，不是吗？有时你是狗，有时你是路灯柱。"

她露出了她那安静的微笑。

我也对她发出微笑。我不知道她是怎么做到的，只因为做了任何人都会做的事，在这个地方待了这么久，之后却还能保持清醒。帮助某个她爱的人。我会为了马克那么做吗？他会为了我那么做吗？我看着爱丽莎。十四年是很长的思考时间。

"入狱前你做什么工作，爱丽莎？"我问。我想让她重新进入状态。

"我曾是一家公司法事务所的合伙人。总的来说，我做得很好。爸妈都很自豪。不过，即使我可以回去（这绝对是不可能的），我也不会回去了。"

"为什么不呢？你为什么不回去？"我提示她。

"嗯，我刚开始并不需要钱。我以前挣了不少。我投资很成功。我们已经有了房子。那个，我爸爸有了房子。我要搬回去和爸爸同住；他完全拥有它，已还清了抵押贷款。我可以靠投资和储蓄退休，我不会回去，虽然我可以。"

她微笑着，向前倾过身，将手肘和前臂搁在桌子上。

"我的计划……我的计划是设法怀孕。"她柔声地说，立即变得年轻了，显得十分脆弱，"我知道我老了，这显而易见，但我已经和监狱的医生谈过了，现有的试管受精的手术比我进到这里之前先进了好几光年。我四十二岁，一个月后就要出狱了。我已经联系了一家诊所，我约了到家后的第二天去就诊。"

"捐赠精子吗？"我大胆地猜测。她从来没有在我们的电话中提到过男人。我想没有多少人能等上十四年。我不确定我能。

她迸发出一阵大笑，"是的，捐精。我是个行动快速的人，但没有那么快！"

她看上去真的很快乐，兴高采烈。创造一个生命，创造新生活。我能感觉到我的心跳加快了——关于孩子的想法，马克的孩子——一种温暖的感觉。有段时间，我们共同沉浸于其中。我和马克已经认真谈过了，我们要开始尝试了。我四个星期前已不再吃避孕药。我们打算要个孩子，如果能在度蜜月的时候就怀上，那就更好了。很奇怪，爱丽莎和我在我们各自截然不同的生活中处于同一点上。

她倾过身来说："我会尽快试一试的。成功的机会每年都在下降，但是试管受精的限制是四十五岁，所以我有三年的时间。三年的机会。我很健康，应该可以的。"

"你为什么想要个孩子？"即使我在问出这个问题时，也觉得这听起来很蠢。但是她按我的意思回答了它。

"别人为什么要孩子？我想我最近的生活有太多的结束，结束和等待。甚至在入狱之前：等待假期，或等待更好的时机，或是下一年，或是任何东西。我甚至不知道我在等什么。但现在，我有了一个新的开始。我不必再等了，我已经在一次大行动中完成了所有的等待，现在我要去生活了。"

她靠在椅背上坐着，沉浸在一个充满各种可能性的世界里。

我趁机瞥了一眼我的手机，我们已经超时十分钟了。我的手机显示有个未接电话。透过门上的小窗户，我可以看到奈杰尔肩膀的边缘。他们没有催我们，但我不想得寸进尺。

"谢谢你，爱丽莎。"今天就到这里了。我站起来，按了按墙上的开门按钮。我又瞥了一眼手机，点击了一下通知。电话是卡罗打来的，不是马克，一阵失望涌上心头。我猜他还没有找到工作。我一时间对此非常确定。但没关系，时间还早。

电气警笛突然响了起来，门闩滑动，奈杰尔略感吃惊地缓步走了进来。

我关掉了摄像机。

10

9月4日，星期天

蜜月

誓言已完成，他把一个细细的金箍套在我的手指上。

他的眼睛，他的脸，他放在我的手上的手，音乐，我纤薄的鞋子下的冰冷的石头的感觉，香和花的气味，八十个人的上等的香水味。幸福、纯粹而干净。

我们亲吻，熟悉的声音在我们身后响起。接着，管风琴震耳欲聋地奏响了门德尔松的宏大的《婚礼进行曲》。

当我们走出门去，迈进伦敦的秋风中时，花瓣雨在我们周围落下。丈夫和妻子。

我被轻轻的敲门声惊醒了。马克还没有醒过来，他还在熟睡，依偎在我身旁，躺在旅馆宽大的床上。我的丈夫，我的熟睡中的新婚丈夫。轻轻的叩击声还在继续。我从床上爬起来，穿上睡袍，蹑手蹑脚地走进套房的客厅。

是咖啡送来了，两把高高的银色咖啡壶放在一辆罩着白布的手推车上，等候在大厅外面。客房服务员低声道了句早上好，脸上露出了笑容。

"非常感谢。"我低声回他道，然后自己将手推车推进我们铺着厚地毯的休息区。我签了字，然后把账单交还回去。上面有一大笔该死的小费。今天，我要正式与大家分享这一喜悦。

现在是星期天的早上 6 点。我昨晚点了咖啡，因为我想它可能会使早起的时光变得舒缓些。但说实话，我已经完全清醒，迫不及待地想要行动。我很高兴昨晚没喝太多。我真的不想。我想保持头脑清醒，注意力集中，记住并珍惜每一时刻。

我推着手推车绕过我们豪华的酒店家具进入卧室，把它留在那里，然后冲进淋浴间。但愿咖啡的刺激性气味能使他自然醒来。我希望今天的一切对他来说都完美无缺——他热爱咖啡。我跳进花洒喷出的水中，往身上打上肥皂，在洗澡时小心不弄湿头发。我们需要在半小时内离开旅馆去机场。

从技术上讲，今天将是我们生命中最长的一天。我们将穿越十一个时区和国际日期变更线，这样经过二十一个小时的空中和海上旅行，我们将到达世界的另一端，而那时才刚到 10 点。我让滚烫的肥皂水流过肩膀上的肌肉、胳膊和手指上新戴上的金箍。

昨天的片段在我脑海中一幕幕闪过：教堂，弗雷德的演讲，马克的演讲，卡罗与马克父母的谈话，第一支舞，最后一支舞。昨晚，我们终于独处了，带着对彼此的极度渴望。

我听到瓷器与瓷器的轻轻碰撞声，他起来了。

我立即走出浴室，湿漉漉地被拥在他的怀抱中。

"太早了，艾琳。太早了。"他一边为我们倒热咖啡，一边郁闷地抱怨道。我用吻和淋浴水盖住了他。

他递给我一只杯子，我一丝不挂地站在那里，浑身透湿，啜饮着咖啡。如果让我自己说的话，此刻的我看上去相当不错。我的身材很好，我好像强调过这一点，女孩子不是每天都结婚的。他坐在床尾喝着咖啡，眼睛懒洋洋地扫过我的身体，发出啜饮声。

"你真美。"他说，仍然半睡半醒。

"谢谢。"我微笑道。

**

我们很快就穿好衣服退了房。一辆奔驰汽车滑进了酒店外那半明半暗的周日晨光中。司机自称是迈克尔，但在去希思罗机场的路上没说什么话。我们穿过清晨的荒寂街道，安全地裹在散发着皮革气味的外套里；周围只有偶尔一见的寻欢作乐之人，仍在蹒跚于归家途中。半明半暗的光线下，在伦敦北部的某个地方，穿过一道道上了锁的死寂的长廊，爱丽莎、埃迪和霍莉正躺在我从未见过的密闭的空房间里，为一种我永远不会真正理解的日子做着准备。我带着重新清晰起来的头脑感觉到了自己的自由。

在希思罗机场，马克领着我走过英国航空公司已经排得很长的队伍，走向过道尽头空荡荡的值机柜台。头等舱，我以前从未坐过头等舱。我有一种奇怪的复杂感觉：既兴奋，又伴随着想到它时的那种中产阶级的内疚感。我想要它，但我知道我不应该要。马克与客户一起旅行时一向坐的都是头等舱——他向我保证，我会喜欢的。我不应该想太多。

在办理登机手续的桌子前，一个女人带着灿烂的微笑对我们表示欢迎，就像我们是回家来的失散多年的旧友一样。菲奥娜，我们的值机助理，唯一向我介绍过自己名字的值机助理，非常热情和乐于助人。我一定会习惯这一切的。我猜，金钱可以买到时间，时间可以买到关注，这种感觉棒极了。我告诉自己，不要过度分析，享受就好，你很快又会变穷的。

我们轻而易举地通过了安检。警卫们检查我们的行李时似乎有些尴尬。我的鞋刚一穿好，马克就指向安检大厅对面最右边的墙。墙上有一扇门，只是一扇普通的白色门，没有指示牌，看起来就像员工休息室的门。他笑了。

"那是百万富翁之门。"他咧嘴一笑，扬起了眉毛。

"我们去吧？"他问道。

他朝它走去，我只能跟着他。他在穿过大厅的时候，自信地大步流星地走着，好像他完全清楚自己要去哪里，而我却觉得，我们必定随时都会被拦住。当我们走向那道没有指示牌的拱门时，我隐约觉得，随时会有一只手抓住我的胳膊，把我们护送进入一间狭小的面谈室，接受数小时折磨人的恐怖主义审问。但这种事并没有发生，我们不引人注意地穿过大厅，穿过那道奇怪的小门，将下层的熙熙攘攘的机场大厅抛在身后，进入协和候机室休息区凉爽而宁静的氛围中。

这是只供头等舱乘客使用的秘密捷径。从快速安全通道直接进入私密的英国航空休息室。

所以这就是另一半人的生活方式？哦，其余的百分之一的人，管他多少呢。我可说不清楚。

英国航空公司显然每年要向希思罗机场支付一百万英镑的补偿金，以确保头等舱乘客不必因为不得不经过那些装满他们不需要的垃圾的免税商店而蒙受羞辱。今天我们也不必如此。

休息厅里简直是天堂。站在门的这一边感觉很好，直到五分钟前我才知道有这样一扇门。真奇怪，不是吗？当你以为自己知道什么是好东西时，然后你突然意识到，还存在一个超出你的知识范围的全然不同的另一层面。在某种程度上，这很可怕。通过比较，好东西轻而易举地就会变得不够好了，也许最好永远不要去看它。也许最好不要知道，机场里的其他人都在被引导着通过零售商店，这些零售商店的设计是为了在保护其自身安全的同时，把他们仅有的一点东西拿走。

别想太多了，艾琳，停下来。只要享受它就好。享受对这美好事物的所有权的做法是说得过去的。

这里的所有东西都是免费的。我们在真皮的餐厅隔间里坐下来，点了一份清淡的早餐，包括刚出炉的巧克力面包和英式早茶。我看着马克。魅力非凡的马克在看报纸，他看上去很快乐。我环顾四周，看着休息厅里的其他人。不知怎的，头等舱给他们每个人都注入了某种神秘感，一种从赋予了其某种优雅特质的一举一动中滴下的神秘感。或者，也许是我为他们注入了那种感觉，因为我觉得，自己像是进入了独角兽的峡谷一般。

百万富翁其实看起来并不像百万富翁，不是吗？埃隆·马斯克看起来甚至不像个百万富翁，而他实际上是亿万富翁。

当我看着在看黑莓手机、啜饮着浓缩咖啡的他们时，我充满好奇。我想知道他们是否只坐头等舱旅行？他们会和其他人为伍吗，在他们的日常生活中？他们会同公务舱的人为伍吗？经济舱的人呢？我知道他们雇用了他们，但他们会与他们为伍吗？他们都做些什么工作？他们怎么有这么多钱？他们是好人吗？我想象着在出事之前为了工作而乘坐商务舱的爱丽莎。不知怎的，我可以想象她在这里的样子。即使穿着粉蓝色的监狱制服，她看上去也很适合这个角色。还有埃迪，我可以很容易地想象埃迪在这里的样子，一个潜伏在包着真皮的阴暗角落里的幽灵，手里端着咖啡杯，眼睛不安地扫视着，不会遗漏任何细节。婚礼的前一天，我给他回了电话。那是个古怪的电话，我觉得他想说些什么，但也许这次他被监视了。我完全可以想象他在这里的样子。而霍莉，我无法想象霍莉能像埃迪和爱丽莎那样坐在这里。我想知道她是否曾经离开过这个国家？她感受过地中海的阳光吗，更别说热带的湿热天气了？我对此表示怀疑。但也许这是我的刻板印象，也许霍莉过去经常旅行。我又感到了那份内疚。别想太多，艾琳，只需享受就好。

我平生第一次登上飞机是向左拐；其他人都向右拐。说实话，我很难不觉得自己是特殊的，即使我知道，我只是花了比其他人多得多的钱：我们只有通过命运和出生的种种巧合才能真正拥有的金钱。但我确实有这种感觉，感觉很特殊。

"这是架梦幻客机。"马克倾过身来耳语道。

我不知道他在说什么。

"这架飞机。"他解释说。

"哦，这架飞机是梦幻客机。"我取笑地看了他一眼。"我不知道你这么喜欢飞机。"我粲然地笑道。

马克喜爱飞机，奇怪的是我从没注意过。我能理解他为什么要对这个爱好保密。不是男人可能拥有的最性感的兴趣。但是他还有很多其他很性感的爱好，所以我很乐意在这个爱好上放他一马。我在心里记下来，要给他买些与飞机有关的圣诞礼物，也许是一本精装版的大开本画册，一本精美的书。我要去看一些飞机纪录片。

马克和我坐在前排中间的两个座位上，天哪，它与经济舱的座位全然不同。头等舱只有八个座位。整个机舱只有两排座位。就连这些座位也没坐满。飞机的这一头充满安宁。

它之于经济舱，就好比有机农业之于化学农业。经济舱的乘客就像工厂化养殖的鸡一样，要挤在那里达十一个小时之久。而我们，这些用玉米喂食的自由放养的鸡，则在高高的草丛中穿梭往来，一面欢快地咯咯叫着。也许这是一个错误的比喻：也许我们其实是农场主？

我沉在座位里，那像黄油一样的皮革散发着新车的清新气味。座位四周的隔断都足够高，使我不能越过它看见其他座位上的乘客，但又足够低，当空姐走过时，我能看到她。她绕行在五名乘客间，端上倒在冰镇高脚杯中的香槟，而这时，人们正纷纷坐下来，把手提行李放好。

我们探索着我们的安乐窝，在接下来的十一个小时里，这里就是我们的家；分隔我们座位的电子墙被放了下来，我们一起研究着所有的新设备。我前面的座位墙上挂着台平板电视，方便的小储物柜，消音耳机。储物柜里有一套印有"头等"字样的盥洗用具，里面装满了迷你产品，让我奇怪地想起了儿时的费雪牌厨房玩具。我过去玩过家家的时候。我在扶手上方的柜子里发现了一张全尺寸的折叠式碳纤维餐桌。是的，那让我很兴奋！我在早上9点45分的时候喝着香槟，我当然会为之兴奋。一切都让我兴奋！我把随身行李塞进了一个小格架。这件行李是弗雷德送给我的结婚礼物。他很高兴这成为我婚礼的一个部分，陪我走过红地毯，同我一起站在那里。我知道，我向他提出那个要求，对他来说意义重大。可爱的弗雷德，还有南希，他们自己从来没有过孩子。也许他们可以成为教父母？也许到时候吧？我想我会喜欢那样的。我想知道马克是否也会喜欢？

就像我们在空中一样。

当空中小姐从墙上探出头来问我需要多大尺寸的睡衣时，我满嘴都是香槟酒。被逮了个正着的我尴尬得连脖子都红了，我是个早餐时间就喝了酒的醉汉。

"小号，非常感谢。"我设法吞下香槟后说。

她微笑着递给我一件用白丝带扎着的海军蓝小号睡衣，它的左胸上印着一个英国航空的标记。柔软，舒适。

"如果你稍后想舒服地打个盹儿，请尽管告诉我，"她婉转动人地说，"我来给你铺床，好吗？"然后她便不见了。

免费香槟总是会给我带来点小问题。可爱的免费香槟。我发现很难拒绝它。如果杯子斟满了酒，人就会喝醉。这一次，"你会后悔没有完成那事"这句话让我真正产生了共鸣。所以，我喝下了三杯香槟，看完了一部飞机上的电影，空姐和我正在就与小睡相关的事情聊着天。

我在宽敞的盥洗室里刷完牙回来时，我的床已经收拾好了，盥洗室离厕所有三大步的距离。床看起来很诱人：厚厚的羽绒被，膨松的枕头，全都铺放在放平的机舱铺位上。我爬进去时，马克隔着隔墙取笑我。

"我真不敢相信你已经醉了。我们结婚还不满一天呢。"

"我很兴奋。现在你闭嘴，我要睡了。"我说，这时，电动隔板慢慢遮住了他咧嘴而笑的脸。

"晚安，你这老家伙。"他又笑了。

我对自己微笑。蜷缩在一切都是那么舒适的角落里，闭上了眼睛。

我在第一段飞行中睡了七个小时，相当令人印象深刻。当我们降落在洛杉矶国际机场时，我感觉休息得不错，谢天谢地，我完全清醒过来了。我从来不是个大酒鬼。随便喝上几杯，我就醉倒了。马克整段航程都没有阖眼，一直在看电影和书。

在洛杉矶国际机场，我们找到了去美国航空公司头等舱休息室的通道。它不像希思罗机场那么令人难忘，但我们现在只有三十分钟的时间来打发，直到我们飞往塔希提岛的航班开始登机。这是旅途中最棘手的部分——中途点。到洛杉矶国际机场的十一个小时的航班已经结束。八个小时的塔希提之旅即将开始，接着是四十五分钟的飞往博拉博拉的航程，然后是前往四季酒店的环岛私人游艇之旅。

我们收到了马克父母的电子邮件，他们昨天在婚礼上拍的家人的照片。我们都在其中——至少我认为那是我们，我们都很模糊，都有红眼，但肯定是我们。我突然意识到，我从来没有像此刻这样快乐过。

马克设法在下一班飞机上睡了六个小时。这一次我保持了清醒，凝视着椭圆形的弦窗的外面，落日的粉红色和紫色倒映在我们脚下辽阔的太平洋上，那景象令我目瞪口呆。云朵如绵延数英里的白色山峦，在渐暗的日光下变成了桃红色。然后只剩下蓝色，浓重的、如丝绒般的深蓝色，还有星辰。

当我们在塔希提岛下飞机时，一股湿热的热带气流拍打着我们，这是我们蜜月的第一个暗示。我们看不到塔希提岛的大部分地方，只有一条跑道，着陆灯，安静的机场大厅，另一个登机口，然后我们又飞了起来。

　　我们飞往博拉博拉的航行乘坐的是一架小型飞机，机上的空姐衣着光鲜。不知怎的，马克在短暂而颠簸的飞行中竟然睡着了。我设法读完了在希思罗机场的协和休息室拿的杂志；杂志名为《慢步小跑》，是一本有关马术之盛装舞步的极其小众的季刊。我对盛装舞步一无所知，我在还是十几岁的小姑娘时学到的关于骑马的基本知识还没有达到高级马术表演的水平，但这本杂志看起来与我以前见过的任何杂志都相去甚远，我不得不把它拿起来。原来"慢步小跑"指的是马站在竞技场中央，在原地上下踏动。我确实喜欢这样的事情，但是，我总是喜欢阅读那些扔在各处的东西，我对其知道的越少就会越喜欢。我记得有个电影学院的人建议养成这种习惯：总是在自己的舒适区之外阅读。那正是故事的来源，那正是创意的来源。不管怎样，我可能会强烈推荐《慢步小跑》。我在马饲料部分有点迷糊，但总的来说，是有趣的东西。如果不是直接对它的内容感兴趣，那么一定会对它的一般读者的生活方式和习惯感到好奇。

　　博拉博拉机场很小。两个满面春风的女人在我们到达时为我们戴上花环。当一名搬运工领着我们走向航站楼外的水上码头时，悬在我们脖子上的白色花朵散发出甜蜜而馥郁的芳香。机场及其跑道占据了博拉博拉环礁上的一整座岛屿。整个机场小岛只是一段长长的停机坪，边缘是光秃秃的干草，还有一座航站楼漂浮在南太平洋的蓝色海面上。这是人类对自然的支配在真实世界中的视觉呈现。

码头尽头有一艘快艇在等着我们，它以雅素的漆木装饰，显得很是漂亮，就像威尼斯的水上的士。我们的水上的士司机拉着我的手，扶我下到甲板上的座位上。他为我的双膝盖上了一条温暖的毯子。

"我们出发的时候，风会很大。"他笑着说。他有一张善良的脸，就像机场里的女人一样。我猜想这里的人没什么好担心的，没有让你变得坚硬的城市生活。

马克把我们的包递下去，自己跳上船，然后我们就出发了。当我们在海角和海湾周围飞驰时，天已经黑了下来。我真希望我们能安排好航班，这样我们就可以在白天看到这景象了。我敢打赌它必定令人叹为观止，但现在，在黑暗中，我只能看到海岸线上闪烁的灯光和悬在水面上的巨大月亮。熠熠生辉的白色月亮。我敢肯定，英国的月亮没这么亮。也许是由于那里的光污染，使我们看不到它原本有多么明亮。

英格兰现在似乎很遥远。那些树篱环绕的小路，结霜的草地。我为它感到一阵短暂的痛楚，它远在一万五千英里之外，雾蒙蒙、冷冰冰的。我的头发在芳香的微风中拂过我的脸庞。我们现在在减速，差不多到了。我回头看着大陆，看着海岸线，看着四季酒店的灯光。我们到了。

四周的海水泛着绿宝石般的光泽，透过碧绿的潟湖之水闪烁个不停。柔和的烛光笼罩着茅草屋顶的建筑、公共区域、餐馆和酒吧。火把在海滩边闪闪烁烁。高脚小屋将其温暖的橙色洒入南太平洋的黑暗中。还有那月亮。那月亮像乡村道路上的一束远光那样明亮，从位于博拉博拉环礁中心的死火山奥特马努山那尖锐高耸的轮廓后面发出耀眼的光芒。我们到了。

当我们的快艇驶入时，海水在我们周围平静地拍打着。码头上亮起了烛光，欢迎的人群把我们的船拴起来，把我们拉进酒店。更多的花环，甜美的香气，辣味，水，冷毛巾，一片橙子，一辆高尔夫球车载着我们沿着架空的人行道朝我们的新家疾驰而去。

我们有个妙不可言的房间，马克确保了这一点——这里最好的房间，位于码头尽头的潟湖之上的独栋平房。私人游泳池，私人潟湖通道，玻璃地板浴室。我们在门口停下车，一番欢迎的交谈，但我们现在累了。我能透过马克的微笑看见他疲惫的眼神，旅馆的工作人员也一定看得出我们疲惫不堪，介绍令人愉快地简短。

高尔夫球车轰响着退至人行道上，把我们单独留在我们的套房外面。当车子的声音渐渐远去时，马克看着我。他放下包，朝我扑过来，一只胳膊搂住我的腰，另一只胳膊抓住我的大腿，于是我离开了地面，依偎在他的怀里。我吻了吻他的鼻尖。他咧嘴一笑，摸索着把我拖过门槛。

11

9月9日，星期五

暴风雨即将来临

四天的假期转瞬即逝，如一场梦。一场宝石绿色的、经温暖打磨过的梦。

小舟穿过碧波荡漾的潟湖送至我们面前的早餐。我甚至叫不上名字的汁液饱满的成熟水果。赤脚踩过凉浸浸的瓷砖地板和滚烫的平台木板。滑入清澈见底的池水。让阳光渗透进我疲惫的英格兰人的肌肤，直入我阴湿的不列颠人的骨髓。

马克沐浴在阳光下。他的身体在水中闪闪发亮。我的手指穿过他湿漉漉的头发、滑过他古铜色的皮肤。缠绵于床单之上的潮湿的性爱。空调发出的柔和的嗡嗡声。我每天都像模特一样换上一套精致漂亮的内衣。点缀着剔透水晶的薄如蛛网的黑色花边，紫红色的花朵，夺目的红色，浅淡的白色，丰富的奶油色，丝绸，锦缎。在冲浪板上和酒吧里的轻松自在地长谈。依照我们的决定，我在六周前停止了服用避孕药。

我们开启了游览周边岛屿的直升机之旅。厚重的旋转叶片透过缓冲耳机传来的震响。上下左右那无边无尽的蓝色，似乎完全是从海洋中长出来的森林。人间天堂。

从珊瑚礁上空飞过时，飞行员告诉我们，那里的海浪之高甚至使水上飞机都无法在水面降落。这是世界上第二偏远的岛链。这里的海浪全球最大。我们透过直升机的透明塑胶地板和窗户看着海浪前仆后继，碎裂翻滚。我们离大陆、离最近的大陆达数千英里。

沙漠岛屿从海洋中隆起。卡通漫画没有骗人。从最小的沙圈到最陡峭的山峰，全都至少有一棵棕榈树。为什么沙漠岛屿总会有棕榈树？因为椰子的随波逐流。它们漂洋过海，独自漂过数千英里的征程，直至被冲到岸边，在滚烫的沙滩上自行繁育。它们的根深深地扎进沙土，直到碰到经过地下岩石过滤过的淡水。就像游泳的人终于成功上岸一样。

我们在潟湖的软水里浮潜了一天。我静静地漂浮着，四周是翔游着的巨大蝠鲼，它们就像有着血肉之躯的灰色幽灵，在原始的寂静中舒展着发达的肌肉，这时，我想起了家乡的寒冷天气。

马克为我们预订了潜水训练池，只有我和他。一个让我放松下来、重拾信心的时段。马克承诺，我在遇到他之前的那次糟糕经历将被遗忘。事情发生的时候我才二十一岁，但我对它记忆犹新。在十八米的水下，我惊慌失措。我不知道为什么，但我突然确定我要死了。我想到了妈妈，我想到她被困在那辆车里时必定会产生的恐惧。我任由思绪占据了头脑，我感到极度恐慌。我记得当时有人说，我很幸运，情况朝着有利于我的方向运行，因为它本有可能导致另一种后果的。但近些时候，我没有恐慌。我没让我的思绪占据主导地位，至少从那以后我就不曾那样过了。

我在去潜泳池的前一晚几乎一夜未眠——确切地说不是害怕，只是轻微的焦虑。但我答应了马克，不仅如此，我还答应了自己。每每想到氧气调节器，我就会感到紧张，不禁皱紧了眉头。我在拿谁开玩笑，我他妈的害怕极了。

我怕的不是溺水，也不是水或诸如此类的东西。我怕的是那种盲目的恐慌。盲目的恐慌会像将兔子困在陷阱里，使其套索越拉越紧，最终溺毙在自己的血液里。盲目的恐慌会导致愚蠢之举，结果是死亡。

听着，我没疯，我知道会没事的。这是该死的水肺潜水。它本该很有趣！人人都潜水。我知道什么也不会发生。景色将是美丽的。美得不可方物。南太平洋水下那令人惊叹的景象。某种令人终生难忘之事。但我的思绪就像我脚下的陷阱暗门一样不断地打开。恐慌，迷惑，幽闭恐惧症，意外的呛水和强烈的恐惧。

但我是个成熟的女人，我可以控制我的思想。这其实正是我做此事的原因，对吗？这就是我们挑战自我的原因，不是吗？让那些想法住口。将它们扭送回自己的盒子里。我想到爱丽莎，她在牢房里，在她的牢房里待了十四年。我们会有思想斗争，不是吗？我们就是这么做的。

当我们到达水池时，我们滑入水中，开始潜水前的相互检查。马克从头到尾都在慢慢地引导着我。我很高兴池水有降温的效果，因为我的后脖颈由于紧张而变得滚烫。只要呼吸就好，我得提醒自己。只要呼吸就好。

......

　　"顺便说一句，你做得很好，"马克安慰我道，"你把所有这些东西都记得很清楚，说实话，这玩意儿挺不好弄的。我会当你的后盾，好吗？有我在呢。但是听着——"现在他停了下来，严肃地看着我，双手搭在我的肩膀上。"如果你在水下任何时候感到恐慌，只要继续呼吸就好。如果你想冲向水面，只要保持呼吸就好。这只是你的大脑在试图保护你，使你免受一些其实不是问题的东西的伤害。我向你保证，水下并不比水上更危险。亲爱的，你相信我吗？你会没事的。"他微笑着拍了拍我的肩膀。我点点头，将永远相信他。

　　使游泳者浮在水面上的是肺部所含的氧气。当肺部充满氧气的时候，我们的胸腔里就像有两个橄榄球，确保我们不会下沉。这就是为什么如果你仰面躺在海里，你便可以让整个身体放松下来，漂浮在水上，只让脸露出水面。潜水者的诀窍是学会用这种浮力来调节深度。这就是重量的作用：把我们拖向海底。

　　我们一起下降，悬浮在一片淡蓝色中。微小的气泡向上升去，我们平稳地下降，就像在一部无形的电梯里一样。水池表面下的寂静就像胎儿的羊膜。我能够明白马克为什么喜欢潜水了。我感到平静，所有的恐慌思绪都烟消云散了。马克回头看着我，在一英尺外的高密度海水中，犹如天使一般。我们像是被厚厚的玻璃隔开了一般。他微笑着。我回他以微笑。在水下，我们感到比在水上时更为亲近。我们交换了表示"OK"的潜水手势。你知道这种手势：如果你问某人其约会进展如何，他就会做出竖起大拇哥的手势。马克和我盘腿相向，坐在池水最深处那粗糙的瓷砖地上，来回传递着氧气调节器，就像它是 21 世纪的美洲土著作为和平象征请人抽的和平烟斗一样。我仍然保持着冷静。有关暗门的思虑消失了。现在，当我看着马克那平静的面容时，感到那些思虑是不可思议的。我们是安全的。只有我们和一片沉寂。当然，让我放松的可能只不过是氧气。它本应有镇静作用，不是吗？我肯定在哪儿读到过这个，关于飞机上的氧气面罩。或许是泳池的颜色让我感到安慰，或者是那深沉的静默，或者仅仅是马克。现在我所关心的只有一件事：我完全处于平静之中。我得到了治愈，马克治好了我。我们像这样在水下待了很长时间。

**

美梦仍在继续。日落时的温暖沙滩，冰碰到玻璃杯壁时发出的叮当声，防晒霜的味道，我的平装书上的指纹……要看的东西太多了，要做的事太多了，直到第五天。

**

第五天，我们听说暴风雨要来了。

这里的暴风雨不像家乡的暴风雨。这一点再清楚不过了。你不只是把院子里的家具搬进去，然后将玫瑰盖上。在这里，风暴是很严重的事情：最近的医院离塔希提岛有一个小时的航程，而且没有人在暴风雨中飞行。风暴可能会持续数天，所以针对它们的应对措施全面而精准。海滩被清空，餐馆被钉上板条，客人们得到了简要的情况通报。

　　早饭后，一位和善的经理敲开我们的房门。他告诉我们，暴风雨应该在下午4点左右来袭，可能会持续到明天凌晨。它几小时后到达。他向我们保证，它会绕过这个岛，虽然我们会感觉到它，但不会受到全面的冲击，所以我们不需要担心被冲到海里或其他类似的疯狂之事，这种事在这里从未发生过。经理咯咯地笑着说。酒店的独栋平房位于潟湖中，环礁会为它提供保护，免受海浪的袭击，所以我猜，必须得是该死的强浪才会冲上环礁和一座座岛屿，把我们卷入其中拖走。潟湖已在这里存在了数千年，今天它仍会岿然不动。

　　他告诉我们，工作人员将通宵值班，假如发生了暴风雨改变方向这种不大可能的事件，我们将会得到及时通知，并被转移到酒店的主体建筑中。但他说，以他在岛上工作的全部时间而言，这并不是必须的，而且今天的风暴虽然肯定会兴风作浪，但看样子也不会引起太大的麻烦。

　　他走后，我们走到只属于我们的露台上，眺望潟湖。天空湛蓝，太阳在水面上闪耀着光芒。没有丝毫的迹象表明，暴风雨即将来临。我们看着对方，都在想着同样的事情：它在哪里？

　　"我们要不要去另一个海滩看看？"马克突然兴奋起来，问道。他读懂了我的心思：也许我们可以看到从那个方向到来的它。也许暴风雨会从我们后面到来。我们抓起运动鞋，穿过四季酒店那经过精心打理的丛林，迎着风暴走去。

在度假村的另一边，即向着南太平洋开放的那一边，另有一块更长、更直的海滩。这里风很大，对旅馆的客人而言，这里的风太大了。大海波涛汹涌，海浪澎湃有力，不像我们的独栋平房所在的宁静潟湖。这里岛上野性的一面。我想看暴风雨，我想看到它的到来。阳光依然灿烂温暖，但当我们赤脚迈入浅滩时，风像鞭子般吹过我们的头发和T恤。然后我们看到了它，在地平线上。

在很远的地方有一柱高耸的云，从海面直抵天空。我从来没见过这样的东西。一堵由雨和风构成的墙。这里没有透视感，望着浩瀚的天空，无从知道它的大小，因为没有什么参照物可资对它做出判断，但是当我们看到它时，它已占据了半个天空。在它的边缘，片片蓝天时隐时现，一根令人毛骨悚然的灰色柱子向我们直逼而来。

这天的大部分时间我们都在平静的潟湖上划船、浮潜。酒店建议我们从3点30分开始闭门不出，客房服务将照常提供。

我们在3点45分左右坐下来，吃零食，喝啤酒，看电影。强制性放松。

我们把《第三类接触》看到一半的时候，暴风雨骤然而至。平房下方的海浪声和屋顶上方的雨声迫使我们把等离子屏幕的音量调大。马克掏出手机开始拍我。

正在吃零食的我手忙脚乱，如同一头搁浅在被单上的鲸鱼一般。我换了个更迷人的姿势，一种更适合拍照的姿势，把开心果埋在了枕头下面。

"你在看什么，艾琳？"他在手机摄像头后面问道。

"好问题，马克！我正在看一部关于外星人的电影，与此同时，我们在等待着外面的世界末日。"我回答道。

从屏幕上传来警报声和低沉的喊叫声。

"蜜月的第五天，"马克缓慢而庄重地说，"我们正坐观一场全面爆发的热带风暴。看看这个。"马克把摄像头转向被雨浸湿了的玻璃门。

外面一片灰暗，弥漫着密不透风的浓雾。风把所有我们看得到的植物都吹向一边，树木在风的作用下变成了拱形。还有那倾盆大雨，直如瓢泼一般。他现在把手机朝向地板：露台上的雨水正在向门周围的冷水坑汇集。

"幽灵船。"马克向我喊道，眼睛望向水面。

我跳下床，一路小跑地来到窗前。可不是吗，一艘幽灵船。一艘游艇抛锚停泊在海面上，在朦胧的雾气中急速地晃动着，船帆被安全地收拢了起来，桅杆被固定得很牢靠。

"好吓人。"我低语道。

马克笑了："好吓人。"

奥特马努山的山顶消失了，被那片灰色所吞没，只有树木葱茏的山脚依然可见。马克放大了镜头中的船，他想知道上面是否还有人。我俩都盯着他手机屏幕上的放大图像。

　　然后，他的手机发出叮的一声，屏幕上弹出了一条短信通知。它只停留了一微秒，但我的胃翻腾起来。是拉菲来的短信。它很重要。关于一份有潜在可能性的新工作。拉菲一直想帮他。马克一直在等这条短信。

　　马克手忙脚乱地拿着电话大步走向套房的休息区。

　　"马克？"我跟在他身后说。

　　他不耐烦地举起手。等着！

　　他读着短信，点点头，然后小心翼翼地把电话放在桌子上，心不在焉地思考着，还咽了口唾沫。

　　"马克？"我又问。

　　那只手又举了起来，这次更用力了。等着！

　　他来回地踱着步。踱步，停下来。然后走向吧台，开始往威士忌酒杯里倒冰块。妈的。

　　我慢慢地走到桌边，弯腰拿起电话。小心翼翼地，试探性地，以防他觉得我不该读他的短信。但他的心思不在这里。我输入他的密码——他的生日，然后点击"短信"，点击"拉菲"。

　　　　老兄，不幸的消息。刚听说他们用内部人员填补了那个空缺。

　　　　真他妈的狡猾。

　　　　我觉得这事完了。

若有任何其他消息，我会告诉你的。R

哦，上帝。

我轻轻地把电话放回到玻璃咖啡桌上。马克正在房间的另一端呷着威士忌。我关上遥控器，警报和骚动都停止了。他的冰块发出的叮当声和外面暴风雨的低沉咆哮声成了现在唯一的声音。

马克终于抬起头来看着我。

"狗屁事情发生了，艾琳，你还能怎么办？"他举起酒杯向我致意。

我突然想起了爱丽莎。有时你是狗；有时你是路灯柱。

但他在微笑。"没事的。"他说，"我很好。真的。"他的语气平静，令人安心。这一次我相信他：他很好。但是……这一切都是错的，发生在他身上的事是错的。这不公平。

"我有个主意。"我脱口而出。

我走到他跟前，从他手里拿过威士忌酒杯，放下来。他看起来很惊讶，被我突然的精神变化弄得失去了平衡。我拉起他的手。

"相信我吗？"我看着他的眼睛问道。

他咧开嘴笑了，眼眉皱了起来。他知道我要做什么。

"相信你。"他回答。捏了捏我的手。

我把他带到套房的入口处，拨开门闩。但当我试着去按门把手时，他把我的手往后拉去。

"艾琳？"他阻止我道。暴风雨在另一边肆虐着。

"相信我。"我重复道。

他点了点头。

我摁下把手，门飞速地撞回我手中：风比我想象的要大得多，比透过窗户看到的要大得多。我们来到走道上，我设法把门重新关上。马克站在那里盯着眼前的狂风暴雨，雨水迅速地浸透了他的 T 恤，使布料变暗，这时，我锁好门，然后再次拉起他的手。我们开始跑了起来。我领着他沿着高架通道跑着，越过防波堤桥，来到度假村的主体所在地，然后穿过满是水坑的小径，一直走到咆哮的太平洋海岸。我们蹒跚地走过沙地，现在，风从四面八方吹来。当我们朝着海浪吃力地走去时，被雨淋得又黑又重的衣服紧紧地裹着我们。我们在南太平洋的边缘停了下来。

"尖叫！"我喊道。

"什么？"他盯着我。风和海的怒吼使他听不到我的声音。

"尖叫！"

这次他听见了，大笑起来。

"什么？！"他难以置信地叫道。

"尖叫，马克！他妈的尖叫！"

我转向大海，迎着风，冲着远处发出轰鸣的深渊尖叫起来。我用尽了全身的力气尖叫。我为马克现在的遭遇而尖叫，为爱丽莎的遭遇而尖叫，为她死去的母亲而尖叫，为我的母亲而尖叫，为马克的未来而尖叫，为我们的未来而尖叫，为我自己而尖叫。我尖叫着，直到喘不过气来。马克在暴风雨中沉默地看着我。我不知道他在想些什么。他转过身来，似乎要走开，但他随后又转了回来，发出尖叫，悠长而沉重，直刺雾中。每条肌腱都蓄势待发，每条肌肉都做好了准备，在向未知宣战。风以咆哮相回应。

12

9月10日，星期六

水中之物

到拂晓时，暴风雨过去了。

客房服务那惯常的轻轻叩门声将房间中的我们惊醒。这场风暴的唯一证据就是偶尔会有垮下来的棕榈叶在潟湖中漂过，还有我们自己嘶哑的声音。

我很多年没睡得这么好了。早饭后，马克去和旅馆的潜水协调员聊天。马克希望我们今天下午能去潜水，他想看看我们能不能自行前往。他们昨天似乎相谈甚欢，所以我让马克去办这件事，自己则留了下来。

我向马克保证，我不会碰任何工作，但他刚一出门，我就打开了笔记本电脑。每个人都发来了电子邮件，大多与婚礼有关。但是我在找与工作相关的事宜，关于我的那个项目的消息。我找到了它。

霍洛威给我发了一封关于霍莉的邮件。

关于她的释放日期有了新的细节：它被提前了，现在定在 9 月 12

日。距今天还有两天。该死的。它本该在我们回去之前的。

我给我的摄影师菲尔和音响师邓肯发了两封电子邮件：等我一回去，我们就得去霍莉家采访她。这并不理想，但我们需要在她出来后尽快拍摄录像。我还提醒了他们我们拍摄爱丽莎的日期。她将在我回去的几天后出狱，所以对此我们还有一点准备时间。

另一封电子邮件引起了我的注意。这次是从本顿维尔监狱来的。埃迪的释放日期已经定了，我对他的访谈定在我们回去的两周之后。

然后有人敲门。奇怪，马克有钥匙，他为什么要敲门？他在搞鬼。我微笑着朝门口走过去，猛地把门拉开。

一个矮小的波利尼西亚女人站在门口，微笑着。

"特别的礼物。你拿着！"她笑嘻嘻地看着我，递过来一只蒙了一层雾气的冰桶，里面装着一瓶看上去价格不菲的冰镇香槟。

"哦，不，对不起我们没点——"我开口道，但她摇了摇她那一头鬈发的小脑袋，狡黠地笑了。

"不，特别的礼物，来自朋友的礼物，结婚礼物。"她笑着说。

好吧，我想这是说得通的。弗雷德的礼物？或者，也许是卡罗？

她点头示意我接过冰桶，出于某种原因，我从她手里接过冰桶时微微地鞠了一躬。我想，这是出于对文化尊重的无意识认同。有时候，真的不应该让我出门。她开心地咯咯笑着，挥了挥小手，朝着酒店走了回去。

在房间里，我把冰桶小心翼翼地放在玻璃咖啡桌上。凝结的水珠从它的四壁滴下来。有一张字条。我打开厚厚的卡片读了起来。

亲爱的艾琳·罗伯茨太太：

祝贺你们喜结良缘，甜心。冒昧地送给你一样小礼物，一瓶上好的 2006 年的唐培里侬香槟王。这曾经是我妻子的最爱。天知道，这些年来我们一直有分歧，但她很有品位，我会这么评价她。毕竟，她嫁给了我。

总之，我祝你们现在和将来一切都好。要确保他对你好。玩得开心，甜心。

哦，我对前一个星期的电话感到抱歉，当时我不能随便讲话。但是我们很快会再谈的。

我听说他们已经把我的释放日期发给你了，所以我们都准备好了，期待两周后见到你。我现在不会再浪费你的时间了。回到可爱的阳光下吧。

最美好的祝愿！

埃迪·毕晓普

2006 年的唐培里侬香槟王。他到底是怎么做到的？他确切地知道我在哪里，我在哪个岛上，我们在哪个房间，所有的一切。但我已经知道他在监视我，不是吗？但这个？！这令人毛骨悚然。

如果我依照逻辑思考一下，这是什么意思？意思是埃迪知道我们住的地方，给旅馆打电话订了一瓶酒。任何地方他都能找到。我并没有对我们的蜜月目的地保密。任何有兴趣的人都可以毫不费力地查到它。在某种程度上，这还有些甜蜜。不是吗？或者这意味着威胁？不管埃迪的意图是好是坏，我都决定不告诉马克。他只会担心的。

我听到外面人行道上有脚步声，便把卡片揣进口袋。我过会儿会把它处理掉。我从沙发上拿起笔记本电脑，就在这时，马克走了进来。

我被逮住了。他笑起来，"你在工作，是吗？"

我耸耸肩，不置可否，把笔记本电脑塞进抽屉。

"没啊。"

**

马克为今天下午安排了一艘船和潜水用具。午饭后，它们将为我们在码头上准备好。很明显，暴风雨使得岛上的水下能见度变得很差，所以马克新结交的好朋友——酒店的潜水教练，给了他一个不远处的一艘大沉船的 GPS 坐标。那里的能见度应该很高。它位于一座小岛附近，乘摩托艇大约需要一个小时。马克从地中海的一艘处于空档期的巡航艇上拿到了船长执照，所以他带我们去那里应该不会太难。酒店甚至建议我们潜水后去野餐，将船停泊在岛的附近。那里无人居住，所以我们不用担心会打扰到任何人。

我很兴奋，一座属于我们自己的荒岛。

**

　　这次外出有点令人不安，因为一旦博拉博拉从视线中消失，就再也没有别的东西了。环顾四周，除了蓝色什么都没有。我现在明白了水手们过去在海上为什么会发疯。这就像雪盲症一样。如果不是 GPS 上的那个点在稳定地向插着大头针的目标移动，我敢发誓，我们是在无休止地绕着一个巨大的圆圈转动。

　　一小时后，我们看到了小岛，我们乘风破浪地朝着前方的地平线前进。也就是说它在三英里之外。从海平面上看，地平线总是离你不到三英里。知道这一点应该很高兴，不是吗？

　　我们今天要找的沉船残骸就在岛的西北方向。它在只有二十米深的地方，马克保证说，我不会有事的。"从技术上讲，你不应该到十八米以下的地方去。所以这个假期我们就坚持下潜二十米左右，好吗？相信我，亲爱的，如果你今天超过你的极限两米，你是不会自动爆炸的，这个极限其实只是一个指导原则。二十米绝对没问题。一有问题我就会马上来到你身边。好吗？"他让我放下心来。我知道他的潜水深度是这个深度的两倍。

　　一个被阳光晒得褪了色的粉红色浮标在海浪中上下浮动，标志着沉船地点。我们在安全的距离抛锚。

　　我们穿潜水服时，马克瞥了我一眼，一道阴影从他脸上掠过。

"艾琳，亲爱的？只是想提醒你一下。据说这里有很多鲨鱼，甜心。"

我的呼吸名副其实地停止了。

他对我的表情报以嘲笑。

"没事的！我将完完全全地诚实无欺，好吗？我会告诉你那里到底有什么，亲爱的，这样你就会知道。对吧？"

我点点头。即使我想说话，我也开不了口。

他继续说："你知道潟湖里有黑鳍鲨鱼，对吧？那天我们看到的那些？"

我点点头。

他继续说下去，声音平稳，令人安心，"黑鳍礁鲨，你不怕它们。它们非常友好，不是吗？它们不咬人。相对来说，它们没有那么大，它们仅仅和人差不多大，所以，它们不是最大的鲨鱼，但话说回来，它们肯定不再是鱼的大小了。但它们很不错。到目前为止，你听得明白我说的话吗，艾琳？"

我再次点了点头。周一，当我们在潟湖潜水时，我第一次看到了黑鳍鲨，当时，我差点得了动脉瘤。它们看起来非常可怕。但他是对的，在最初的震惊之后，我便不再怕它们。它们根本没有打扰我们。

"那个，会有很多的。"他继续说。

太棒了。

"可能还有很多柠檬鲨。柠檬鲨大约三米五长——和一辆掀背车差不多长。它们通常不会伤害人，但是……它们有三米五长。只是想让你知道。”

哇哦，好的。它们很大。

“它们没问题的，艾琳，相信我。但是，为了安全起见……它们不喜欢亮闪闪的东西，像手表、珠宝之类的东西，所以——”

我急忙摘下两枚戒指，把它们塞给他。

“那里还有什么，马克？”我强打精神道。

他接过戒指。“有可能，那里也许有灰色礁鲨……两米。”

很好。

“白鳍鲨，银鳍鲨……三米。”

很好。

“还有，魔鬼鱼？也许……”

也还好，它们就像潟湖里的蝠鲼，只是小一些。

“还有海龟。”他继续说。

可爱的，爱它们。

“还有，也许，但也可能没有，而且，你知道，即使我们真的看到了它们也不用担心，它们会保持距离的，会没事的，但可能会有虎鲨。”

哦，我的上帝。

连我都知道这些。这些是真正的鲨鱼，大鲨鱼，四到五米长。

我现在真的对这次潜水感到不确定。我看着马克。他看着我，只听见海浪拍打船壳的声音。他大笑起来。

"艾琳？你相信我吗？"

"是的。"我不情愿地说。

"它们可能会朝你游来，但它们不会伤害你的，好吗？"他盯着我的眼睛说。

"好吧。"我点头。好吧。

只要呼吸就好。这就是你需要做的一切，我告诉自己，呼吸，就像在游泳池一样，就像在游泳池一样。

我们穿好潜水服，滑进水里。再次与马克相互检查真好。安全。而且他的眼睛很好看。他迎着我的目光。"你还好吗？"

我点点头，我还行。

然后我们潜入水中。我们慢慢地下降。我的眼睛紧盯着马克：我遵循每一个手势、每一个动作。然后他指了指，我看到了它。

我可以从船上透过水面瞥见沉船，但既然我们在海浪下面，我可以清楚地看到它就在我们面前。我们下潜。当我的眼睛适应了光线时，我开始注意到鱼，当它们升回水面时，会在我们的气泡周围快速游动。我盯紧了一条鱼，看着它汇入了快艇阴影下的一群蜿蜒扭动的银色鱼群。

我回头看看马克。他控制着我们的下降，平稳而缓慢，没有突然的动作。他照顾着我，他脸朝下盯着腕上电脑，表情十分专注。我们下潜了五米，停下来做检查。马克打了个手势：还行吗？

还行，我打着手势。我们做得很好。

他示意继续下潜。他的一举一动都带有教科书式的规范性，我忍不住在氧气面罩后笑了。我有个可靠的保护者。

我往下看，看见了离我们五米远的岩石外露处的珊瑚。我又回头往上看去。现在海面离我们有差不多十米远了，正在我们头顶上方欢快地波动起舞。

我看着马克。他悬浮在蓝色中，在时间之外，他看着我，笑了。

我们下潜。我的视野中出现了一种运动。不是一个物体，而是刚好超出了我的视野范围的颜色深度的变化。

我转过头，竭力将注意力放在远处模糊的蓝色上，使劲地想要看穿那暗影绰绰的海水。然后我看到了它们。我们周围全都是它们。它们一个接一个地成为焦点。它们每出现一个，我的心便会随之跳动一次。肾上腺素的咝咝声从我的血管里喷出来。它们遍布在海水的四面八方。它们在沉船的残骸上画出大大的弧线，然后出现在礁石周围。它们笨重的身体失重地悬浮在我们周围蓝绿色的空气中。鳍，鳃，嘴，牙。像海轮一样滑行。鲨鱼。这么多的鲨鱼。它们的类型似乎与我那已经接管了控制权的中枢神经系统无关。

我停止了呼吸。我的肌肉变得僵硬，就像你无法尖叫的梦魇。我看向马克。他的眼睛飞快地扫视着它们：他正在评估威胁。

我设法举起了手，又害怕这个动作会引起它们的注意。我打了个手势，询问情况是否还好。我的前臂不由自主地颤抖着。

马克举起一只手。等一等。他的眼睛扫视着我们周围的水域。

我抬头看去。离海面十五米。呼吸，艾琳！你他妈的呼吸。我深吸了一口气。清凉、清爽的罐装空气。缓慢而平静地呼气。我看着自己呼出的气泡浮向水面。

好样的，干得好，艾琳。

马克在水里转向我，还行。

情况还行。

他笑了。

我全身放松下来。它们都很不错，我们平安无事。

我注视着它们。这让人隐隐想起在一片遍地是牛的牧场的漫步。那体型。隐隐地担心它们可能会随时转向你。朝你游过来。

然后我注意到它们的鳍。鳍尖不是黑色的，也不是银色的或者其他什么的。它们是灰色的。前景很难判断，我不知道它们离得有多远。但是它们很大——灰礁鲨。

它们知道我们在这里。它们能看见我们。但是没关系的。它们不会来找我们麻烦的。它们不会发起攻击。没关系。

我们继续下潜。

我们经过一个由黄色和银色的鱼构成的巨大鱼群，六英尺高，十分密集地挤作一团。

当我们到达底部时，马克示意我跟着他向沉船方向游去。现在，它就在我们前面不远处的海底。当我们游向它的时候，它从薄雾中浮现出来，进入更清晰的焦点。

我抬头看着我们上方的鱼群和鲨鱼群。一堵鱼墙，一堵鱼的教堂之墙，悬浮在我们头顶上方的清澈海水中。哇。

我看着马克。他也在看它们。他一言不发地从水里伸出手来，握住我戴着手套的手。

**

潜水之后，我们在空无一人的岛上吃午饭，尽量把船靠近岸边。我们脱掉潜水服，光着身子在浅滩游泳，在空荡荡的沙滩上晒太阳。当我们爬回小船，向博拉博拉出发时，天色已晚。

马克站在船舱后方，注视着中间的距离。我们在今天的这个时候回旅馆，可能要花不止一个小时的时间。风掠过我的头发，使之遮住了我的眼睛，再加上我疲惫的四肢，这都让我在颠簸的海上航行过程中几乎不可能保持清醒。GPS 上闪烁的绿色圆圈慢慢地向红色圆圈移动。我的眼皮开始下垂。

我不确定我是不是睡着了，但当我睁开眼睛时，快艇马达的声音正在变调，我们在减速。我抬头看着马克。我们还没回到博拉博拉。周围什么也没有，只有一望无际的海洋，然后我看到了他所看到的。

在我们周围的海水里——纸，一张张白纸。

我们正在接近它们的源头，一圈大约十米宽的纸。我看不出它们是什么，是杂志、表格还是文件，因为墨水已在纸页上洇成了黑乎乎的一片，难以辨认。纸像一层皮一样粘在水面上。

马克瞥了我一眼。这是什么？我们可以看到四周的地平线。除了蓝色，什么也没有。

也许是垃圾？我们停在它的中心。我们的船位于一个巨大的浮动纸圈的中心。马克关掉引擎。就其本身而言，它是美丽的。就好似一幅获得了特纳奖的作品漂浮在南太平洋的中央。我把手伸过船舷，从水里捞出一张湿纸。在我把它举向自己时，字迹在我眼前消失了，墨水在湿白的纸上流动、打旋。谁知道它说了什么。不过，在这样一个世界的尽头，它不可能那么重要。对吗？

也许是暴风雨把它带到这里来的？我研究着那纵横于白纸之上的难以辨认的黑色旋涡。如果它曾经重要过的话，那现在已无足轻重了。

我和马克对视了一眼，周围一片寂静，这真瘆人。我突然有个疯狂的想法，觉得我们死了。也许我们死了，而这里是炼狱，或是一场梦。

船舷遭撞击后发出的"嘭"的一声打破了寂静。又是一声，"嘭"，"嘭"。海浪正不断地拍打着船体旁的某个东西。我们向那嘈杂声望过去：不管它是什么，我们都不能越过船沿看到它。"嘭、嘭"。马克朝我皱起了眉头。

我耸耸肩。我不知道。我也不知道那是什么。

但他的态度中的什么东西，他的肩膀上的什么东西突然使我的血液凝结了起来。某种不祥的事情正在发生。马克认为，某种非常糟糕的事情正在发生。

"嘭、嘭"。现在这声音变得持续不断，"嘭、嘭"。马克朝那声音走去。"嘭、嘭"。他双臂伸开，将身子撑在小船上，随后，他猛吸了一口气，伏在了船舷上。

他现在一动也不动。"嘭、嘭"。不管它是什么，他反正在低头看着它，僵住了。"嘭、嘭"。然后他换了个姿势，小心翼翼地将一只手向船外伸下去。它从视野中消失了。"嘭、嘭——"

马克咕哝了一声，把一个浸满水的东西扔到我们两人中间的甲板上。它湿淋淋地落在船板上。几片湿软的纸粘在它上面。我们站在那里，凝视着它。它是只长宽不到一米的黑色帆布袋子。说它是健身包吧，它太大了，但说它是假日用手提行李包吧，它又太小了。

很明显，它的质量很好，但是好像没有任何标签，没有文字。马克弯下腰去检查它。没有标牌。没有方便的地址标签。他寻找藏于黑色中的黑色拉链，找到了。拉链被一把哑光黑的密码锁锁在了袋子上的固定锁扣上。哼。

好吧，显然颇有价值，这显然不是垃圾，对吧？马克抬头看着我。

他应该试着打开它吗？

我点点头。

他试图强行拉开拉链、挂锁等。它没有被拉开。他再次尝试。

他抬起头。我耸耸肩。我也想打开它，但是……

他试了试拉链周围的布料，拉它。它没有裂开。他半提起袋子，同它进行着搏斗，在此过程中，湿漉漉的布料在玻璃纤维甲板上噼啪作响。

袋子里有东西。在马克试图强行打开它的过程中，我能辨认出在里面转动着的坚硬而棱角分明的形状。马克突然停了下来。

"也许我们应该等等，"马克说，他的声音紧张而关切，"无论它的主人是谁，他都绝对不希望任何人涉足其中。对吧？"

我猜是这样的。但在此时此刻，想要知道里面有什么东西的诱惑力实在是太大了。不过，他是对的。他绝对正确。它不是我们的，所以我们不能打开它，对吗？

"我可以试试吗？"我朝它做了个手势。

我只想抓住它，感受它。也许我能通过重量、通过形状知道里面有什么，就像一份圣诞礼物。

"当然，请便。"他站直身子，给我让出空间。

"它比看上去的要重。"他补充说，就在我拎起把手的时候。果真。欺骗性的沉重。我慢慢地把它拎起来，于是它悬在我的小腿周围。又湿又重。感觉就像……感觉就像……

我立刻扔下它，伴随着一声熟悉的"嘭"响，它撞向玻璃钢板。马克凝视着我，摇了摇头。

"它不是。"他知道我在想什么。

"它不是，艾琳。它们会吃掉它的。它们会闻一闻，然后吃掉它。尤其是灰礁鲨，它不是。"他坚持道，但他只是嘴上在这么说。我知道他心里也是这样想的。

他当然是对的，如果那是一具尸体的话。鲨鱼现在应该已经把它吃光了。它不是有机物；它只是袋子里的一些东西。

从周围的纸张来看，可能它只是某人的商业账目或其他什么。也许是可疑的簿记。只是在一天结束时算算账而已。我肯定它其实没有那么有趣。对吧？只是袋子里的一些东西罢了。

在一个锁着的袋子里，艾琳。漂浮在南太平洋中央。周围是十米长的难以辨认的文件。

"我们该怎么办？"我问。"我们应该做点什么吗？我们是不是应该把它放回水里，然后就不管它了？"

马克看了看表。现在时间不早了：再过半个小时太阳就要下山了，我们还有四十五分钟的船程。我不想在天黑的时候还在一个未知的地方。马克也不想。

"我们得走了。我会记下坐标，而我们要把袋子带回去。交给别人，或者诸如此类的。好吗，艾琳？我们把这件乱糟糟的事情通知给某个人。不管这里发生了什么。"他在座位下的储物柜里找到一本笔记本和一支铅笔。在 GPS 上记下了位置。

我望着水面上的纸张，寻找着关于这种奇怪情况有可能是什么的其他线索。但是到处都是熟悉的蓝色。没有别的东西在水里浮动，只有纸和蓝色。我转向马克。

"嗯，好的。我们把它交给酒店，他们可以把情况弄清楚的。"我又坐了下来。

　　这不关我们的事。有些人可能干脆会把它扔了。

　　马克转身走回船舵，于是我们又出发了。快速驶回酒店和晚餐。我看着那袋子滑过甲板，落在一个座位下面。

　　我蜷缩在马克身后的长椅垫上，穿上他的毛衣，把袖子拉下来盖住我冰凉的双手。头发拂过我的脸，我闭上了眼睛。

13

9月11日，星期日

第二天

今天，我们一大早就蹦下了床。运动和新鲜空气等一切使我们在大多数情况下，一到晚上10点就变得昏昏欲睡，所以我感觉好极了。

昨晚我们在酒店边靠岸时把袋子交给了酒店。马克把它交给了一个搬运工，我们解释说它是在水里找到的。马克认为犯不上把坐标或文件的事告诉码头上的那人。取而代之的是，最好今天去和那位潜水协调员聊一聊——他看起来更聪明一些，可能会认真查看一番。

我们今天在主餐厅吃早餐，即四季酒店的周日自助餐。它奢华到了荒谬的地步，只有你想不到的，没有你吃不到的：整只的龙虾，浇了糖浆的煎饼，异国水果，全英式早餐，寿司，彩虹蛋糕。简直到了虚妄的地步。所有那些运动的另一个好处是：我现在几乎可以想吃什么就吃什么，但体重不会发生任何变化。

今天我们有令人兴奋的计划，在主岛的森林里进行4 × 4越野车活动，然后徒步攀登奥特马努山，直到圣洞，然后返回酒店，在海滩上享用周日晚上的烛光晚餐。一吃完早饭，船便会到码头来接我们。还没有那个潜水者的踪迹。我需要赶紧回房间去拿我的包和防晒霜，所以把马克留在餐厅，自己跑回了房间。

我一开始没看到它。

当我嘴里含着刷到一半的牙刷从浴室出来的时候，它跃入了我的眼帘，就端端正正地摆在我们床尾的地板上——那只袋子。有人把它放回了我们的房间。现在是干的，白垩质的盐渍在黑色帆布上结了块。挂锁仍然牢牢地锁着。他们一定误解了马克昨晚说的话。现在它又回来了。

我想起了那撞在船舷上的"嘭嘭"声。那种持续性。我从没想过一只袋子会让人毛骨悚然，但你瞧现在。这真是活到老，学到老。

我必须以后再来想这事儿。现在没有时间了。我刷完牙，抓起包，冲向码头。我待会儿告诉马克。

**

乘快船穿过潟湖后，我们挤进一辆越野车里。我们有四个人，再加上 4×4 越野车的向导。我们和另一对年轻夫妇。我们出发了。丛林快照，吉普车侧翼后视镜的边缘，模糊的笑脸，大腿下滚烫的黑皮汽车座椅，空气中温热的森林的气味，拂过我手臂上的汗毛的风，陡峭崎岖的山路上的剧烈颠簸，凉爽的空气和温暖的感觉。

然后我们徒步。掠过树梢吹拂在我们身上的微风，脚下松动的石头和尘土，低沉含混的交谈，从我的双乳间往下淌的汗水，沉重的呼吸，我前面的马克那件被汗水打湿变暗的 T 恤。

徒步结束时，我筋疲力尽，但心满意足。我的双腿沉重，有些不听使唤。

马克的双颊晒得有些黑了，这使他看上去极其健康，一副喜欢户外活动的样子，令人难以抗拒。我有一段时间没见他这么高兴了。过去的马克。我情不自禁地不停地去摸他。他的变成古铜色的皮肤。在乘船回旅馆的途中，我把一条热乎乎的腿搭在他的大腿上。这是我的领地。

我对他说起那只袋子的事，在我告诉他这件事时，他实际上觉得那很好笑。仿佛是《故障塔》中的一幕，真好笑。发生在酒店的小事故，真好笑。说实话，我从来没有搞明白过《故障塔》：那里面的人似乎总是很生气，不该生气也要生气。也许这就是有趣的地方。我不知道。派森是我的所爱；但是克利斯需要变温和一些。钢铁直男克利斯对我而言口味太重了些。

我们一回到酒店，便径直跳到床上，慵懒地做爱和午睡，直到日落时分。

待我们洗完澡、穿好衣服后，马克立即将我引到外面的平台上，砰地打开一瓶香槟。埃迪的香槟。或者像我告诉马克的，"弗雷德的香槟"。

他给我斟了满满一杯酒，酒的表面上冒出了一层气泡。你可以通过气泡的大小来判断香槟的质量，你知道吗？气泡越小，就越容易释放醇香的气味。二氧化碳气泡携有气味分子：气泡越多，你的味蕾就会越感清爽细腻。我的杯子因一长串一长串的不断上升的微小气泡而变得鲜活生动起来。我们碰了碰杯，杯子发出叮叮当当的响声。

"娶你是我做过的最好决定。"他笑言，"我就是想让你知道我爱你，我会照顾你，等我们回家后，我会找到另一份工作，我们会一起过上正常的生活。听起来不错吧？"

"是的，听上去很完美。"我回答。

我喝下一小口酒，气泡在我的唇内和鼻子中炸裂。我如身在天堂。我露出微笑。谢谢你，埃迪。

"我们该拿那东西怎么办……"我转身冲着套间点点头说。

他咧嘴一笑。"我明天会把它带到潜水中心，并把地点告诉潜水协调员。他能处理好的。或者，他也许会把它又放回我们房间，当然啦！怎么都成。"他笑着说。

音乐声从潟湖的另一边响起。

星期天晚上在海滩上有一场传统的波利尼西亚晚餐秀。我对马克说，这听起来真有点像 80 年代的晚餐剧院。但他提醒我这是四季酒店，所以它是一顿在点着火炬的热带海滩上进行的五星级酒店的三道菜的晚餐，之后是传统的波利尼西亚水鼓和火舞。

"好吧，就像晚餐剧院一样？"我说。人们在晚餐剧院就是那么干的，对吧？

**

我们坐在水边的一张桌子旁。另外仅有十对情侣神情恍惚地散坐在被蜡烛和火把照亮的水边沙滩上。我们向曾一起徒步旅行的那对夫妇挥手致意。丹尼尔和莎莉。他们微笑着，也向我们招了招手。每个人都四肢放松，心情愉悦。空气中弥漫着塔希提栀子花和火的气味。

我们喝了更多的香槟，畅谈未来。我们回家后要做的事。我对马克说起关于爱丽莎的一切，她的怀孕计划，我对他说起关于霍莉的一切。当然，我没怎么提到埃迪，也没提及他的礼物。马克全神贯注地听着。我想，当他一味地沉浸在自己的生活中时，他一定是忘记了，我还在过着自己的生活，但现在他兴趣盎然。他问他们为什么要放霍莉出来。他问我，是否认为爱丽莎会后悔她的所作所为。我们边吃甜点边喝咖啡边聊天，然后表演开始了。

波利尼西亚的舞者有男有女，他们穿着传统服装，将燃烧的火把握在古铜色的手中，或是咬在牙齿间，在沙滩上翻跟头。跃入空中，潜入水下。打击乐器演奏者站在齐膝深的海浪中，用张开的手掌击打着漂浮的鼓和水面。

一时间，音乐伴随着在我们面前的火光中闪烁的浪花渐渐达于高潮，一圈白热的火焰舔舐着海面。然后是黑暗、掌声和欢呼声。

之后，我们去酒吧喝鸡尾酒。我们跳舞，我们聊天，我们接吻，我们亲热，我们喝下更多的酒，直到我们是最后站着的人，这才宣告了夜生活的结束，跌跌撞撞地沿着码头回到我们的房间。

它就在那儿等着。我从浴室里拿了把指甲剪，我们打开了它。

14

9月12日，星期一

漂浮物和投弃物

我醒来得很晚。

马克在我旁边，全无知觉，我们都一身酒气。昨晚睡觉前，我们忘记了点早餐，甚至忘记了开空调。

我头昏脑涨，饥饿难耐。看来昨晚我们又订了客房服务。我小心翼翼地从床上爬起来，走向那辆被弃置一边的手推车。

融化的冰激凌和一只倒在桶里的香槟酒瓶。

我们喝了多少？上帝啊。我觉得舌头又肿又干，我饿坏了。我快速做出决断，去打电话。

走到一半，我的脚突然一阵剧痛，我失去了平衡，重重地摔在了石制地板砖上。

见鬼，哎哟哟。

我的足弓上绽开一粒鲜红的血球。我看见是那把讨厌的剪刀在我脚边捣乱。血球爆裂成涓涓血流，滴落在地板上。我的头一阵悸动。

哦，去他的这一切。我慢慢地、小心翼翼地站起来，一瘸一拐地走向电话。有人在电话铃响两声后接起了电话。

"你好。我可以预订客房服务吗？是的，就是这样。是的。我想订两份全套早餐……水煮蛋，两人份咖啡，糕点篮……是的，是的，就是那个，两人份橙汁。你们有膏药吗？不是。膏药？……创可贴？……没有。什么贴？比如急救箱或者……？哦，哦，是的！是的，太好了。谢谢你！"我挂了电话，瘫倒在床上，我脚上的血流到了床单上。

马克在我身旁动了动，他打起了呼噜。

"二十分钟。"我咕哝着，又睡了过去。

马克推着早餐手推车穿过房间，来到外面的平台上，这时，我醒了过来。他穿着酒店的睡袍，它的亮白色与他晒黑的皮肤形成了鲜明的对比。我抓起他们带来的急救箱，一瘸一拐地走向他。大号 T 恤盖住了我的内裤，脚上沾着干了的血渍。

我们默默地吃着东西，茫然地望着不远处。我一瘸一拐地回去拿止痛片。然后，我在伤口上敷了一层膏药，挪至不远处的躺椅上晒日光浴，很快又睡着了。

当我醒来时，我看到马克已把遮阳伞拉过来遮住了我。上帝，我爱他。我轻轻地点点头，又轻轻地摇摇头，以此来测试自己的脑袋。是的，好些了。好多了。也许现在该去洗个澡。我一瘸一拐地回到房间，经过正在看阿滕伯勒有线电视节目的马克，走进浴室。我经过时，他给了我一个飞吻。

我让冷水流过我的脸和头发。我把洗发水揉进头皮深处：按摩的感觉很好。我想起了昨晚。我们回来后做了什么？我不记得吃过冰激凌。我记得剪刀，去拿剪刀，为了剪那个袋子。就是这样。

我用一条干净毛巾裹住自己，踱回到马克身边。

"我们打开它了吗？"我问。我真希望我们没有。如果我们把它弄坏了，就没法交出去了。

他做了个鬼脸，把袋子拖到床上。

袋子上面明显有个洞。昨晚我们其实没有什么大动作。天哪，醉汉都是白痴。我注意到马克的手上粘着两条创可贴。我想昨晚是他动的剪子。我在床上坐下来，检查那只袋子。那个洞没有用。我没法将手指伸进去，把它弄得大一些，而且透过它，我什么也看不见。雷声大，雨点小。

"我们还能把它交出去吗？"我抬头看着马克。

"是的，当然。我们只要说我们找到它时就是这样的不就行了。它曾在海里，对吧？"他似乎并不担心。

"如果这个洞可以蒙混过关，那么稍大一点的洞也能吧？"我凝视着他。

他耸了耸肩，把剪刀从床头柜上扔给我。

"尽情享受吧。"他说，注意力又回到了阿滕伯勒。

但是我并不享受，我很害怕，我不知道为什么。打开袋子好像是不对的。

但是为什么呢？这就像捡到个钱包，不是吗？打开钱包看看里面的东西，找出它是谁的，这并没有什么关系。将里面的东西占为己有才是不对的，而我不想把里面的东西占为己有。我只是想知道。这绝对是可以的，这可以帮助我们把它还回去。如果我们知道它是谁的的话。

于是我拿起剪刀，又开始剪袋子。过了一会儿，我拿着它来到平台上。在那里，在之前的餐车上有一把锋利的刀。我找到它，把它插入我已剪开的小洞里，开始割起来。我听见马克在房间里打开了淋浴器。

我不停地割着，直到我能把一只手伸进洞里，然后我用尽全力，把织物上的破洞拉开。帆布裂开了，露出了令人满意的长裂口。我走进屋子。我转身向马克大喊，但他正在洗澡。我应该等会儿再看吗？

不。

我把袋子里的东西倒在木制平台上，低头去看它们。

我眨了眨眼。很长时间过去了。

我想着该叫马克来。但是我没有叫。我只是看着。

四样东西。到目前为止最大的一样是我最先伸手去拿的。它体积很大，却没有它的尺寸让人觉得的那么重。正是它使袋子一直漂浮在水面上。纸张。紧紧捆在一起的纸张。更具体地说，是纸币。一袋用透明塑料真空包装的美元。扎成捆，每捆上都贴有一万美元的纸标签。真正的钱，货真价实的钱，很多的钱。

它真实地给了我一击。我的胃翻腾了起来，于是朝洗手间跑去，但脚上的刺痛让我感到难受，所以我在冲过房间的半路上就吐了起来。

我的胃部肌肉不受控制地起伏不已，我歪着身子跪倒在地板上。胆汁，又浓又辣的胆汁。恐惧是可见的。我呻吟着，挣扎着在作呕的间隙使劲喘气。

我们不应该打开那只袋子。

我用床单擦擦嘴，摇摇摆摆地站起来。我一瘸一拐地回到外面，蹲在它面前。我盯着那些钱，紧实的真空包装设法成功地阻止了海水的浸入，虽然，很明显，这不是其最初的目的，我怀疑，要是我们在其他地方发现它的话，它又是另外一回事了。

接下来的东西是一个模糊不明的拉链袋，大概有迷你 iPad 那么大。里面都是些很小的东西。一些碎掉的东西，可能是碎玻璃。盐水渗进了这个袋子，让塑料起了雾，所以我看不清里面是什么。我跑回房间，拿了条毛巾。我蹲下来擦拭那只塑料袋，但它的里面也同样有雾气。我又拿起剪刀，小心翼翼地剪开了袋子的一角。我把里面的东西倒在毛巾上。

钻石滚落在我的眼前，切割精美，在阳光下闪得我眼睛都睁不开了。那么多，我无法判断有多少。一百颗？二百颗？它们在阳光下天真无邪地闪烁着。乍一看，它们主要是公主型和侯爵型切割，但我也看到一些心形和梨形切割。我知道我的钻石的切割、颜色和尺寸。在马克和我确定我戒指上的那粒钻石之前，我们查看了所有可能的排列组合。我看看自己的手，我自己的戒指在阳光下闪闪发光。它们的大小都差不多。和我的钻石一样大。这意味着它们都在两克拉左右。哦，我的上帝。我低头看着那堆美丽的、闪闪发光的东西，气都喘不过来了。太阳使它们发出五颜六色的光芒。这里可能有超过一百万英镑的钻石。哦哦，我的天哪！

"马克！"我大叫着，声音有点跑调，有点太大了。

"马克！马克，马克，马克。"我的声音听起来很古怪；我听到它是从我口中发出的。我现在站了起来。

他赤膊跑出浴室。我抬起胳膊，指着面前的那堆东西。他顺着我的手指望过去。

"小心呕吐物。"我喊道。他躲开了它，眼睛盯着我，好像我疯了一样。他终于来到了阳光下，完全不知所措。

"他妈——"然后他看见了它。"哦，耶稣基督！活见鬼。没错。见鬼——好吧。基督啊。"

他看着我。我能清楚地从他脸上看出他在想些什么。

"耶稣啊。"

**

他蹲在那堆东西前面，把那包钱抱在怀里一遍又一遍地翻着。他抬头看着我。

"可能有一百万。它们一捆有一万美元。"他说，眼睛放射出光芒。他真的很兴奋。

因为，让我们明确一点，这真的非常令人兴奋。

"我知道，我也是这么想的。其他的东西呢？"我很快地说。我蹲在他旁边，看着这一切。

他用手指把毛巾上的钻石推来推去。他舔舔嘴唇，在阳光下眯起眼睛看着我。

"两克拉的，对吧？你是这么想的？"他问道。

"是的。有多少钻石？"

"要是不数数的话，很难说。我猜有一百五十至二百颗。"

我点头。"我也是这么想的。那么，也许值一百万？"

"是的，可能更多。但似乎是这个数。他妈的。"他摩挲着胡子拉碴的下巴。

"还有什么？"他问。

我不知道，其余的我还没看过。

他拿起另一个密封的透明塑料袋，透过盐渍可以看到一个 USB 闪存盘。密封严密，不知怎的未受海水的浸蚀。他小心翼翼地把它放回到钻石和钱的旁边。他看看我，然后拿起最后一样东西。

那是个带把手的硬塑料匣子。他把它放在我们面前。在他打开其塑料插销之前我就知道那是什么了。

它摆在那儿：深色的致密金属嵌在模压泡沫垫中，一把手枪。我不知道它的型号。我对枪一无所知。我猜是你会在现代电影里看到的那种。但它是真的，就在平台上，就在我们面前。备用子弹安放在它旁边的泡沫垫中的另一只纸盒里。密封着。盒子里还有一部苹果手机。塑料枪匣必定是密封的，因为里面的所有东西都是干的，所以我想，都仍处在正常的工作状态。

"好吧。"马克阖上匣说，"我们进去待一会儿，好吗？"

他把钱、USB闪存盘和枪匣都装进那只破损的帆布袋里，把我领进屋。我小心翼翼地捧着放有钻石的毛巾。

他推开玻璃门，把袋子放在床上。

"好吧，艾琳。先做重要的事。我们要清理呕吐物，对吧？把自己和房间都清理干净。然后我们来聊一聊，好吗？"他鼓励地看着我。他同我说话的语气和昨天他跟我说起鲨鱼时一样，甚至更讲分寸。在需要的时候，他绝对令人安心。是的，我会清理的。

我没用多长时间。我用急救箱里的一些消毒液清洗了地板。我洗了脸，刷了牙，振作起精神。与此同时，马克打扫了房间的其余部分。餐车不见了。床单也被扒了下来，那只袋子是床上唯一的东西。钻石放在威士忌玻璃杯里。马克拿着我的笔记本电脑从休息区走了进来。

"首先，我认为我们不应该联系警察，直到我们弄清楚到底发生了什么。我可不想因为钻石走私之类的事情在波利尼西亚监狱里过上一辈子。我猜，我们需要知道是否有人丢失了这些东西。对吧？是否有人知道我们拥有这东西？"他说。

他把电脑递给我，我接过了它。

我知道了，我们要做一些研究。我擅长研究。他在床上坐下来，而我则坐在他旁边。

"那么，我应该查什么新闻，我们是怎么想的？沉船？失踪人员？或者是抢劫时出了差错？我们在找什么？"我问。我不确定，手指悬停在键盘上。我们需要点东西才可以继续下去。

他又看了看那只袋子。

"嗯，我们有一部电话。"他没有继续说下去。

是的。是的，我们确实有部电话，这意味着我们有一个号码，我们可能还有一个电子邮件地址，电子邮件，我们可能还有一个真实的名字。

"我们该查一下电话吗？看看他们是谁？"我问。

"还不必。等等，让我们仔细地、有逻辑地想一想。我们现在是在做违法的事吗？艾琳，我们是吗？我们做了什么吗？到目前为止，有什么不对的地方吗？"

就像我知道的那样。我想我的道德罗盘总是比他的稍微正确一点，但只是稍微一点点。

"不。不，我不这么认为，"我说，"是我撕开的袋子。但我把它撕开是为了看看里面是什么——为了看看它是谁的。这是事实，这应该站得住脚。"

"我们为什么没直接把它交给警察或保安呢？"

"我们交过。我们马上把它交给了酒店，但他们把它还给了我们。然后我们喝醉了，我们以为可以自己解决。这很愚蠢，但并不违法。"

我点头。那听起来不错，我断定。

"但现在这是不对的，"我补充道，我想到哪里便说到哪里，"我们现在应该报警，告诉他们这件事。枪和钱绝对是危险信号。"我说，又点了点头。

我端详着那只磨损的袋子。透过撕破的帆布，我能看见那包钱的一角。一百万美元。我看着马克。

"等一下，"我说，"我想起来了。它在那部挪威渔民的电影里出现过。"我上谷歌搜索着。

"基本而言，漂浮物、船只投弃物、海上残骸、打捞物，不管你怎么称呼它们，基本上都是宝藏，都受国际海洋法的保护。这里……看看这个。"我向下滚动页面，读着英国政府网站上的内容。

"船只投弃物指在紧急情况下抛入海中以减轻船舶负荷的货物。漂浮物是用来描述在紧急情况下意外落水的货物。等等，等等。打捞人必须在打捞后的 28 天内填写《打捞报告表》申报打捞物，等等，等等。如果东西无人认领，则在法律允许范围内行动的打捞者应当享有对打捞货物的拥有权。嗯嗯。哦，等一下。该死！根据适用于在英国领海内的所有打捞工作的《1995 年商船法》——限度最多不超过十二海里。"英国法律在这里完全无关紧要。我不确定，我们在波利尼西亚是否会受到法国或美国法律的约束。

我重新搜索，打字。马克默默地盯着袋子。

"找到了！美国商务部。漂浮物和投弃物是用来描述与船只有关的两种海洋残骸的术语。漂浮物的定义是未被故意扔出船外的碎片，通常由船只失事或事故所造成。投弃物指的是遇难船只上的船员故意抛下的残骸，通常是为了减轻船的负荷。根据海商法，这种区别很重要。"我抬头看着马克。

"漂浮物的原主人可以认领它们，而投弃物则可属于发现者的个人财产。如果投弃物是有价值的，则发现者可以有资格拥有变卖打捞物所取得的收益。"我停了下来。

马克望着窗外的潟湖，皱着眉头。

当他终于开口说话时，他说："所以，我想问题是：它是漂浮物还是投弃物？"

"嗯嗯。"我点了点头，舔了舔嘴唇。

我们得回去看看。明天我们需要回到纸圈那里，看看是否有残骸。如果有人在暴风雨中沉了船，丢失了这只袋子，那是一回事。如果有人把它扔到海里后离开了，那就是另一回事了。

如果那里，在水下，在那些纸下面，什么都没有，那么我俩就是两个百万富翁了。

"如果那里有残骸，我们就把袋子还回去，然后我们就报告这件事。但如果那里什么都没有……如果袋子是被丢弃的，我想我们就会没事的。我想我们会没事的，马克。"我走到冰箱前，拿了些冰水。我喝了一小口，又将水递给他。

"对吗？"我问。

他喝了一小口，然后用手梳理着头发。

"对，"他赞同道，"我们明天要再去一趟。"

15

9月13日，星期二

大海中的一个小点

马克把坐标输进 GPS，我们就出发了。这又是完美的一天，上方是湛蓝色的天空，下方是湛蓝色的海水，极目远眺，无往而不是湛蓝色的。

昨晚我在谷歌上搜索了有关风暴的新闻报道。没有任何新闻提到失踪的游艇或失踪的人。除了度假者在 Instagram 上发的风暴云和被风吹倒的树木的照片，什么都没有。

在途中，当浪花飞过时，我想起了暴风雨之夜的那艘幽灵船。它一直停在那里，不是吗？可能是他们吗？他们在暴风雨中离开了吗？他们为什么要在暴风雨中启航呢？一般人是不会那样做的。游艇有名字，它们的活动有记录，我敢肯定，如果现在有艘船失踪了，我们早就知道了。不是吗？但是网上什么都没有。没有提到失踪船只。

谁在跟我们开玩笑？那只袋子不是从那艘度假游艇上掉下来的。水里的纸圈、钻石、真空包装的钱、电话、枪？我敢肯定，不管谁拥有这袋子，都不会有记录其活动的习惯。不管他们是谁，我想都不会给我们留下方便的搜寻线索。

我有一种离我不想靠近的东西太近了的感觉。这是某种危险的东西，我还不太清楚它是什么，但我能感觉到，它就在我身边。我感到，我脑海里的陷阱暗门被下面的东西顶得咯吱作响。但另一方面，它可能只不过就是些意外之财，人人都喜欢意外之财。有人可能犯了个错误，而如果不会伤害到任何人……那么我们就可以留着它。给我们的意外之财，我们也并非不需要它。

今天我们只花了五十分钟就到了那个地点——这与潮流和洋流有关，马克解释着，但我不是真的在听。当我们到达的时候，纸圈已全无踪迹。没有任何迹象表明，这里曾有过什么东西。几英里内除了海水什么都没有。如果马克在周六没有写下坐标，我们就再也找不到这个地方了。

自从马克提出潜水寻找沉船的想法后，就有一种可怕的感觉潜伏在我的脑海里。我真的不想找船。我真的、真的不想。但还不只这些，我竭尽全力想压下去的想法是，我们会找到别的东西。这一次不会是沉甸甸地悬浮在水中的鲨鱼，而会是另一种东西，某种更糟的东西。

他能感觉到我的紧张。我们默默地穿戴装备，马克向我投来安慰的目光。

他认为这里大约有四十米深。就情境而言，它比里约热内卢的"救世主基督"雕像还要高出两米。我实际只能下潜二十米，而他知道这一点。但是这里的能见度几近完美，所以我们应该能够不费吹灰之力地看到底部，至少不需要一直往下潜。

在我们滑入水中之前，马克再次提醒我注意鲨鱼。这在今天看来并不重要。我凝视着万里无云的天空，把他的话当作了耳旁风。我使劲地吸气，试着平静下来。我俩都很紧张——这与鲨鱼无关。

我注意到，当我们在水中进行相互检查时，我在发抖。他抓住我的手，把它紧紧地贴在他的胸前一秒钟。我的心率慢了下来。今天的浪很大，把我们卷到了高处。刮起了一阵强风，但是马克说，一旦我们到了水下，就会变得风平浪静。我们结束检查时，他拉起了我的胳膊。

"艾琳，你知道，你不必非得这么做。我可以一个人下去。你可以留在船上，我大约十五分钟后回来。总共就需要这么长的时间，亲爱的。"他把一绺湿漉漉的头发撩到我的耳后。

"不，没关系。我很好。"我微笑道，"我能行。再说啦，假如我不能亲眼看看，我会把情况想得更坏的。"我说，我的声音很遥远，有点走调。

他点点头。他太了解我了，不会反驳我的看法。我来了。

他戴上面罩，打出"下沉"的信号，滑至水面之下。我慢慢地、小心翼翼地戴上自己的面罩，让它紧紧地吸附在我的脸颊上。我今天不能出任何差错。我最后吸了一口新鲜空气，跟着他下潜。

这里比上次要清楚些，清澈的蓝色，高清晰度。马克就在海面下等着我，这是自然节目会挑选的分辨率，一个悬浮在虚无的海洋里的活物。他示意下降，于是我们放掉了浮力。

我们平稳下降。我抬头望着在我们头顶上方的巨浪：即使是在下面的这个地方，它依然阴森可怕。从下面向上看，当波峰在阳光下发出光芒时，它似乎是用金属锻造而成的。锃亮的大块铝板。

一切都很好。在我们下潜到十米之前，一切都很好。

马克猛地停了下来，示意我保持在原位。我一动也不敢动。

有什么不对劲的地方。

血液突然以极快的速度在我的血管里奔涌，在我的浑身上下以前所未有的速度泵动。我们为什么停下来？

水里有什么东西吗？我小心翼翼地保持不动，但我的眼睛向四面八方寻找着任何可能的东西。我什么也没看见。我们应该回到船上吗？或者情况还行？

马克冲我打了个"没事"的信号。

没事？然后呢？为什么停下来？

他又给我发了个信号：保持不动。然后他示意我保持冷静。保持冷静从来不是一个好兆头。

然后他发出向下看的信号。

哦，天哪。

哦，天哪，天哪，天哪。为什么往下看？为什么？我不想往下看。我不想往下看，马克。我摇摇头。

不。不，不要那么做。

他伸手抓住我的胳膊。他再次示意：没事的。

他的眼睛。没事的，艾琳。

我点点头，我没事。好吧。我能做到。我能做到。

我深深地吸了一口气，一口凉爽的化学气体，然后往下看去。

好美啊。在我们周围的水里，纸片以翩翩起舞的方式悬浮着，半沉半浮，美极了。

然后，透过纸张的缝隙……我看见它在我们下面。

在我们下方约三十米的海床上，有一架飞机，不是商用飞机，一架小型飞机，也许是架私人飞机。我清楚地看见它在下面。一只机翼伸展开来，折断在下面的沙子里。机身上有个大裂口。里面漆黑一片。我呼出一口气，一动不动地悬在水里。

我慢慢地吸气，平静下来。我向门望去，飞机的门是密封的。哦。哦，该死。我感到一阵恐慌。我感觉到它在咝咝作响，贯穿了我的肌肉，我的胳膊，我的心脏，紧扭着我不放。妈的。噢，我的上帝，里面有人。

我脑海里的暗门猛地打开了，恐慌弥漫了我的全身。一幅幅画面在我脑海里闪过：我能看到一排排沉默的人被安全地绑在我们脚下的黑暗中，他们的脸，下巴在发出尖叫之际破裂开来。打住！我命令自己。

这不是真的。打住。

但它确实是真的，不是吗？它是真的。他们会在里面，我知道他们会的。他们不可能逃生，他们甚至没有尝试，为什么不试一试？

我意识到我已经停止呼吸了。

我拼命地喘了口气。接下来是快速而连续的喘息，惊恐压倒了一切。喘息。哦，见鬼。哦，见鬼。哦，见鬼。我抬头看去。阳光在上方闪烁着银色的光芒，十米高的地方。我必须出水，就现在。

我挣脱了马克的控制，拼尽全力地踩水。上升，离开飞机。离开死亡。

一只手抓住了我的脚踝，在它使劲拉我时，我猛地停了下来。我逃不掉。是马克，马克让我留在水里，保护我不要升得太快，不要伤害我自己。我知道这是为我好，但我不想要。我要离开这该死的海水，立刻，马上。

水面仍然在我们上方八米左右的地方。当我挣扎着想获得自由的时候，我大口地吸着气。我要摆脱他。他升至与我的眼睛平行处，抓住我的肩膀，强劲有力，沉稳可靠。帮我试着平息恐慌，止住它。他凝视着我的目光。停下来，艾琳。停下来。他用眼神示意。

呼吸。

有他在，没关系。有他在，没关系。我呼吸。我在他的怀抱中放松下来。冷静，冷静。

没关系。

恐慌重新吸回到自己的洞里，暗门"砰"的一声关上了。

静止不动。我呼吸，示意自己没事。马克点点头，表示满意。他松开了手。

没关系。但我不会下到那里去，我根本不可能下去。

我发出上去的信号，我要上去。

他看了我一会儿才做出回应。他发出可以的信号，然后示意：你，上去。

他还要往下潜，一个人。

我紧握着他的胳膊，他放开了我。我看着他下降，一面慢慢地踩水上升。一次可控的上升，现在恐慌已经消散。在我往上升时，他消失在了混浊的黑暗中。

我一浮出水面，就立即在水里把氧气罐从身上解下来，把它拖到船上。我脱下装备，让它像剥了的皮一样丢在地上。我瘫倒在那里，颤抖着，挣扎着喘气，双肘支在膝盖上，泪水开始涌上我的眼睛。

一幅幅画面在我闭上的眼睑后面闪过。他们的脸，那些乘客，扭曲的、膨胀的。恐惧。我用拳头使劲地捶腿，疼痛穿透了我的身体。我需要任何可以阻止那些画面的东西。

我站起身，在甲板上来回地踱步。想想别的事情。这意味着什么，艾琳？是的，思考一下，集中精力。这意味着什么？

这意味着，那袋子在飞机上，飞机坠毁了。南太平洋的一场风暴。发生了事故，他们无处可以降落。我们乘飞机到塔希提岛大约需要两个小时。我想他们是到不了那儿了。或者，也许他们并不想在塔希提岛着陆。那显然是一架私人飞机。他们有钱，不只是袋子里的钱，很明显。也许他们想远离公共机场。我想到了那钻石、那钱、那枪。

也许他们认为他们能逃过暴风雨，但是他们没有。我看了看表。

马克现在一定在那里了。和他们在一起。打住，艾琳。

我把注意力从航班的后勤保障转向航班。他们要去哪里？我们回去后，我需要查一些资料。我在船上的储物柜里翻找着，直到找到了我要找的东西。一本便笺簿和一支铅笔。对，我知道我需要做什么，我需要关注什么，不是下面那架飞机，马克已经将它搞定了。

我记下来：飞法属波利尼西亚的航线？我对喷气式飞机知之甚少，但我知道它们是以亚超音速或超音速飞行的。就像过去的协和式飞机。天哪，我真希望能记下一个尾号或者来自下面的什么东西。我相信马克会的。

我记下来：飞机类型，飞机尾号，最大速度，可达到的无间断最大航程？

飞机在不加油的情况下只能飞那么远。我们可以试着找出他们可能去过哪里。我怀疑此航班是否有记录，但我们可以上网搜索，看看是否有人失踪。

至少现在我们的问题得到了解答。我们发现的是漂浮物。我们的袋子肯定不是故意丢弃的。那只帆布袋连同那几捆纸不知怎的从飞机破损的机身里飞了出来，升到了波利尼西亚的阳光下。但是，还有一个很大的问题是，从技术上讲，我们手中的既非漂浮物，也非投弃物。这不是沉船。这是一架失事飞机。我们有一大袋水下航空事故的证据。我战栗着吸了一口凉爽的热带空气。

我们的蜜月感觉远在百万里之外，却又近在眼前，如果我们能——

马克在我右舷一侧破浪而出。他游向小船。他的表情茫然而克制。这是我第一次真正体会到他那有所掩饰的情绪实际上是多么有用。我想，如果我看到他真的很害怕，那么我就可以肯定，我们完了。

他爬上位于船尾的梯子，筋疲力尽。

"请给我些水。"他一边说，一边把氧气罐卸到甲板上。他剥掉潜水服，像我一样把它丢下去，让它重重地落在柚木椅子上。我从冷冻箱里拿出一瓶水递给他。他的眼睛在阳光下眯成了一条缝，眉毛在强光下皱得很紧。

"你还好吧？"他问道。他关切地看着我。

"是的，是的，我很好。对不起。我只是……"我不知道该怎么说完那句话，所以我停了下来。

"不，没关系。上帝。你能来真是太好了。"他从水瓶中长长地喝了一口水，然后望着船外的海浪，湿漉漉的头发慢慢地垂落在裸露的肩膀上。

"活见鬼。"他说。

我等待着，但他没有继续说下去。

"里面有人吗？"我问。我必须问，必须知道。

"是的。"他说。

他又喝了一大口水。

"两名飞行员在前面，三名乘客。那就是我能看见的。其中一个是女人，其余的是男人。"他又看了看船外的海浪。

"活见鬼。"我意识到我对他的回应太晚了些。我不知道还能说些什么。

"他们不是好人，艾琳。"他现在看着我说。

这他妈的是什么意思？

我想知道得更多，我想知道他看到的一切，但我似乎不该问。他在处理中。我要等他告诉我。

但他什么也没说，继续喝着水。

他的话仍悬在空气中。我试着在它们消失之前抓住它们。"你什么意思？他们不是好人，马克？"

"他们带的东西。在那下面。他们不是好人。我的意思是，不要感到太难过。"他一面说，一面站起身。抓起一条毛巾，擦了擦脸，揉了揉头发。

我意识到这可能是我现在能从他那里获知的最多的信息了，我不想在那里的人们身上停留太久。我尽我最大的努力保持专注。我换了个话题。嗯，差不多如此。

"它是漂浮物，马克。"

他茫然地盯着我看了一会儿。我想他直到现在才想起了那只袋子。我继续说下去。

"嗯，某种漂浮物，在紧急情况下意外丢失的——它的主人可以认领它。但你刚刚见过它的主人，我想他们短期内是不会认领它的。对吗？"我试了试黑色幽默。我不确定这听起来是否非常合乎时宜。

"不，不，他们不会的。"他斩钉截铁地说。

我快速说下去："马克，你看到飞机尾号了吗？任何我们能用来识别他们的东西？他们是谁？任何有帮助的东西？"

他把潜水板从他氧气罐的带子上扯下来递给我。飞机制造商、型号和机尾号。他当然看到了！

"他们是俄罗斯人。"他一边说，我一边在记事本上记下潜水板上的信息，然后又把它擦干净。

我抬起头，"你是怎么知道的？"

"那儿有俄罗斯的零食包。"

"没错。"我缓缓地点了点头。

"听着，艾琳。你说过没人会认领那只袋子，那是不是意味着你建议我们不报告这件事？我们不报告一架飞机的失事？"他绷着脸瞪着我说。

去他的。是的。我想我俩都是这么想的。我们没有吗？保留那些闪亮漂亮的钻石和意外之财。用来偿还我们的抵押贷款，拥有一个家庭，对吧？还是我疯了？也许我是疯了。

我的思绪飞向我们下方的人，死去的人，正在水中腐烂。坏人。我们应该留着坏人的钱吗？

"是的。是的，那就是我的建议。"我对马克说。

他慢慢点了点头，琢磨着那意味着什么。

我小心地继续说下去："我建议我们回到酒店，看看是否有人报案说他们失踪了，如果真有人失踪了，我们就忘掉这一切。把它扔回这里。但如果不是，如果他们就那么烟消云散了，那么是的，我是说我们就留下这袋子。我们发现它漂浮在海上，马克。我们留下它，并将它用于比我确信的它本来的用途更好的目的。"

他看着我。在烈日下，我看不大清他的表情。

"好吧，"他说，"让我们看看他们是谁。"

16

9月13日，星期二

飞行路线

事实证明，世界上每一架已登记的飞机都有实时的在线信息。我现在把它看成是在低保真的黑色和黄色世界地图上闪烁而过的紫色三角形。一个现实版的小行星电子游戏。

轻轻按一下每个三角形上的光标箭头，就会在较大的三角形上显示其航班号、出发地和目的地。较小的三角形——私人飞机、喷气式飞机——简单地显示它们的飞机类型：湾流 G550、猎鹰 5X、庞巴迪6000。

我们看到的飞机曾经是，我猜现在仍是，湾流 G650。我在网上查它的规格，它不需要加油就能飞行八千五百英里。那差不多是伦敦到澳大利亚的距离了。对于小型商务机来说，这真是一段很长的路了。它的最高速度是 0.925 马赫，超音速。这意味着以接近声音的速度飞行。声音的速度。如果他们能达到那个速度，那么无论要去哪里，都将是一次短暂的飞行。我猜他们以为自己能跑得过暴风雨。

我查了 G650 最常见的事故原因。维基百科告诉我：

在超音速下可能出现严重的不稳定性。冲击波以音速在空中穿梭。当像飞机这样的物体也接近音速时，这些冲击波会在飞机的机头前积聚，形成一个单一的、非常大的冲击波。在超音速飞行过程中，飞机必须穿过这个巨大的冲击波，同时还要应对空气造成的不稳定性，因为它在机翼部位以比声音快的速度移动，而在其他部位则速度较慢。

可能就是这样。不是吗？他们正好碰上了暴风雨，于是被撞翻了。我想我们对真实情况将永远不得而知。

**

接下来我需要查一下尾号——R-RWOA。我希望这是一个类似于汽车登记系统的系统，希望在网上有某种数据库。

经过几次搜索，我清楚地获知，注册中的 R-R 元素显然是国家前缀，它是在俄罗斯注册的。马克是对的。人们在零食的选择方面确实会相当地民族主义，这是真的。

我查了俄罗斯的国家航空数据库，不知怎的，不知为什么，它竟可用。它完全可用。细节一一显现。当然没有什么是可靠的。它于

2015 年注册，属于一家名为宙斯咨询的公司，性感的名字，听起来有点像一家位于巴西尔登的招聘公司。只是巴西尔登的小企业通常买不起六千万美元的飞机。是的，这就是那架飞机的价值。超过六千万美元。我们的房子是我们拥有的最贵的东西，只值一百五十万美元。我们甚至还没有还清抵押贷款。我开始怀疑，不管这些人是谁，他们竟会想念袋子里的东西。这显然不是他们的主要业务，甚至不是副业？但这确实让我怀疑是否有人在想念它们。一定有人在找，价值六千万美元的飞机、机组人员和它们的所有者不会就此消失。他们会留下空缺，不是吗？

宙斯咨询公司是一家在卢森堡注册的公司。我想这是说得通的，虽然对卢森堡了解不多，但我知道它是个避税天堂。我很确定宙斯是个空壳公司。马克给我解释过一次：它们是为了进行交易而设立的幽灵公司，但这些公司本身没有资产或服务，它们是空壳。

我重新打开航路信息，查看我们的领空，即屏幕上属于法属波利尼西亚的空荡荡的黑色部分，此刻，它一片空白，没有飞机飞过。不会有侦察机离大陆这么远，就像直升机飞行员告诉我们的那样，直升机只能逐岛飞行才能到达这么远的地方。直升机的油箱不够大，不能径直飞回大陆，除非它们在轮船上加油。如果有人在寻找这架飞机，那么在美国和亚洲之间的某个地方是个相当大的搜索区域。但是如果我们知道他们要去哪里，或者他们是从哪里起飞的，我们也许就能知道他们是谁。

在飞行地图上，离我们的岛屿最近的那个三角形，目前正在夏威夷和我们之间做等距离巡弋。轻点一下显示，这是一架从洛杉矶国际机场飞往澳大利亚的客机。从实时视频中可以清楚地看到，飞机确实会飞越南太平洋和北太平洋上空的广大范围。我一直认为航空公司会竭力避开它，因为这里在紧急情况下没有地方降落——如果出了问题，降落在陆地上通常不是更好吗？至少还有着陆的机会——绕着无边无际的水面飞行总比飞越它好些。但事实证明，在我们上空有两条跨太平洋航线。人们被来回运送，虽然这里的空中交通显然比熙熙攘攘的大西洋上空要少（那里的飞机现在就像成群的紫色蚂蚁般在屏幕上爬行）。不过，并没有多少是直接从我们上空飞过的。从我们上空飞过的主要是从洛杉矶或旧金山飞往悉尼、日本和新西兰的商业航班，然后我看到另一个三角形，在地图上比其他三角形高。看起来像是来自俄罗斯。我查看了一下它。是的。一架湾流 G550，私人飞机。另一架。它的方向与大多数飞越太平洋的航班正相反——它是从左往右飞，飞往中美洲或北美洲，我还不知道是这两个目的地中的哪一个。

很难知道从哪里开始寻找这些人。这些幽灵。除了怀俄明州的一架轻型飞机失踪的消息外，谷歌没有提供过去几天失踪航班的信息。我想我可以有把握地说，操纵怀俄明州的那架飞机的人不是我们要找的人。我想此人是某个走神了的周末业余爱好者，或者是一个犯了致命错误的农民。我相信那个谜会自行解开的。不管怎样，在网上找不到关于我们的失踪飞机的任何信息。

我搜索俄罗斯的私人机场。当然有很多，我猜如果你有钱的话，空中交通管制可能会将你排除在外，如果需要的话。也许在任何地方都是这样。

我突然想起我们在希思罗机场头等舱休息室看到的那些人。那些看起来不像百万富翁的百万富翁。他们为什么不坐自己的飞机呢？或包一架飞机？快速搜索显示，一架私人飞机从伦敦到洛杉矶的单程费用大约是每人四千英镑，整架飞机只需三万英镑。标准的头等舱机票，在不使用任何积分的情况下，往返需要约九千英镑。如果你足够有钱，可以坐头等舱，那么为什么不租一架飞机呢？见鬼，为什么不买一架呢？

也许他们不够聪明，也许他们不够富有，也许休息室里的人不用自己花钱买票。

不管怎样，我现在的感觉都很不一样。不知怎的，头等舱似乎没那么令人印象深刻了。这一切都让人觉得有点……好吧，相比之下有点傻。

这些幽灵生活在一个直到现在我也不知道是否存在的世界里。一个我甚至不知道该如何进入的世界。

我不确定我们能不能找出这些人不想让我们知道的事情。我是说，让我们面对现实吧，我不是间谍；我无法访问数据库。资源……

但是……这确实让我想到了一个主意。

也许马克能认出他们。毕竟他看到了他们，他看到了他们的脸。尽管是在非常不自然的情况下。我试着想象他一定看到了什么，那些尸体像芦苇一样摇摆着，浮在水中。别去，艾琳。

"马克，如果我给你看一些照片，你能认出那些乘客中的人吗？那两个男人和一个女人？"

他想了一会儿，问："为什么？你想到什么了吗？"

"我还不能肯定。但是你认为你可以吗？"我不停地敲击键盘，试图找到我要找的东西。

"是的，是的，我能。我很确定，我永远不会忘记他们的样子。"这是他第一次以这种方式谈论他们，好像他也受到了他们的困扰。我有时会忘记他也有感觉。这听起来奇怪吗？但是，在这件事情上，我的意思是，我有时会忘记他也有恐惧和弱点。我努力地压抑自己的情绪，以致忘了他一定也在这么做。他在我身旁的床沿上坐下来，这样他就能看到屏幕了。我打开了国际刑警组织的网站。我点击左上方的通缉犯标签。目前有一百八十二名通缉犯，一百八十二张照片供马克浏览。我认为我们现在处理的问题是相当明显的。我知道二百万美元对那些买得起六千万美元喷气机的人来说根本不值一提，但我有种感觉：这只袋子并非他们的全部生意。

马克抬头看着我："当真？"

"没什么坏处，对吗？从上到下都滚动一遍，查查看。"我把笔记本电脑递给他，让他自己去看。

我拿起电话，走到外面的平台上。我想让他先查一下联邦调查局的通缉令，然后再查英国国家犯罪署的通缉令。我发现在手机上使用快速谷歌搜索很容易就能找到它们。就像国际刑警组织的网站一样，一排排联邦调查局的面部照片层出不穷。

他们是一群外表邋遢的人。不过，公平地说，若是能把马克母亲的照片放在联邦调查局的监视名单上，我想她看起来也会莫名其妙地显得很邋遢。我回头透过玻璃门看了看马克，他的脸被屏幕的光芒照亮了。检查一下也无妨，对吧？即使他什么也没看见，至少我们已经尽力了。我们最终总会找到些东西的，否则他就必须得回到那水下去。我们需要找到一些线索，弄清楚他们是谁，否则我们只能回去，把钱留在那里，然后把整件事忘掉。

我突然想起了那只苹果手机。它还在袋子里的枪匣子里，我把袋子藏在了衣柜的最上面，在酒店的备用枕头后面。马克已经否决了对它的使用，哪怕是开机。他坚持认为我们应该扔掉它。但是如果我们只是用用它，就可以为我们节省很多时间。只一次。

手机没电了。我知道这一点，因为我已经试按过电源键了。我在他洗澡的时候试过，但没有电。

如果我能给它充充电，那么我们立刻就能知道他们是谁。我们就可以停止搜索了。

我又透过玻璃看了他一眼，他的脸聚精会神，全神贯注。他当然担心自己会犯罪，我知道他会。他在未雨绸缪，他在务实地思考：如果发生了什么事，我们是否必须上法庭。如果我们打开苹果手机，这将是我们拥有这个袋子的确凿证据。它会接收到信号，账户会显示时间和地点。即使我们把它们都放回水下，放回飞机中，在海底下。它会在某个网络服务器上显示它在撞机后接收到的信号。它会证明有人发现了坠机事件、死者、所有的一切，却没有告诉任何人。藏匿了证据。

　　但话又说回来，一切可能都安然无事。我也许只需让电话开机，看看它是谁的，如此而已。我的意思是，如果我确定它处于飞行模式，它就根本不会接收到信号，这就应该没问题。没有手机记录，没有证据。我一定能做到，我能搞定，我知道我能。

　　我今晚就给它充电。

17

9月14日，星期三

手机

发生了非常非常糟糕的事情。

昨晚马克去酒店场馆上一堂私人壁球课。他需要分散注意力——他的压力正变得越来越大，于是我提出建议，认为这是种很好的发泄方式，再加上他喜欢壁球：对于男人而言，这真的可以让他们无所顾忌地大喊大叫，不是吗？

他不在的时候，我趁机把藏在壁橱里的熨裤机的插头拔了下来，用备用充电器给袋子里的苹果手机充电。我给它插上电源，检查它是否处于静音状态，然后把它滑到熨裤机的一侧，以防马克往壁橱里看。

今天早上我比平时起得早，对我要做什么的期待压在我的心头。我不得不等到马克吃完早饭后进浴室洗澡之机，溜回壁橱那里，拔掉插头。它没有自行开机。我不确定那是不是自动出现的情况——因为我只知道它可能会坏掉。然后我会怎样？我把它放进口袋里，把备用充电器放回行李箱，把熨裤机的插头重新插上。

　　我需要的是多一些独处的时间，只要半个小时左右，以便查看一下手机。但是在度蜜月时很难想出要求独处的借口，不是吗？似乎最重要的是找到一种有可信度的分神之举。我想起两天前霍莉获释的事。既然我们已经错过了她真正获释的时间，那么我就需要用 Skype 与菲尔联系，安排我们一回去后便跟拍她的后续问题。这似乎绝对是个足够好的理由，可以让我独自离开房间一小会儿。

　　我告诉马克我要和我的同事们用 Skype 联络一下。我对马克说，我需要一个以太网连接，对于互联网来说，它会让通话信号更强，画面质量更好。为了方便起见，我得去酒店的商务中心做这事。

　　他提出跟我一起去，但我说这对他来说将会很无聊，也许对菲尔和邓肯来说也会有点奇怪，再说我会速战速决的。我保证，在他不知不觉之间我就回来了，他似乎很满意。我建议他今天也查查国际刑警组织失踪人员名单，只为以防万一。你永远不知道会发生什么事。但我知道——我知道他们不会在名单上，这些人不会被报告失踪，他们就是不会。

　　商务中心是一个小房间，里面有一台很大的奶油色 PC 机、一台显示器和一台四四方方的打印机。它的正中有张会议桌，几乎占据了所有的地板空间。我无法想象这个房间竟会被用于实际的商务会议。也许他们会用它来开员工会议。

　　我粗粗地瞥了一眼房间的各个角落，没有摄像头，这很好。我所做的事看起来很奇怪，我不想要我做这件事的视频证据。你知道，只是以防万一，万一事情会出问题。

我登录电脑，打开搜索屏幕。我准备好了。我整个早上都在研究该做什么。

我从口袋里掏出苹果手机，按下电源键。屏幕放出白光，紧接着是小小的苹果商标。一旦锁定屏幕出现，我就必须马上切换到飞行模式。我屏住呼吸，等着它慢慢地加载。它关闭了多久？我想知道，是不是关机的时间越长，加载的时间也会越长？可能不会。

然后屏幕闪烁起来，不是锁屏。没有锁定屏幕，没有密码。只有应用程序。直接进入应用程序。哦，我的天哪！没有密码？这太荒谬了，在当今这个时代，谁还会那么干？我迅速进入快速访问控制中心，点击小飞机按钮，安全了。

从锁屏切换到飞行模式仍然是可能的，这正是我原本预期要做的事。我的计划是绕过锁屏。根据互联网上的说法，这显然是相当容易做到的。但我现在什么都不需要做了。很明显，机主并不太担心别人会看他的手机。我想把它和手枪匣子放在一起就足够安全了。

我的心怦怦直跳。

我可以进入手机上的所有程序。上面的应用程序图标并不多，有些我认识，有些看起来来自外国，但主要是内部应用程序，没有添加，没有糖果大爆炸游戏。我点击邮件，收件箱弹出。该死。我想过可能会发生这种事。妈的。所有的电子邮件都是俄文的，嗯，我猜是俄语。不管怎样，这是种我看不懂的字母表。好吧。最简单的方法是把它复制粘贴到谷歌翻译中，这很难做到优雅，但我要再次强调：我不是间谍。

我不能从这只手机上直接将邮件复制粘贴到谷歌翻译上去，因为我不能让它上线，而且我绝对不能把它们转发到我的电子邮件账户，然后从那里进行翻译。

我转向酒店的电脑，重新加载谷歌俄罗斯，输入电子邮件发送到的邮件提供商。是俄罗斯电子邮件提供商 Yandex。登录页对我来说毫无意义：上面的文字是我看不懂的棱角分明的胡言乱语。但在右上角有一个熟悉的框，其中包括用户名栏和密码栏。我把手机上的电子邮件地址输入第一个空栏，然后点击密码框下方的难以辨认的弯曲线条。密码重置。我把它填好，然后等着。我盯着手机。

哦，浑蛋。

很明显，我将无法收到重置邮件！真他妈白痴。我不在线，重置邮件无法通过。我怎么没想到这一点？白痴。

好吧。

好吧。

等等……我可以在飞行模式下打开 Wi-Fi。当然！马克向我展示了如何在飞行模式期间做到这一点，以便我们可以使用飞机上的 Wi-Fi。那么我就不会接收到任何网络信号，它将无法追踪。我可以通过手机连接到酒店的 Wi-Fi，接收重置邮件，然后重置密码。没错！

我快速将要做的事梳理了一遍，把手机连接到酒店的 Wi-Fi 网络，然后等待重置邮件的到来。有多达三十一条信息下载到了手机上，收到最后一封密码重置电子邮件，尚没有人想念这些人。

我通过邮件上的链接进行重置，选择的密码是 G650。这似乎可行。我屏住呼吸，等待它的确认。它起作用了，现在只有我可以访问他们的电子邮件。

我翻看着邮件，页面上方的谷歌横幅提示上写着：这是俄语页面。你要翻译一下吗？我点击翻译。

我读起来。

其中大多数邮件似乎是某种形式的报表或收据。有些是会议日程安排。地点、时间和人。有些邮件是垃圾邮件。有趣的是，罪犯也会收到垃圾邮件。但这些邮件似乎都不是针对个人的，邮件里没有名字。我看到宙斯咨询公司出现过几次。另一家公司，银之匕首方案公司。两者之间有交易，还有一家叫作保护神控股公司。我不再读下去。我需要更多的东西，一个人的名字，一些东西。我将几个公司的名字记了下来；我之后会去查查看。

我删掉因密码重置而产生的邮件，退出邮箱账户；我清除了酒店电脑浏览器上的历史记录，然后注销了访客页面。

现在来看看短信，我很确定我会在短信里找到一些东西。绿色的消息图标显示有四十二条新消息。我想我这辈子也没有过十条以上的未读信息，但我想这些人都死了，对吗？我想这会导致一种不正常的高度积累。

我点击信息。手机没有保存的号码，所以所有的信息都出现在电话号码下面。我上谷歌搜了一下。+1——美国，+44——英国，+7——俄罗斯，+352——卢森堡，+507——巴拿马。卢森堡号码的文本链似乎主要是用法语和德语写就。巴拿马文本链用的是西班牙语，偶尔夹杂着英语单词。美国和俄罗斯的号码似乎完全使用的是英语。无论手机的机主是谁，他都会说多国语言，且有很多悬而未决的问题。可以这么说。我点击了第一条信息，即最近的一条，美国号码。我读了那一连串的信息：

他们已经同意了。他们将加速交易。祝飞行安全

未按约定收到信息

有问题吗？你在哪里？

联系我

情况可能会变得很糟糕，建议____

我返回信息菜单，选择下面的一串信息。俄罗斯号码：

会议地点今天定

接机时间定在22：30，在直升机场。

重定了飞行方向？你目前的位置在哪里？有问题吗？我们可以协助吗？

他们没有收到。你在哪里？

你在哪里？

我们需要谈谈，收到此信息后立即回复。

回复

突然，手机下方出现了一个点状输入图标。我的老天啊！该死的。我忘了 Wi-Fi 连接的事儿。三个灰点在我面前闪个不停。那头有人。然后我想起来了，苹果手机会把已读信息发送给发送者，除非你特意改变了设置。这些信息已经被标记为已读。

我赶紧关掉了手机。如果他们追踪到了我所做的一切该怎么办？如果他们知道了我是谁该怎么办？

　　但是他们办不到。这里没有摄像头。我是用公用电脑读的邮件。度假村里的任何人都可以那么做。不管他们是谁，他们都不可能知道是我。但如果他们来了怎么办？如果他们来这里查看闭路电视录像，看到我这个时候从大厅里进来，那会怎样？我知道大厅里、走廊里有监控摄像头。该死。

　　好吧，但现实一点，艾琳，现实一点。即使他们知道电子邮件账户是从哪里被访问的，从几乎任何地方飞到博拉博拉都至少需要一天时间。一整天。然后他们必须闯入酒店的安全系统查看录像，然后他们必须从录像中找出是我。他们会那么做吗？他们甚至不知道我看过那些邮件，是吗？他们只知道他们的短信已经被人读过了。

　　我需要读一下他们写的东西。我要查一下。

　　我深深地吸了口气，再次按下电源键。

　　白色屏幕，苹果图标，主屏幕，一条未读信息。

　　我点击它。

　　你在哪儿？

　　他们不知道我谁都不是。我需要打几个字吗？我应该吗？也许我应该告诉他们我们找到了那只袋子？

　　不，我认为这不是个好主意。不。

　　也许我应该假装成他们？我应该吗？这会阻止他们找我，对吧？

把他们引入歧途。哦，上帝。我希望我之前能把这事想清楚。我现在无法清醒地思考。好的，我思考。

三个灰点又出现了。该死！我必须说点什么。我点击我的信息框。我的信息光标在跳动。

现在对方的屏幕上会出现三个灰点。他会知道那里肯定有人。电话的另一头有人。我打下文字。

重定航向。无法交易。

看起来还行吧？相当含混。这应当能为我们赢得足够的时间，在有人来找我们之前离开这里。我按下发送，信息发出，消失在以太网中。

似乎还行。是的。他们可能会认为飞机上的人在潜伏或什么的，对吧？

然后，现实给了我当头一棒。

潜伏？到底他妈的是怎么回事，艾琳？你到底在做什么蠢事？潜伏不是事。这不是在演《第三个人》。你完全不知道自己现在在做什么。你是电影学院的毕业生，正在度蜜月。他们会找到你，杀了你。你会死的，艾琳。

然后一件非常非常糟糕的事情发生了。

你是谁？

灰点脉冲。

脉冲。脉冲。脉冲。

哦，不。

我按下了手机的电源键。

哦，上帝。

**

在回房间的路上，我试着为自己所做的事情想出一个好的解释。某种让马克听起来不觉得我像个骗子和白痴的方式。但说实话，在这个阶段，公平地说，我就是这两种人。我只是想要他的帮助，我很害怕，我需要他来帮我解决这个问题。

18

9月14日，星期三

余波

"你做了什么？"

我看着他。我能说什么呢？

"你完全疯了吗？你究竟为什么要那样做？你为什么撒谎？我说的不对吗？这些都是真人，艾琳。真正的死人和真正的大活人。我们完全不知道他们是谁，也不知道他们有什么资源。我真不敢相信你会这么笨！为什么？你为什么要这样做？"

我一言不发，只是站在那里。我知道！我是个白痴，他说得一点也没错，但是我们现在需要解决这个问题。我只关心这个，只是想把它解决好，我不想死。

他瘫倒在沙发上。我们在休息室，我一打开门就叫他过来，把一切都告诉了他。公司，电子邮件，短信——所有的一切。他坐在那里思考着，皱着眉头，思绪万千。

"好吧，"他最后说，"好吧。艾琳，他知道些什么？"

我耸耸肩，摇摇头。我不知道，没法确定。

"不。好好想想，甜心。想一想，他知道什么？"他慢条斯理地说。

我咽了口吐沫，换了口气。

"他知道拿电话的不是飞机上的人。"这一点我很肯定。

"太好了，他会从中推断出什么？"他问道。

"我们偷了电话，我猜。认为我们要么杀了他们，要么抢劫了他们。这似乎是两种最可能的解释。"我抬头看着他。

他点了点头。

"这么说他是想找我们，是吗？"他想了想说，"他怎么能找到我们？"

"通过电话信号。或者通过我们访问电子邮件账户的地方。它们是唯一的关联。"我说。

"好吧。所以是酒店的电脑，酒店的电脑室。他怎么知道在电脑上的是你，而非酒店里的其他人？"

我明白马克的意思。

"大厅和走廊里的闭路电视画面。时间编码，我走向房间，离开房间，访问时间的前后。"我不寒而栗。该死。虽然商务中心本身没有摄像头，但我仍然会被拍到出现在那里，所有人都能看到。我们需要删掉这段录像。

我注意到自己在逻辑上的突然跳跃。从犯错到主动犯罪。就像这样。我想知道很多罪犯是不是就是这样开始的，我想知道埃迪是不是就是这样开始的？一个错误，一次掩盖，然后是一连串缓慢发生的事件。我以前从来没有想过这样的事情，想要摆脱证据的冲动。我不知道该怎么处理掉录像镜头。当然，我从来没有想过，因为我只是个在度蜜月的普通女人，除了有时在高速公路上速度超过八十迈，我甚至连想也没有想过要干违规的事。也许有时会在心里想想，但从来没有出现在现实中。

"所以这是与你个人唯一的联系，是吗？闭路电视录像？没了那段录像，就有可能是任何人在那个房间里打电话、用电脑？"他给了我一个鼓励的微笑，不多，但已经足够了。

"是的，那是唯一的联系。"

**

我们去散步。我们不知道他们会把闭路电视监视器和录音设备安放在哪里，但我们会前往接待处。这是一个相当合理的假设，它将在接待处后面的房间里。如果没有，我们就得留心一个保安，跟着他去到他要去的地方。

计划很简单。当然很简单，我们其实不是犯罪策划者。如果接待处没人，我就会溜进后面的房间，找到视频系统，然后尽可能多地删掉过往的镜头。不会那么难的，对吧？如果我能删掉整整一个月的镜头，那就更好了。完全掩盖我们的踪迹，为什么不呢？如果后面的房间有人，我们就采用 B 计划。

当我们到达酒店主建筑时，前台有两名接待员。我们靠近大厅时，马克拉起了我的手。他紧紧地搂着我，领着我朝图书馆走去。看来我们要实行 B 计划了。

B 计划是我食物中毒，马克要投诉。希望我们会被带到后面的房间，这样我们就能查看系统是否在里面。如果在的话，我们需要先支开接待员一会儿，处理录像。这并不是万无一失的，但我是一名电影学院毕业生，马克是一名失业的银行家，所以我们就放手一搏吧。

"装出生病的样子。"他耳语道。我把头往后仰，用鼻子使劲吸气。我把手放在头上，慢慢地用嘴呼气，就像拼命地想打起精神那样。我环顾四周，寻找座位。马克扮演忧心忡忡的丈夫。我想去哪里？我需要什么？我沉默不语，我面色苍白。我病得一定很厉害。我小心翼翼地坐在酒店图书馆外的椅子上。一位接待员抬头瞥了我们一眼，观察情况。她看了一眼比她大些的同事，也许是她的上级。年长的女人点点头，年轻人可以应付此事，而年长者则重新埋头于她的文案工作。年轻的接待员走了过来。

我们开始吧。我此处的角色很简单，我只需要显得恍恍惚惚，使劲呼吸。马克的工作比较难办。

他不等她走近我们便开了口。

"对不起。如果你不太忙的话，能帮点忙吗？"他的语气生硬而笃定，他会很难缠的。

为了更快地到达我们这里，接待员突地小跑起来。在她身后，另一个女人可以清楚地看到一场该死的风暴正在酝酿，于是收起文件，悄悄地朝对面的走廊走去。我敢打赌她们在这里一定遇到过很多浑蛋。

"对不起，先生，一切都好吗？"她的语气很温暖，带有美国口音。

马克看起来生气。

"不，实际上，不，一切都不好，好吧，跟你说实话……"他斜眼看了看她的名牌，"莱拉。"

我看到她在内心叹了口气，让自己坚强起来。值得赞许的是，她一直微笑着。

"我和妻子本来打算在一家五星级酒店度蜜月，但因为你们打定主意要让我们食物中毒，我们被关在房间里两天了。我真不知道你们觉得自己都是干什么吃的，但我们已经受够了。"这样的马克是个真正的浑蛋。

"很抱歉，先生。我不知道情况。我从未遇到过这种问题，但我现在可以向你保证，我会为你解决这一切的，我们保证会做需要做的一切。"

"我很感激，莱拉，我知道这不是你的错，但你真的应该得到过通知，不是吗？我昨天提出了这个问题，但没人回复我们。什么都没有发生。这本该是一个豪华的五星级度假胜地，但我真的不知道你们是怎么得到那些星星的，如果你们彼此不加沟通，而且当客户不称你们的心意时，便无视客户的申诉。这真令人恶心！看看我的妻子，莱拉。看看她。"他的声音现在提高了，很大声。我想，在这个阶段，我们可以正式地称之为一个场景。莱拉低头看着我。不知怎么的，我开始出汗了，这可能是源于我们的计划带来的压力，但我猜它看起来相当有说服力。我抬头盯着她，目光呆滞。她做出了一个决定。

"先生，如果你们愿意和我一起来，我们可以找个安静一点的地方，也许我可以给这位夫人拿杯水来。夫人的名字是……"莱拉真的做得很好。非常专业。上帝，这是家好酒店。

"真的吗？看在上帝的分儿上，莱拉。罗伯茨。叫罗伯茨。罗伯茨先生和太太。住六号别墅。真他妈的倒霉。"马克大声地用鼻子呼着气。一个男人在与自己较真，恰如其分地表现出愤怒。马克干得好。如果干不了银行这一行，他总可以去当演员。

"罗伯茨先生，当然！好吧，如果你们现在就跟我来，我一定会帮你们把一切都搞定的。罗伯茨夫人，让我去给你拿点喝的。"莱拉示意我们跟着她。马克轻轻地把我从椅子上扶起来，将手架在我的腋窝下，支撑着我身体的重量。我们跟在她后面走。

后面的房间比我想象的要大。计划展开，房间外有一扇门，莱拉带我们穿过那道门走了进去。进入一间设备齐全的豪华会议室。特别投诉室？更有可能是贵宾客户的入住登记室。针对高调的客人，那些旁人可能想要盯着看的人。我现在已经逐渐习惯了这个世界，知道它是如何运作的。

我们坐下来。她慢慢地阖拢面向后屋的窗户上的百叶窗。当它们阖拢时，我看到一台黑白闭路电视监视器，然后它就消失了。

她坐在我们前面。

"好吧，先做要紧的事，罗伯茨太太，我可以为你拿点什么东西来吗？一杯冰水？一些含糖的食物？任何东西？"

我想说话，但什么也说不出来。我清了清嗓子：我有一段时间没说过话了。干得不错。我点点头。

"谢谢你，莱拉。我真的很感激。"我喘着粗气说。与马克的恶劣态度恰好相反。可怜的罗伯茨太太。

"我能喝杯热茶吗，莱拉？加糖和很多牛奶。如果不太麻烦的话。这样可以吗？"我抬头看着她，满怀歉意。对不起，给你添麻烦了。

莱拉似乎松了一口气。一个朋友，盟友。这事可能最终会有一个积极的解决方案。她以后可能会得到一些很好的反馈，一封感谢信，月度最佳员工。她微笑着。

"没问题，罗伯茨太太。我这就亲自去拿。请别客气，我很快就回来。"她先征求了马克的同意，然后足下生风地走出贵宾登记室，穿过后面的房间，进入大厅。门在她身后关上了。我跳起身，跑出贵宾室，进入后面的房间。马克站在会议室门口看着我。我及时赶到闭路电视监视器前，从屏幕上看到，莱拉绕过大厅走廊的尽头，向着酒吧走去。我把电脑屏幕上的窗口最小化，找到存档日期。六十天的连续拍摄。我应该把它们都清除掉吗？不。只清除我们停留的日子的？不。一个月比较好。我标记了 8 月中旬到 9 月中旬的日期，然后点击删除键。我确定要删除这些文件吗，程序闪出提问。是的，我要删除。我点击。然后我进入选项，清空垃圾箱。搞定。我们进行得怎么样？我点击最小化的屏幕。还没有莱拉的踪迹，我的心如雷鸣般狂跳不止。我回到程序中，滚动选项，在这里，设置，保存文件六十天，我把设置改为六天。那应该会把水搅浑。当有人检查归档数据时，他们会认为这是一个设置错误。没有人会看几个小时的闭路电视录像，除非他们要寻找什么。我检查屏幕，这个房间里没有摄像头，我们没事的。我把屏幕恢复到原来的设置。还是没有莱拉的身影。我还想做一件事。我扫视了一下房间。

"你搞定了吗？"马克小声说，很着急，"艾琳？"

"搞定了，但还有一件事，还有一件……"然后我看到了它。房间对面有只文件柜。我查看屏幕。莱拉正拿着杯子和碟子离开餐厅的酒吧。我还有不到一分钟的时间。我飞快地跑过房间，躲开椅子。我打开标有 R 的抽屉，快速浏览文件。罗伯茨。在这里。我伸手去拿护照复印件。我们的地址表格。我听见高跟鞋在穿过大理石大厅时发出的嗒嗒声。该死。我猛地关上文件柜，冲回贵宾室，一头扎进椅子里。我把那些文件塞进短裤前面，马克在我旁边坐下，就在这时，莱拉打开了门。她微笑着走了进来。

"这给您，不错的热茶。"她关切地注视着我。

由于奔跑和肾上腺素，我现在呼吸相当不规律。我看起来又害怕，又在浑身冒汗。在某种程度上，我的表现很完美。

我摇摇晃晃地站起来。

"我很抱歉，莱拉，但我真的需要再去一下洗手间。哪一个最近？"我气喘吁吁地恳求着。

她立即放下茶具，冲我理解地笑了笑。我想我们有共同的经历。

"就在图书室的右边。我们会在这里等你的，如果你自己能去的话，罗伯茨太太。"她补充道。

多好的一位女士啊。我会留下反馈意见。

当我将手轻轻地搁在短裤前面摇摇晃晃地走出去时，我听到他们开始就我们想象出来的不满而一决胜负。做得好，马克。坚持下去。

我在卫生间里把那些文件足足泡了十分钟，然后把它们揉成一团。我把它们放在单独的卫生垃圾桶里，这才重新回到我们的房间。

19

9月14日，星期三

链接

最终马克全身而退，回到了我们的房间，充满了活力。

"搞定。"

他扑通一声坐在我旁边的沙发上。我将头靠在他的肩膀上，因等待和紧张而疲惫不堪。我想我们又重归于好了。"战斗还是逃跑"的压力内啡肽修复了我之前因使用苹果手机所造成的裂痕。我们又是一个团队了，罗伯茨夫妇对世界。

"干得好。"我在他的肩膀上说。我透过他的 T 恤轻轻地吻了一下。

"你怎么离开的？"我问。其实那一点也不重要，我只是想听到他的声音，他胸部的震动。我已经知道他将完美无瑕地扮演那个角色。

"很好，谢谢。莱拉和我成了最好的朋友。她给了我们一封信，让我们可以选择在任何一家四季酒店免费住两晚。我告诉她，她是酒店的功臣，我们会把这事告诉经理的。最后她似乎相当高兴。"他吻了吻我的头顶。

"你干得很棒，艾琳，"他说，让我的头后仰，以便我能抬头看着他，"看到你那样……处理闭路电视。我从没见过你那样。我不敢相信我们做到了。你还拿到了我们的身份证明，对吗？我甚至都没想过。你做得很棒。太棒了。"他弯下腰来吻我。

那是我们在这里的唯一链接。如果他们来了的话。如果他们竟然来找我们的话。重要的是，酒店里已经没有我们的护照或伦敦地址的复印件了。如果有任何人来找的话，他们就没法找到我们的身份证明了。另外，今天早上使用电脑的人的录像已不复存在。一个鬼魂拿了电话，没有任何办法找到住在我们房间的客人，除非……我突然想到了一件事。一道可怕的闪电从天而降。

我的眼睛一眨一眨地盯着马克，"我忘了电脑！他们的电脑系统。我们忘记了！几乎可以肯定，他们已经把我们的登记信息录入他们的系统了，马克。我们拿了文件也不打紧，他们仍然有我们所有的信息。"

他打断了我的凝视，把身子从我身边移开。我们必须回去。该死！他知道这一点。他站起身，开始踱步。我们必须回去，想办法删除那些文件。该死该死该死。我认为我俩都做得很好，我以为我聪明绝顶，但事实上，我们所做的只是让情况变得更加可疑。突显了我们是谁，是谁干的。如果有人来找的话。会有人来找的。他们将看不到我们丢掉的文件，但会在酒店数据库中找到我们的详细信息，他们会知道，我们试图掩盖自己的行踪。我们已经不打自招，没有别的了。除非，除非我们现在回到那间办公室，把我们的名字从系统中彻底删除。我们俩得有人去做那事。

马克再次低下头看着我。一个想法正在他的头脑中成形。他必须去：这次他必须是那个人。我回不了接待处，我应该躺在病床上，那就是我们编的故事。我已经铺好了病床，现在不得不躺在上面。

马克慢慢地踱着步，思考着。几分钟后，他走进卧室，随后拿着一只耳环走了出来。我的一枚祖母绿耳环，是前年送我的生日礼物。他举起它。

"你丢了一只耳环。事情就是这样。我要去把它找回来，对吗？"他点了点头。这是最后一局。"是的，我去。"

四十三分钟后，他回到房间。

"搞定了。我改了我们的名字、电话、电子邮件和地址，一切。搞定。"他看起来疲惫不堪，但松了一口气。

天知道他是怎么做到的，但我知道他会的。我微笑起来，感谢上帝。

"我们需要谈谈那个打电话的家伙的问题，马克。"是时候停止自我祝贺，回到迫在眉睫的工作中去了。自从他走了以后，我心里一直在想这件事。

他点点头，在我旁边的沙发上坐下来。他润了润嘴唇。

"好吧。我们知道什么？让我们从那里开始。我们对他了解多少？或者是她？"他问道。我们会解决此事的。

"他的电话号码是在俄罗斯注册的，但他的短信是用英文写的。所有飞机乘客的电子邮件都用的是俄语。他们一定是俄国人。但是他们用英语同短信里的男人交谈，他用英语回答。所以我大胆猜测，至少他不是美国人就是英国人。我们不知道他与那个使用美国电话号码的人是否是同一个人。他可能就是同一个人，拥有两部手机。我们不知道。听起来他好像在安排飞机上的人与用美国号码的人之间的交易。他希望交易顺利进行。他知道我们不是飞机上的人，也知道我们假装是……"马克扬起了眉毛。我嗫嚅地停住了口。

"嗯，好吧。他知道是我在假装——"我纠正自己道。

马克点点头。

我继续说下去："——飞机上的人。他会认为我们已经把电话彻底查过了。他会认为我们要么是出于某种原因杀了他们，然后把袋子藏了起来，要么是找到了袋子，看到了不该看到的东西。不管怎样，我们对他或者他们都是个威胁。所以他会设法寻找我们。"

马克身体前倾，双肘支在膝盖上，皱着眉头。"他们能追踪到电话信号吗？哦，不是信号——你没有使用信号，是吗？ Wi-Fi ？他们能设法追踪它吗？"他大声地说着自己的想法，但我做出了回答。

"不。不，他们不能！苹果手机没有云端链接。你只能通过一个连接 Wi-Fi 的特殊应用程序或云端定位。我的意思是，他能追踪到信号最后被接收到的地方，但那可能是在飞机上的人登机之前。至少是在飞机失事之前的某个时候。飞机坠毁时，电话被收起并关机。所以他可能知道它在太平洋附近，但仅此而已。"我很确定这听上去是说得通的。马克点头：他同意我的看法。

"所以，与这里、与这家酒店的唯一链接，就是从商务中心访问电子邮件账户？"我看得出来，他正在制订一个计划。

"是的，IP 地址会被记录在某个地方。它将显示访问该账户的位置。我猜这些人可能有办法找出答案。无论如何，他们肯定能找到一个可以那么做的人。"我说。

他们会来的，这真的只是时间问题。他们可能已经有了 IP 地址。他们可能就是在这一分钟上路的。

"所以他们要来？"他说，他能从我脸上读出我的想法。

"是的。"我回答。

他沉思着点点头。

"这样的话，我们这就走。"他起身走向笔记本电脑。

"马克——"

"没事的，"他告诉我，"我们现在有了个完美的借口。你生病了，食物中毒，所以我们缩短了假期，送你回家看医生。"

我笑起来。它确实解决了很多问题。

"我要更换航班。我订的是可灵活变更的机票，所以应该没问题。我来试试，尽量弄到明天的座位。听起来还行吧？"他问。

"听上去很理想。"我起身向卧室走去。我该开始收拾行李了。离开令人难过，但如果这些人真的会来酒店，我宁愿去地球上的任何地方，但最好是在我自己的家里。

我拿出我们的箱子，把衣柜里的东西全摊在床上。

我抬头看了看上面的架子。

"马克？"我晃回到休息室。

"嗯？"他从显示屏上抬起头来。

"我们要留着它吗？"这只是个问题。我已不知所措，不知道我们在做什么，不知道我们是在逃离这些人还是在抢劫他们。

"这个嘛，我们不能就把它留在房间里，对吗？"他问，"除非我们想在回家的航班上被捕。如果我们不带走它，就需要把它藏起来……我想？藏在这座平房下面，也许？或者我们可以拿走它，留下它？艾琳，一旦我们走了，就没办法追踪到我们了。"他仔细端详着我的脸。问题没有得到回答。

两百万英镑。

我对生活的欲求并不多。只要有我的房子、我的丈夫和偶尔的假期——经济航班就可以。只要过安静的生活，我们的生活。

两百万可以买下我们的整栋房子。如果马克想创业的话，可以成为他的创业基金，或者是他找到新工作之前的缓冲。它可以是为也许已经在我身体里成长的孩子准备的一笔大学基金。

我记起了昨天早上地板上的呕吐物。也许？至今我已经停用了七周的避孕药了。不，不，这对孕吐来说太早了。我相当确信，昨天的呕吐百分之百是由冰镇果汁郎姆酒和恐惧引起的。我想时间会证明的。

再说，一旦我们走了，就再也追踪不到我们了。

"你确定吗，马克？也许他们能在飞机上找到我们？"也许，即使我们清除了这里的所有记录，他们也能想法查到全岛的航班记录？检查所有抵岛航班上的名字，看看哪两个名字没有出现在任何酒店的客人登记簿上？

马克从法式大门望出去，望向潟湖另一边那渐暗的光线。海浪拍打着别墅的声音低沉而稳定。

他慢悠悠地做出回答。"这个岛上大约有三十六家酒店，现在是旺季，我们假设它们的到客量只有一半。这家旅馆有一百间套房，也就是二百人—— 一半的到客量就是一百人。一百乘以三十六家酒店，那就是三千六百人。每天有五班飞机往返塔希提岛。那是很多不同的人。有很多名字要查，三千六百个不断变化的名字。他们要做的还不止这些，相信我。"他说得对，变量太多了。

我们可以神不知鬼不觉地拿走它。

"是的，我们将它留下。我来打包。"我把话说得很清楚，所以如果将来有一天有人问这是谁的主意，我们就会记得这是我的主意。我将为我俩负责。

马克点头，他轻柔地微笑起来。

我们将它留下。

20

9月15日，星期四

海关

我们订了回希思罗机场的头等舱。我们最后一波的奢侈，最后的蜜月。

我昨晚收拾了行李。打开真空包装的现金的封条，用指甲剪沿着缝线小心地剪开我手提箱的衬里。我们把我和马克的行李箱衬里各填满一半。我把一条毛巾叠起来，放在这层钱的下面，让它感觉像衬里的衬垫。我把它包得紧紧的，这样不管搬运工把箱子扔多少次，它都不会有哪怕是轻微的移动，然后我用酒店的迷你缝纫工具把衬里缝起来。我们不得不为了马克的箱子再打电话要一个缝纫包。

我把钻石装进五个独立的小袋子里，它们是装浴帽的小袋子。然后我把五条卫生巾切开，取出填充物，再将一个个小袋子分别放进吸水内衬里，再把它们塞回紫色的包装纸里，再塞回装卫生巾的硬纸盒里。海关人员要找到这些东西得彻底搜查，尤其是考虑到海关一般不会打开头等舱的行李箱。很可悲，但这是事实——他们就是不会。

但即使他们这么做了，我想我们也会没事的。

最主要的问题是枪。虽然我挺希望能留下它，以防出什么差池，但我们不可能带它通过海关，而且考虑到我们还带着的其他东西，我们绝对不想引起别人的注意。所以昨晚我们把枪捆入一个枕套，连同海滩上的石头一起扔进了度假村海边波涛汹涌的海水里，扔进了混浊的黑暗中。

莱拉早上来取行李，送我们去码头。她一直面带微笑，不断祝福我早日康复。马克递给她两个酒店的文具信封。一个上面有她的名字，里面有五百美元。对于这类度假胜地来说，这笔小费不算高得异常，我敢肯定他们收到过更多的。但它的数目既足够大到让她心情愉悦，又足够小到可确保我们不会被铭记在心。

然后我们出发前往塔希提岛，洛杉矶国际机场，伦敦，乘车回家。我想念我们的家。

当我们在塔希提岛办理行李托运手续时，有那么一刻，我觉得登机柜台后的工作人员觑定了我的目光。只有几分之一秒，但我想她看到了。她看到了我看着包的样子，看着她的样子，于是我知道她知道了。但随后她摆脱了那种想法轻轻地摇了摇头，她可能认为这是幻觉。或者，也许这只是我的想象？毕竟，一个度蜜月的人竟能从博拉博拉走私些什么？酒店毛巾吗？我将面部表情调整到应该有的样子，她微笑着把我们的护照从柜台后方递还给了我们。

在希思罗机场，我们重新取到了行李，又一程可爱的飞行。我们几近自由了。现在几乎到家了，只需走出海关而已。在我们出关之前，我先急匆匆地去了趟厕所。我检查了一下行李箱的衬里：所有的东西都依旧整齐地缝合着，安全。我拉上行李箱的拉链，准备回到行李传送带旁与马克碰头。然后，我感觉到我的手机在腿上振动起来。我在女厕所往外走到一半时停了下来，有什么事情发生了，我僵了一下，然后设法不引人注目地回到厕所中。我锁上小隔间的门，掏出电话。

但那并不是马克打电话来告诉我要冲掉钻石或是逃跑，只是生活又回来了。现实生活，我们的现实生活。朋友们发来的关于婚礼、工作的电子邮件，还有菲尔打来的两个未接电话。没有紧急情况，只是一切如旧的生活。

我找到马克时，他觉察到了我的心情。他让我一直说个不停。我知道他在做什么，而且它很管用。谢天谢地，当我抬起头来的时候，我们已经通过了"无需申报"的通道，进入了候机楼大厅。

我们做到了，其实并没有那么难。

我环顾四周，看着那些回归了灰色调的衣着光鲜、皮肤晒得黝黑的人们。5号航站楼巨大的玻璃墙体外，潮湿的英格兰正等待着他们。等待着我们。天哪，我很高兴回来。外面的空气中弥漫着雨的味道。

21

9月16日，星期五

家

我们回来了。家里还是老样子，完全是我们离开时的样子。准备好迎接我们的新婚生活。可爱的南希在我们回家前顺道来了一趟，往冰箱里装了一些必需品。她留下了备用钥匙和欢迎我们的小纸条。这真好，我得记得打电话感谢她。我需要把它写下来，否则我就会忘记，而不要忘记这事非常重要。我要回到我的现实生活中去，不能表现异常，这很重要。我们都需要精心的安排。

我昨晚睡得很沉，我根本没有预料到会如此。有趣的是，在我们生活的某些时刻，身体似乎完全是靠自己的意志在运作，不是吗？按理说，我应该一整夜都翻来覆去，等着周围的一切崩塌，但是我没有。我钻回到我们新铺的被褥里，陷在床垫中，理所当然地睡了该睡的觉。马克也一样。我想他整晚几乎没动。

他做了早餐。烤面包上的鸡蛋、西红柿，辅以热黄油和一大壶热气腾腾的咖啡，我们喜欢的咖啡。一切都是我们喜欢的，那么令人安心，那么令人舒畅熟悉。阳光透过窗户照在他身上，而他正在来来回回地摆弄着美味佳肴。他看上去平静、满足，穿着四角短裤和睡袍慢腾腾地走来走去。他终于在我对面坐下来，我们安静地吃着，吃着我们不那么具有异国情调但同样令人心满意足的英国食物。

我们吃饭时，他从桌子对面伸过手来，拉住我的手。一种无意识的姿势，我们松松地拉着彼此，在这个陌生而又熟悉的新世界里，我们的身体在寻找某种东西来维系。

吃完早餐，我看着窗外的树，在外面，树枝上方是清澈的蓝天。晴朗的一天。马克捏了捏我的手。他朝我微笑着。

"我想我们该开始了，是不是？"他说。

我露出微笑。我俩都不想开始。我是说，我们还不想面对现实。我们宁愿就一起坐在这里，手牵着手。但是我们会一起做的，我们会让它变得很有趣。马克和我。

"我们干活吧，"我宣告道，从桌子边站起身来，"干活吧。"

第一个任务是打开行李，我此话指的不是干净衣服和脏衣服。我们用剪刀把箱子的衬里剪开，把一捆捆的钞票拿出来。马克从衣柜里拿出一只周末用的旧休闲包，我开始把钱捆装进包里。当然，原来装钱的袋子现在已经消失了，可能在博拉博拉四季酒店地下室的一只带轮子的垃圾箱里，已经被撕烂，空无一物，里面的东西被安全地转移走了。

接下来，我把钻石从包装袋中倒出来。我们把它们全部倒进一个厚厚的塑料冷冻袋中。不知怎的，它们还是能透过厚且不透明的塑料层闪出光芒。马克把手机和 USB 闪存盘放进另一个冷冻袋中，然后我把两个塑料袋都放在阁楼上。我把它们藏在屋檐远角处的一块松动的隔热层下面。它们在那里应该是安全的。我还记得我们刚买下这房子时在阁楼上发现的所有被遗忘的东西。阁楼里的东西可能几十年都没人注意，也没人把自己真正在乎的东西放在阁楼上，对吧？它们在那里会很安全。当我从梯子上爬下来时，体内泛起一股想要呕吐的感觉。我不知道为什么，也许它一直在我的思维深处冒着泡泡，但我有种感觉，我本能地知道它是什么。

我走进浴室，在橱柜后面找到了我要找的东西，一支验孕棒。我在橱柜里放了一包备用的，为了以防万一。我一向不喜欢想到这样的情形：在实际的紧急情况下，不得不步行到一家商店，然后偷偷地买上一支。我喜欢未雨绸缪，我相信你们现在已经明白了，有三支验孕棒。我打开一支，在上面撒尿。我把它放在浴缸边等着，六十秒。我想着我们的计划，想着接下来会发生什么。

最难的部分是钻石，卖钻石。把钻石从美丽闪亮的可能性变成冰冷扎实的现金。这需要时间和一定的技巧。当然还有大量的网络搜索。

我不知道怎么卖钻石，也不知道卖给谁，但我们会知道的。不过，首先我们要解决钱的问题。我们会解决这个问题，然后从这里开始。但即使是处理金钱也不是一项简单的任务。

不幸的是，你不能随随便便地走进银行，把一百万美元的钞票交给出纳员。这往往会引起人们的关注。你从哪里得到它们的通常是一个问题。税是一个问题。见鬼，就连货币兑换率也是个问题。

幸运的是，马克了解银行。

**

六十秒。我凝视着那支验孕棒，十字是蓝色的。

嗯。

我又试了另一支。把它放在浴缸边，然后等待。

很可能出错。目前最好不要太过关注这个结果，想想计划，是的，计划。

根据马克的说法，我们需要做的是：我们需要开一个人们不会问问题的银行账户，这就是那家银行的宣传点，不问问题。这样的银行是存在的，马克会给我们找一家。

我让你来猜一猜，你不会向哪一类人提问？正确。富人，非常富有的人。你可能注意到了此处的一个主题。我开始意识到，富有并不意味着有钱去买好东西：它意味着有钱可以逃避规则。规则是为别人制定的，那些没有钱的人，那些为你开车、开飞机、为你做饭的人。金钱可以绕过规则，甚至光是围绕金钱的神秘感就能做到这一点。飞机可以消失，人可以找到人，人们可以在没有警察或医生或案牍文书带来的麻烦的情况下生存或者死亡。

如果、也只有当你有钱时，才能让自己事事如意。有了我们的包，我们可以让事情一帆风顺。

六十秒结束。我检查验孕棒，那个十字绝对是蓝色的。该死。可那怎么可能呢？怀孕不是需要很长时间吗？我想我们试了差不多两个月。不，不可能。一定是出了岔子。我检查了一下包装。不，我没弄错：一个十字意味着怀孕，空白意味着没有怀孕。嗯。

还剩一支验孕棒，没剩多少尿了。

六十秒。

蓝十字。

该死，我怀上孩子了。

当我终于从洗手间出来的时候，马克正在书房里给我们订两张去瑞士的机票。我在他身后站了几分钟，直到他转过身来。

"你没事吧？"他笑嘻嘻地说。我静静地站在那里。我猜他会认为我在逃避责任，而他则是个勤勤恳恳的人。

我想说话，但我说不出来。我不能告诉他。这会打乱计划的。我会把所有计划都打乱的。

"是的，我很好，对不起，"我说，"完全走神了。"

当我走回走廊去打开我们剩下的东西时，他吃吃地笑了。

22

9月17日，星期六

漂亮女人

现在是早上 8 点，在希思罗机场 5 号航站楼。我们到得早了：我们去瑞士的航班还有两个小时才起飞。

马克正在给一个叫唐吉的人打电话。马克在瑞士银行业的老同事理查德给他们牵的线。你还记得理查德吧。我同马克初次见面时，和马克在一起的就是他，那个和妓女在一起的人。好吧，事实证明，马克花了那么多时间陪理查德与女人约会，此举终于有了回报。这次是理查德在急马克所急。

唐吉就职于瑞士 UCB 私人银行。今天我要开一个商业账户，我们自己的外壳账户。它只是一个有数字编号的账户，没有姓名，不提问题。借助这种方式，我可以通过外壳账户直接往我的英国商业账户打钱，为我自己或我们付账，每月一次。我可以用这些收入支付个体营业者税。我可以使这笔钱合法化。一旦它进入我的账户，它将只不过是普普通通的老式应税收入。将会有一份可靠的书面记录，即使不完全合乎道德，也是完全合法的。我们可以还房贷，投资，为未来、为正在我体内慢慢成长的小生命做计划。一半马克，一半我。有了银行里的钱，马克立即找一份什么都成的新工作的压力就消失了。他可以慢慢来，找个称心如意的。我们可以回到过去的生活方式，将有钱共同去过新的生活，我认为这比以往任何时候都重要。

但首先我得买些合适的衣服来赴约。我必须看起来像那种会开这种账户的人，那种有一百万美元现金的人。我们需要去购物，我需要一套服装，马克向我保证，我们会在这里找到合适的，在 5 号航站楼的大牌商店里，因此我们提前到达了。

马克打电话时，我四下探看了一下可选择的商店。香奈儿、爱马仕、普拉达、迪奥、古驰、博柏利、路易威登、葆蝶家等品牌的玻璃墙，干净，清新，闪闪发光。它们的橱窗里摆满了漂亮昂贵的东西——鞋子、外套、裙装和手袋——消费者的天堂。马克挂上电话，转向我，扬起了眉毛。

"搞定了。好吧。我们去购物吧。"他咧嘴一笑，挽起我的胳膊。"先去哪儿，罗伯茨太太？"

我再次用眼睛扫了一眼候机大厅。突然有点紧张。今天我们将用自己的钱去购物，但最终会花掉我们发现的钱。我想起了那架在水下深处的飞机、机上的乘客，想起了马克的话：他们都是坏人。我们不是坏人，对吧？不，不，我们不是。我摆脱了这些想法。

"香奈儿？"我提议道。它看起来是最大的商店，也最令人过目难忘。

"就香奈儿吧。"他注意到我有点儿沉默，于是给了我一个鼓励的眼神，"记住，你不必紧张。别管价格标签，这是项投资，你需要看上去像那么回事，否则就起不到作用。我们可以在这里花很多钱，好吗？"他从皮夹子里掏出自己的美国运通白金卡。"让我们疯个够吧。"

我禁不住笑了。在我内心深处的某个地方，一个十几岁的女孩发出了尖叫。

我相信你看过《漂亮女人》这部电影，既然如此，你一定知道事情会如何发展。化身为理查德·李察尔基的马克带领着我穿过希思罗机场 5 号航站楼的大牌商店的重重考验，走向香奈儿的璀璨灯光。我乐意自抬身价地说，穿着我的价位处于中档的衣服时，我总是显得相当时尚。我通常乐于为一个特殊场合支付五百英镑的金钱。一条参加社交活动时穿的连衣裙，一件皮夹克，Jimmy Choo 的鞋子，但让我花上比如两千英镑去买带有精美装饰的抹胸，我还是会迈不开步的。我知道我花的钱可能比我应该花的多，但即使是我也不会去那些试衣间里放着搁有香槟的托盘的商店购物，但今天我会的。那很好。

当我们走进这家店的时候，里面空荡荡的，只有两个店员，一个在擦珠宝柜台的玻璃，另一个在掸放在陈列架高处的手提包上的灰尘。我们走进去时，两人都抬起头来。她们都上上下下地打量着我和马克，快速地做着评估、计算。早上出门时，我原本觉得自己看起来很漂亮，但在朝她们走去时，突然觉得自己相比之下简直是个乡巴佬。我感到我惯有的自信心在消退。店员的目光从我身上移开，转向马克。所有的注意力和焦点都集中在马克身上：出类拔萃的马克穿着他品位出众的羊绒衫、牛仔裤和外套。他的劳力士手表在商店的灯光下熠熠生辉。她们已对我们做出权衡，敏锐地判断出，我的绅士朋友是这里的老大：我的绅士朋友是个有钱人。

马克弯下腰，在我耳边低语了几句。

"去逛一逛。我来处理这事。"他亲了亲我的脸颊，然后继续向现在面露微笑的店员们走去。

我慢慢地踱到货架前，察看一件粉红色的丝绸衬衫，其标签清晰可见：2470英镑。马克的信用卡今天要被刷爆了。

我看到对面墙上巨大的等离子屏幕正在播放香奈儿的秋冬时装秀。一个接一个的穿着粗花呢、皮革和蕾丝衣服的清瘦女孩，一支品位高雅的行军队伍。我瞥了一眼马克，他这会儿正靠在柜台上和店员们说话，她们都红着脸，咯咯地笑着。哦，马克。她们全都看向我，面露喜色。他告诉她们我们是新婚夫妇，我可以从她们的表情上看出这一点来。我报以粲笑，微微挥了挥手，于是那两个衣着无可挑剔的代表迅速奔过来接待我。

金发店员是两人中级别较高的，她首先开了口。"早上好，女士。顺便说一句，恭喜你！"她笑容可掬地回头看着马克说。

红发店员接受了暗示，连连点头，表示同意，与此同时，金发女郎继续说道："那个，我们已经和你丈夫谈过了，我们知道你今天想挑选三套不同的日常服装。是这样吗？"她听起来煞是激动。

我惊讶地瞥了一眼马克。三套衣服。他咧嘴一笑，耸了耸肩。好的，我知道我们在做什么：我们在找乐子。这就是我们正在做的。这可不是胡闹，我们真的要这么做。我吸了一口气。

"对的。对的，能选三套衣服出来就太好了。"我说，好像我经常说那种话似的。

"太好了，那么我去拿秋冬系列图册，你可以看一看。我们周末才收到新货，所以货品应该一应俱全。哦，你穿几号衣服？我们可以为你测量，但我想心里大致有个数。"

"法国尺码的 34 号。"我说。因为我可能一件香奈儿也没有，但我非常清楚我的法国尺码。

目录找到了，我仔细地研究了一番。气泡水端了过来。

我需要一件合适的衣服，一件口袋里装着一百万美元现金的人可能会穿的衣服。我需要显得优雅漂亮，神采奕奕，看起来像一个你不会质疑的人，一个你不会招惹的人。

我们的试衣始于一条标志性的珠琳纱羊毛铅笔裙和那件粉色丝绸衬衫。但是马克和我很快就得出结论：这对我们的要求来说可能有点太正式了。毕竟我不想看起来像是在银行工作。

接下来，我们试了试一款春夏系列中的焦糖色丝质太阳裙。日内瓦的气温还暖和得可以穿它，再配上一件外套，一切就完美了。它以一种从未有过的穿衣方式挂在我身上，从蛛丝一样细的肩带上松松地垂下来，恰到好处地露出我在南太平洋晒成棕褐色的肩部，然后轻盈地落在我的双乳之间。店员给它配上沉甸甸的金耳环和咖啡奶油色的帆布鞋。当我照镜子时，我变成了另一个人，另一个版本的我。一个傍上有钱的老男人的希腊女继承人，圣托里尼已为我准备就绪。

一套搞定，还要买两套。红发店员端来盛放在玲珑的细长高杯中的香槟。我想起了昨天的检测，轻啜了一口。

我们决定的第二套服装是一条黑色紧身皮裤和一件薄款的黑色羊绒高领衫，一串香奈儿珠宝挂在我身上，最后搭配上黑色踝靴和黑色斗篷大衣。极简，性感。

最后一套我们一致决定要的衣服是件灵感来自 20 世纪 60 年代的珠琳纱上衣，它有着"太空服"式的黑色和灰色羊毛领口，还有星星点点的光芒隐隐地从其香奈儿面料之中射出。下身是剪裁考究的黑色裙裤、踝靴，外面套一件经典的香奈儿冬装大衣，其面料与上衣的面料相同。我简直像百分之百的阿联酋公主。衣服精致到了臻于完美的地步。

马克付钱的时候，我喝光了苏打水，我甚至忘记了它的危害，然后我们挥手道别，身后留下两个乐开了花的销售助理。

接下来我们前往葆蝶家。我们需要一只新手袋来装钱：我不能拎着马克那个周末用的旧休闲包进银行。我需要某种不那么扎眼的、更为相宜的东西，某种我会拎的东西。我们找到了尺寸和形状都堪称完美的手提包，一只葆蝶家的米灰色编织皮行李袋。我们可以用它来装钱，等我们安全抵达日内瓦的酒店房间后，我就可以换上这个包。当我们买完它时，正好传来了我们的登机广播。

23

9月17日，星期六

钱

我现在坐在日内瓦四季酒店的床沿上。莱拉在博拉博拉提供的代金券真是很快就派上了用场。

马克又在给瑞士 UCB 私人银行的唐吉打电话。

我现在打扮完毕，准备赴约。这里的天气寒冷，所以我决定选第二套服装，紧身皮裤和柔软的羊绒衫。聪颖，成熟，性感，一个有主见的女人。我看起来像那种会开这种账户的人，身旁摆着葆蝶家行李袋，一只里面装着财富的行李袋。我从落地镜里看着自己，马克的声音从客厅飘进来。镜子里的女人很富有，她很自信。即使我没有感觉，可我看起来绝对适合这个角色。

马克打完电话，进来找我。

今天我得挑起重担。我得一个人走进银行，拿出装在一只葆蝶家行李袋里的一百万美元。一想到这个，我就感到我的心在胸膛深处怦怦直跳。

"别那样想，"马克说，"别把情况想成，你在银行正中央递出一个有巨大嫌疑的包，因为他们是不会那样看的。说真的，艾琳。如果你看到我在银行业看到的一半……听着，我在梅菲尔曾和一些石油大佬一同外出，他们把十万英镑左右的现金装在一只健身袋里拎着走。十万英镑，供一夜取乐。我知道这对我们来说似乎很不真实，而且装在行李袋里的钱让人觉得很不合法，但是没有法律禁止把钱装在袋子里到处走。有吗？你不能在手提包里装那么多东西，所以它当然是只行李袋。对吧？"

我直愣愣地盯着他。我可能又要吐了，之前已经吐过一次。

我只是紧张，呕吐。我是一朵娇嫩的小花。我子宫深处那不断变换的潮汐般的绞痛才是怀孕真正的初期征兆，就连打哈欠都能使我内里疼痛。我今天早上在谷歌上搜索过——荷尔蒙。我发现，从我最后一次月经的第一天算起，我已经怀孕六周了。显然，绞痛在这个阶段是完全正常的。我想我的身体正准备打造一个完整的人。我尽量不去想得太多。马克还不知道，现在似乎不是时候，对吗？

我感到一阵恶心，一波波的恶心之后是令人幸福安逸的平静。

"要是他们问我钱从哪儿来的呢？"我问。

"他们不会问的，艾琳。他们肯定不会问。如果钱是违法所得，他们肯定不想知道，不是吗？想想看。法律是这样的：如果你意识到钱是不合法的，那么你就必须通知当局。如果他们问每一个在瑞士银行开户的可疑人士他们的钱是从哪里来的，那么瑞士的经济就会完蛋。没有人用生日礼金在瑞士银行开账户，艾琳，打起精神来！"他当然是对的。

"我想他们可能只是会认为，我是个伴游女郎什么的。所以现金……"我说。

"更有可能的是，他们会认为你是在离婚前侵吞你丈夫的钱。我相信他们这种事看得多了，至少我看到你的时候会这么想。"他笑了。在这样的时刻，你会想，我嫁给了谁？从他的表情看，我想他认为他只是在恭维我。

又一阵恶心。我一言不发，直到它过去。

"他一定会等我吗？"我慢慢地从床边站起来，小心翼翼地不做任何突然的动作。

"是的，他不知道我们结婚了，我告诉他你是个新客户。他知道这是一大笔现金存款。事情很微妙，就这些。"他从免费赠送的果篮里拿了个苹果，咬了一口。

我知道马克不能亲自去，因为他和银行有直接联系，但我情不自禁地注意到，他其实没有留下自己的任何蛛丝马迹。银行将看到的是我的脸，将被唤起的是关于我的记忆。但瑞士账户的美妙之处在于，一旦开立了账户，信息就会受到保护。我护照上的名字还是洛克。我还没有把它换成罗伯茨。就马克以前的工作联系而言，他提到的这位客户与他没有任何个人关系。艾琳·洛克今天会开一个账户，但我的名字根本不会出现在账户上。这个账户上只有一个数字，追踪不到我这里，追踪不到我俩中的任何一个人。

　　我站在镜子前，再次仔细端详着自己。我的发型和妆容都打理得很好。我的样子很端正。现在想来，我看起来就像两周前的那个早晨我在头等舱休息室里看到的那种人。应该待在那种休息室里的人。如果世界是另一回事。如果事情总是如你想象的那样。但我猜，就像拍电影一样，有些东西越不真实，看起来就越真实。

　　有那么一秒钟，我在自己的影子里看到了我的母亲，我年轻美丽的母亲，但那只是一个瞬间，水面上的一道涟漪，然后她就消失了，又安全地隐藏了起来。

　　现在恶心的感觉消失了。我会没事的。

　　"那我走了。"我说。

　　他点点头，精神亢奋，然后把提包递给我。

　　"车应该就在楼下。"我从他手里接过袋子时，他说。

　　现在我只能靠自己了。

**

　　在电梯里，我独自站着，四面都安装着镜子的电梯间里全都是我的身影，周围一片令人压抑的寂静。门无声无息地阖起来，走廊退出了视野。

　　如果我再也看不到它那俗艳的红色旋涡图案了该怎么办？如果我一穿过银行的大理石大厅就被捕了该怎么办？我体内的小蓝十字该怎

么办？

或者更糟，如果发那条短信的人就在那里等着我该怎么办？我想起了那三个脉冲式灰点。

如果他知道我们在做什么，那该怎么办？

出现在我脑子里的是个"他"。当然可以是"她"或"他们"。他们可能已经知道我们的行动和计划了。为什么不呢？我可能忽略了什么。或者说，我们忽略了什么。也许我们已经犯了一个错误，这意味着我们已经输了。毕竟，我和马克只是两个来自伦敦北部的普通人，普普通通，说找就能找到。

不过，我现在确实对他们的世界是如何运转的有了更清晰的认识，比我以前能看到的一切都要丰富得多。我微不足道的生活突然变得清晰起来。过去的那个芸芸众生中的我，对现在的这个我。

人类的适应能力是惊人的，不是吗？就像我们为了匹配花盆而种下的植物一样。但更重要的是，有时，我们可以选择自己的花盆，我们中的一些人得到了那样的机会。我想，这其实取决于你愿意走多远，不是吗？我以前从来没有真正明白过这一点。我想起了爱丽莎，她的母亲，她们的决定，她们的道别。有时，我们所做的选择具有一种严酷的美感。

对于我们现在的状况，我已经适应了。我变成了一个完全不同的人，我看见她倒映在我周围的镜子里，坚定、无情。

或者，至少她是可见的，里面则不同，里面只有呼吸和寂静。因为我害怕。简单明了，水里的鲨鱼害怕了。但我会透过它呼吸，我不会恐慌，我不去想我无法控制的事情。想太多是不安全的。我现在不相信我的大脑，直到几个小时后我回到这个电梯。到那时我就可以思考了。

但有一个想法确实破茧而出。

它有一种似曾相识的感觉。

那个想法是：我根本不需要回到这个电梯，对吗？我甚至不需要回到这家旅馆。我可以一走了之。我可以在开立这个银行账户后离开。离开我的生活。如果我就那么消失了会怎样？就把马克留在日内瓦的一家酒店的房间里。我现在可以拎着包溜走，消失得无影无踪，甚至根本不去银行。没有人会真正想念我，不是吗？他们会吗？生活还在继续。生活总是在继续。我相信我会在某个地方为自己营造美好的生活。他们永远也找不到我——马克，我们的朋友，飞机上的人，警察。他们永远也找不到我，找不到钱，或者我未出世的孩子。

这就是问题所在。马克和我们的生活。当我想到他的时候，我整个身体都放松了下来，就如踏进了一片阳光中。马克，将我与过去的生活、与我的生活联结在一起的唯一线索。一种我刚刚意识到我可以像剥旧皮一样把它剥除掉的生活。

马克和我们的生活，还有我们的孩子。我们未出生的婴儿。我们可以一起改变，对吧？我们将一起前行。

母亲不会逃跑，妻子不会逃跑。除非她们在逃避什么。

而我只有马克。我为什么要逃避他？即使是逃，我们也要一起逃。

我们三个。我把空着的手搁在我的小腹上，我的子宫上。那里很安全，有值得为之战斗的一切。我紧紧地闭上眼睛；这是为了我们的未来，为了我们自己，为了我们的家庭，为了这个我正在用我体内的骨血创造的家庭。我很快就会告诉马克。我会的。但现在，我喜欢这种小小的联系。就我们两个，我和我肚子里的乘客，再多待一会儿。当这一切都了结了之后，我们将分享我们的秘密。当安全的时候。我紧紧抓住行李袋的把手，我的指关节上出现了白色和粉色的斑点，就在这时，电梯门"砰"的一声打开了，我大步穿过巨大的酒店大堂，步入九月那寒意袭人的空气里。

**

事情比我想象的要简单得多！

唐吉在银行的台阶上迎接我。我被介绍给玛蒂尔达，她身材娇小，肤色浅黑，盘着无可挑剔的发髻。她今天会处理我的开户事宜。在解释账户设置过程时，她表现得既礼貌又高效。

当我把装钱的行李袋递给她时，感到了一丝微微的羞愧，尽管我们已经躲进了一间私密的客户室中，除了她谁也看不见我。玛蒂尔达不动声色地接过包；我本不必因羞愧而烦恼。看她那无动于衷的样子，似乎我交给她的也可能是自己的干洗衣物。

她的右肩因袋子的重量而微微下垂。稀松平常的业务，我想。

"我马上就来。"她简短地点了点头，快步走出房间。

她拿着它去数。在一个由电子银行和不断发展的技术构成的世界里，纸币仍然需要进行人工清点。这是不是很好玩？好吧，很显然是机器清点，但你明白我的意思。

他们把一捆捆崭新的钞票塞进机器里，直到他们得到一百万美元的最终数字。也许后面有一个钱币操作员，他唯一的工作就是让纸币通过这些小机器。

我独自坐着，等待着。我的脑子在胡思乱想。

一个模糊的想法闪过我的脑海：那些钞票可能被标记过了，不管它们来自什么非法的勾当，都可能被顺藤摸瓜地追踪到。警察、政府机构，任何人都可以在钞票上做记号，要么用荧光笔或邮戳在上面做物理记号，要么记录钞票的序列号。当然，我已经在谷歌上搜索过了。我查了钞票上的序列号。

但更重要的是，我知道这些钞票没有标记。飞机上的人绝不可能有政府标记过的钱，警察标记过的钱。他们显然知道自己在做什么。诚然，不是心细如发的那种，但从各方面考虑，他们都算得上是其行业的翘楚。

当然，他们可以给自己的钱做记号，不是吗？如果他们想自己追踪它的话。但他们为什么要这么做呢？他们不知道我们会找到它。他们不知道我们会拿走它。

有时我不得不停下来，提醒自己说，飞机上的人并非无所不知。

他们没有预见到这一切。发生在他们身上的事情，以及随后发生在我们身上的事情，都是随机事件。他们不可能知道他们会坠机，而我们会找到那只袋子。这一切都是不可预见的，不可知的。钱肯定没有被标记过。没有人会来找它。没有人来找我和马克。

玛蒂尔达拿着叠得整整齐齐的空行李袋回来了，把它放在一张仍然热乎乎的打印件旁边。那是存款金额收据。她递给我一支钢笔。我要找的数字在最左边一栏：一百万美元——现金存款。

我签了字。

我们签了一份按期付款委托书，每个月向我的英国商业账户中打款一次。瑞士账户将按月付给我名义上的预付金；付款账号将是一个空壳公司的名称。我将以特约电影顾问的身份解释有关税款的支付。然后，当我们需要更多的钱买房子或其他什么的时候，我们会把钱大笔地转移出去，然后打电话给那些项目委员会。我们将为一家空壳公司——有阿拉伯背景的公司——开出一些公司发票。事情必须看起来像某个人信任地通过瑞士账户给了一个英国纪录片制作人一大笔钱用于拍摄私人短片。别担心，我会为这一切交税的。我会保留记录。我会非常非常小心，诚实无欺。所有通讯信件都将被转到银行此处的一个私人邮箱中。玛蒂尔达为我的邮箱提供了两把小钥匙。

考虑到我刚刚交出的现金的数额之大，她的文书工作比你能想象的要少得多。她把那支万宝龙牌原子笔扭回到它的外壳里，笑了笑。一切都完成了。

我们客客气气地握了握手，达成了交易。

我是个百万富翁了。那笔钱是安全的：就像人们所说的，那笔钱"在银行里"。

我向等在那里的汽车走去，现在没有了那只沉甸甸的袋子的拖累，我走得十分轻快。有编号的账户信息、SWIFT 号码、IBAN 代码、密码和密钥都安全地塞在我的钱包里。

当我走出银行大门，走下石阶，向那辆奔驰车走去时，那个念头又浮现出来，就像一只蝴蝶在你的视线里飞进飞出：别回去，别上车，别回旅馆，永远。

我不知道这些想法是从哪里来的，在内心深处的某个地方，我的蜥蜴脑。边缘系统，即大脑中贪求物质的那个部分，不想与人分享的自私部分。我们的本能，我们的直觉反应，所有那些下意识的不自觉的过程，提供着它们的智慧。原始的智慧。但蜥蜴不是群居动物。人类天生是群居动物。然而，我仍然能感觉到一股强大的力量，想拉着我逃跑。拿走不属于我的东西。

我想象着马克正在我们的套间里等着，来回地踱步，看表，走到窗前，凝视着日内瓦的街道，阳光慢慢地消失在夜色中，街灯嗡嗡作响，而我踪影全无。如果我不回去呢？

我可以带着这笔钱去任何地方，我现在想做什么就能做什么。我在银行外面的台阶上停了下来。外面的空气真新鲜。我可以成为任何人。我有办法。我已经走了这么远了，为什么要现在停下来？上千种可能的未来充斥着我的脑海。美丽的生活，别的地方。新鲜事物，冒险，巨大无比的可能性，令人惊惧的自由。汽车停在那里，在街对面等候着。

我的选择决定了我的为人。我想要这个家吗？想吗？还是我想要别的？

我继续朝汽车走去，拉开门把手，滑进皮制座椅，"砰"的一声把门关上。二十分钟后，我回到了酒店房间，马克搂住我。

24

9月18日，星期天

我们死了吗？

现在我们已经回家两天了。我不想撒谎，这感觉很怪。天气，光线，回家，回到我们开始的地方。计划是，一切照常进行。履行我们的义务，见朋友，谈论婚礼，当然，还要回去工作。嗯，不管怎样，是为了我而工作。明天早上我们将和霍莉一起拍摄，在她家里——严格地说，是她母亲家里——所以今晚我有很多事情要完成。我需要把思绪拉回到这场游戏之中。一如既往地做事。重要的是，不要显出什么异样来。

马克正在着手建立自己的金融咨询公司。这是个好主意，他有技能，当然还有专业经验，可以经营一家专门帮助那些已经很有钱的人通过有针对性的投资赚更多钱的公司。这个想法从收到拉菲的短信起便一直在酝酿。如果马克找不到工作，那他就自己创造一个！我们现在有启动资金了。他不会心甘情愿地一直失业下去，他要走出去大干一番。他的计划是，一旦让新公司全面运转起来，他最终将与赫克托尔成为合伙人，后者自今年 4 月以来一直在一家对冲基金工作。他们在周末见面，讨论潜在客户的名单。为了方便起见，我们声称"启动资金"是马克得到的裁员补偿。除了卡罗，没人知道他被解雇后什么也没得到。去他妈的，为什么不呢？世界已经离马克远去了，他为什么不试着迎头赶上呢？

我需要在明天同菲尔一起去采访霍莉之前把我的笔记通读一遍。当我和马克在阳光下颠簸着越过蓝绿色的海浪时，霍莉四年来第一次走出监狱，踏进了伦敦北部寒意森森的灰色之中。邓肯，我的录音师，明天不能加入我们，所以菲尔还要负责录音。他是一个伞兵。

早晨之前有许多工作要做。但我很难集中注意力。我的思绪一直在两个世界之间摇摆不定。我过去的生活和我的新生活。

我瞥了一眼马克，他正翻看着成堆的旧名片。成百上千张名片，十二年的会议、晚餐、聚会、联络感情的酒饮的积累：一张名片一个人。一个现在可能对我们有帮助的人。马克保留了他收到的每一张名片。我记得，我第一次看到他存放它们的抽屉时的感觉，那种恐惧。他现在在研究它们，每一张都与他脑海中的一个时间和地点联系在一起，一次握手，一场谈话，一丝微笑。

这些年来，马克结识了很多人，我们也许可以利用他以前的工作关系为那些钻石找到买主。他一直在调查钻石销售的合法性：你能从网上了解到的东西多得惊人。我不知道没有网络人们会怎么生活。老实说，没有它我就无法工作。我们肯定做不了现在正在做的事情。

从日内瓦回来的路上，我在机场休息室里用谷歌搜索了伦敦的钻石区哈顿花园。我有些心不在焉，只是想看看卖宝石的地方。这似乎是个相当安全的谷歌问题。不会太可疑。我总是可以争辩说，在婚礼结束后，马克已和我一致同意卖掉我的订婚戒指，以偿还部分抵押贷款。这是一种选择，但可能会引起怀疑；如果我们能通过一个私人经销商，一个中间人来出售那些石头，那就更好了。

马克正试图面面俱到——好吧，是尽可能地做到这一点。显然，出售钻石可能很复杂，但并非不合法。只是要非常精心。他一直在试探性地询问。在所有这一切都完成之后，我们将不得不认真考虑清除我们的硬盘驱动器。

我想起了在博拉博拉的酒店商务中心的电脑。我想知道他们能否发现自己的电子邮件是从哪里被访问的。如果他们知道我们在哪里呢？如果他们正在找的话。或者我们只是从人间蒸发掉了？我在网上搜索了我能记得的来自那封翻译过来的邮件中的公司名称，但什么也没找到。这些人都是影子，幽灵。

当家里的电话响起时，时间已经不早了。现在是大约6点，伦敦的天光已经在我们周围暗淡下去，只剩下笔记本电脑屏幕发出的蓝光在黑暗中照亮着我们。我跳起来，电话铃声把我震回了现实，但马克抢先了一步。他一直在等某人的关于钻石的回拨电话。

一听到电话那头的声音，他的态度立刻就改变了。他放松下来。

"哦，好啊你。"是他妈妈，苏珊。我从他说"你"的方式就能看出来，声调拖得老长，打趣一般。他们在一起时很甜蜜。

　　在他向苏珊讲述有关蜜月的种种之时，我试着强行深入我的研究中去。她知道，因为我的"食物中毒"，我们回来得早了点，但这是他们第一次真正谈论我们的旅行。我断断续续地听着他们的聊天。鲨鱼，巨大的射线，空旷的海滩，直升机旅行，晒太阳和放松。我不知道谈话持续了多长时间，但马克语调的突然变化让我迅速恢复了注意力。

　　"他们什么？"他紧张地站着，一动不动，一言不发，脸绷得紧紧的，而她低沉的声音在重复着。他抬起眼睛望着我。出事了，出坏事了。

　　他挥手示意我过去，于是我去和他一起听电话。

　　"妈妈，艾琳在这儿。我要让她接电话，你把你刚才告诉我的话讲给她听？不要只告诉她你刚才说的话。妈妈，求你了，就是——"他把电话递给我。我疑惑地接过它，把它举到耳边。

　　"苏珊？"

　　"哦，你好，亲爱的。"她的声音温和，对目前的状况感到有点困惑，"我不知道马克为什么烦恼。我只是在说你们的蜜月……"

　　"哦？"我回头看了看马克，他现在正靠在沙发上，向我点点头。

　　"是的，我是说你病得真幸运，因为昨天的新闻——"她停了下来，好像我知道她究竟在说些什么似的。

　　"什么新闻，苏珊？"

　　"报纸上的新闻，所发生的事。"她觉得明白，可是我完全不知道她说的是什么——

　　该死的。什么新闻？我看着马克。是飞机失事吗？他们找到飞机了吗？这事登报了吗？

　　"对不起，苏珊。报纸上有什么新闻？"我尽量保持声音的平稳。

　　"事故。那对可怜的年轻夫妇。我是说，你们很幸运这会儿没在那里，因为我知道，你前一阵子自己潜水时出过事故，这是一项非常危险的运动。幸运的是你们也不在那里。"

　　哦，上帝。一对夫妇。他们还好吗？

　　"到底发生了什么事，苏珊？"我示意马克去谷歌上搜索一下。

　　"呃，让我想想。嗯，那是在星期五，那个事故。我想我是今天早上在《星期日邮报》上看到的。我把它放在这附近的什么地方了。我不知道你俩会这么感兴趣。我的意思是，这事当然悲伤得可怕。它是的。好吧，让我来找找看。"我听见她在堆满报纸的餐桌上窸窸窣窣地翻找着，一面望向马克，他的眼睛现在正盯着笔记本电脑的屏幕。

　　他抬眼看着我——他找到了，他找到了那则新闻。他示意我结束与苏珊的通话。我听见她在电话那头窸窣的翻找声，还有自言自语的啧啧声。一声低沉的呼叫："格雷厄姆，你看到《邮报》在哪儿吗？"

　　我等不及了，"苏珊，苏珊？没关系的，别担心。我可以以后再查。"

　　"哦。哦，好的，亲爱的。很抱歉。那太可怕了，不是吗？我忘了你可能见过他们。我只记得是一对年轻夫妇，但想不起他们的名字了。

看上去很甜美。报上有张照片。为这家人感到难过。是的，我对马克说，你们当时不在那里真是太幸运了。非常难过，但我不想破坏你们的美好回忆，听起来你俩都玩得很开心。圣诞节时把照片带过来，好吗？我想看看所有的照片。"

"一定一定，会的会的。"通话中出现了一个自然的停顿，我抓住了它。"听着，苏珊，我该走了。对不起，只是我刚煮了些意大利面，而马克也没在厨房。可以让马克明天给你去电话吗？"

意大利面的话题让马克扬起了眉毛。我耸耸肩，我还能说什么呢？

"当然，亲爱的，别让我妨碍你。是的，告诉他，我明天晚上在家。我早上要打桥牌，所以下午晚些时候再打电话来。太好了。再见，亲爱的。"

"再见。"我挂上电话，忍不住叫出了声，"靠！"

"快过来看看。"

我扑通一声坐在他旁边的沙发上，然后我们惊恐地浏览着那些文章。

"一对英国夫妇在博拉博拉潜水事故中遇难"，《卫报》的标题。"天堂里的死亡"——《星期日邮报》。"英国人的水肺死亡悲剧"——《太阳报》。

这不是头版新闻，但大多数报纸都报道了它。

英国人的水肺死亡悲剧

一对英国夫妇在博拉博拉一起用水肺潜水时，由于在水下

惊慌失措，摘下了呼吸装置，结果溺水身亡

本周，一对英国夫妇在法属波利尼西亚的博拉博拉岛度假时发生水肺潜水事故，不幸遇难。

35 岁的丹尼尔和 32 岁的莎莉·夏普在豪华度假胜地博拉博拉岛附近遭遇事故身亡。事故发生时，这对夫妇正和他们的酒店度假村的潜水教练一起在南太平洋的一个世界著名的水肺潜水点潜水。

据目击者称，这对夫妇惊慌失措，在四季酒店 18 米深的水下摘掉了呼吸装置。

该岛的警方发言人说，这对夫妇吞了几大口海水，而随后的尸检显示，他们的肺部也充满了水。

据当地一家新闻网站报道，不存在任何他杀迹象。

法医办公室检查了这对夫妇佩戴的潜水设备，专家得出的结论是，潜水设备没有任何问题，但这对英国夫妇的两个主储气罐都是空的。

当局解释说，虽然夏普夫妇的备用气罐都确实有空气，但在恐慌状态下，他们无法获取它们。

这起事故发生在 9 月 17 日星期六下午，也就是在这对悲剧性

的年轻夫妇计划中的两周旅行的第三天。

半小时的潜水进行了十分钟后，问题开始出现，当时，英国英维斯特克斯基金会经理莎莉注意到，她的氧气计已转到红色区域，于是向潜水领队发出信号，示意她没有氧气了。就在这时，度假村 31 岁的潜水教练康拉多·特纳格利亚试图进行干预。但不久，莎莉的丈夫丹尼尔·夏普显然也遇到了麻烦。由于无法向两位潜水者施救，当这对夫妇意识到绝望的情况正在发生时，他们很快陷入了恐慌，去摸索自己的装备。来自其他潜水组成员的目击记录称"事态迅速升级"。据另一名 29 岁的潜水者卡兹亚·维塞利说，在某一时刻，两位潜水者的面罩都完全脱落了，因为"他们在挣扎"，这可能导致两人恐慌的加剧。教练试图纠正这种情况，但事情很快就失控了。

"我们其他潜水者也都开始惊慌失措，因为我们也不知道该怎么办。我们不知道发生了什么。我们想，也许我们所有人的氧气罐都有问题，于是我们中断了潜水，升至水面，向船上的人呼救。教练示意我们慢慢上升，因为我们都很惊慌。这真的很可怕。"卡兹亚对当地的新闻机构说。

现场急救人员无法抢救两位游客。两人在被送至维阿塔佩医疗中心时被宣布死亡。

英国驻法属波利尼西亚首都帕皮提的领使馆表示，将为该家庭提供领事支持。

博拉博拉是一个主要的国际旅游目的地，以其海岛豪华度假村而闻名。

这里是度蜜月和坐飞机旅行的人的最爱，詹妮弗·安妮斯顿和贾斯汀·塞洛克斯、本尼迪克特·康伯巴奇和苏菲·亨特、妮可·基德曼和基思·厄本等名人夫妇以及卡戴珊家族都蜂拥而至这里的豪华酒店。

度假村还吸引了来自世界各地的潜水者，他们渴望看到岛上的热带野生动物。

据《国际潜水指南》介绍，这对夫妇最终遭遇不幸的潜水地点被描述为适合各种经验层次的潜水者。

指南上说，上述地点"几乎没有任何洋流"，最大深度为 18 米——这是在没有进阶开放水域潜水执照或同等潜水执照的情况下，你能到达的最深深度。

马克和我静静地坐着，目瞪口呆。

哦，真是活见鬼了。徒步旅行时的那对夫妇。与我们一起徒步的那对善良的年轻夫妇死了。还有他们的死亡方式，绝对可怕。我对他们必定曾感受到的恐慌感同身受。妈的。我把那感觉压了下去，远远地。

有个问题悬而未决。实际上是两个问题。我俩都在想这事。他们是被谋杀的吗？有人动过他们的潜水装备吗？

"你怎么想？"我终于打破了这沉闷的气氛。我们坐在黑暗中，半明半暗的屏幕照亮了我们苍白的脸。

"可能是个意外。"他说。我不确定这是个问题还是个声明。

一对三十多岁的夫妇在我们的度假胜地去世了，在我登陆了飞机上的人的邮箱账号的三天后。在我们离开那个岛的两天后。

"是吗，马克？我希望这是个意外。请告诉我这是个意外。"

他看着我。他的眼睛里有疑虑，但他正在仔细考虑。

"你看，潜水事故并不罕见。当然，这是一个巨大的巧合，时间和地点，但这并不意味着他们肯定是被谋杀的。警察说没有谋杀迹象，对吗？"

"他们整个岛的经济靠的都是旅游业，马克！他们不会告诉《太阳报》，游客会在那里被谋杀。"

"是的，很有道理——不过，得了吧，这不是最容易的杀人办法，是不是？通过清空氧气罐？我的意思是，任何潜水者都有可能拿到那两瓶氧气罐。他们本可以不惊慌失措，使用他们的备用氧气罐来应对此事，不是吗？如果他们真的那么做了呢？他们就不会死，对吧？我并不觉得这是一次有针对性的攻击，对吗？"他现在开始相信自己了，他陷了进去。

他说得有道理。一只空氧气罐，这是件相当笨拙的凶器。

"但他们，飞机上的人，如果他们在那里，他们可能会看到他们，马克。他们很有可能知道，夏普夫妇不会潜水，他们可能看过他们进行泳池训练？我们不知道，他们以前肯定这样做过，让事情看起来像场意外。"大声说出夏普夫妇的姓氏，这种感觉怪怪的。我希望我没说过。它悬在我们家的空气中，奇怪而笨重。我们并不真正了解他们，不知道他们是谁。有关他们的想法让人觉得古怪而诡异，这两个与我们有着共同记忆的死去的人。陌生人，但与我们一样，年轻，英国人，在度蜜月。我们的替罪羊。像我们一样，只是死了。

我记得从度假村来的他们。我们只是点头之交，闲聊了几句。再说一遍，他们到那儿才三天，而我们已经发现了那只袋子。我们没有真正注意到他们。

马克打破了沉默。

"我就是觉得这不是他人所为，艾琳。我不这么认为。这事发生得很蹊跷，我不反对这一点，但他们为什么不直接杀了他们呢？如果有人想杀了他们的话？我是说，算了吧；这有点复杂，不是吗？为什么不在他们睡觉的时候做，或者下毒，或者，我不知道！如果这些人像我们认为的那样富有和强大，为什么事情会是那个样子呢？为什么是夏普夫妇？天哪，他们甚至都不像我们！"他现在完全被自己说服了。

但是，有件小事一直困扰着我。

"马克，他们怎么知道是一对夫妇发现了那只袋子？"接着我又想到了另一个问题。

"他们怎么知道要找一对英国夫妇呢，马克？！"恐惧从我心中升起。因为，他们怎么知道的？除非我们留下了线索？我忽略了什么吗？

我留下了某个重要的证据吗?

马克慢慢地闭上眼睛,他知道为什么。哦,上帝。有些事他没告诉我。

"什么事,马克? 告诉我! "我现在不是在胡闹,我站了起来。我猛地按下电灯开关,房间变得亮堂堂的。

他眯起眼睛看着我,在一瞬间失去了视力。

"坐下来,艾琳。事情是……没事的。求你了。"他疲倦地拍了拍身旁的坐垫。这是一次他从未想过的对话。我狠狠地剜了他一眼,这才在他旁边坐了下来。最好没事。

他搓了搓脸,靠在沙发上深深地叹了口气,"噢,妈的。好吧,说给你听。嗯,当我回去的时候,在博拉博拉的酒店,当我回去从他们的系统中删除登记信息,借口找你的耳环的时候。呃——"他十分艰难地说着。"该死的,我遇到了那个从事水上运动的家伙。"他看着我。

"帕科吗? "我说。

他点了点头,"是的。他问我们有没有找到我们的袋子。"

该死。

"他说,有个搬运工提到,我们把袋子落在船上了。他想知道我们最终是否把它找回来了。"

"你做了什么,马克? "我问道。但我其实不想听到答案。因为如果我听到了,它就会变成真的。

"我得说点什么。所以,我不知道,我是在随机应变。你知道,我并没有想清楚其中的含义，我只是……只是脱口而出。"

我一言未发，等待着。

"我问帕科他在说什么，表现得很困惑，然后突然想起另一对英国夫妇，我想他们叫作夏普夫妇，在我们远足时提到过一个袋子。找个袋子什么的，或者其他的事。我告诉他，搬运工一定是把我们弄混了。我说那很好笑，他之所以把我们弄混了，是因为我们以前也遇到过类似的问题，那一定是因为我们的口音，我说。他笑了，我们的谈话就这样结束了。"

当他停止讲话时，房间里又变得鸦雀无声了。我们被淹没在那种寂静之中。

"而现在他们死了。"我说。

"而现在他们死了。"马克重复道。

我们让这话和它的所有含义渗入内心。

要么是夏普夫妇出了潜水事故，要么是因为有人以为他们是我们而被谋杀。我们可能杀了两个人。

"你为什么那么说？"我带着半真半假的紧张感问道，因为我知道他不可能知道会发生这种事，对吗？如果把我放在当时的情况下，我也会那么做的，不是吗？

他摇摇头，"我不知道……我就是那么做了。"他又搓了搓脸，呻吟起来。

"你认为是他们干的吗？你认为是他们杀了他们吗？"

他现在目不转睛地盯着我。冷静、专注。

"真实的想法吗？老实说，艾琳，没办法知道。但这是一种非常复杂的杀人方法。它绝对有可能只是一场意外。但是——我知道这很可怕——但是如果他们被谋杀了，就像现实情况一样可怕，现在就没有人会来找我们了。这听起来很讨厌……如果那是故意的。如果他们真的来寻找，然后杀了'发现袋子的那对夫妇'……那么事情就结束了。不是吗？那对夫妇死了。他们无法找到丢失的袋子。事情结束了，我们安全了。我肯定犯了个错误，但我全心全意地感到高兴的是，那不是我们，艾琳。我很高兴没有人会来找我们。"他说的话中有种决定性的东西。他握着我的手，我低头看着我们紧握的拳头，他是对的。我也很高兴，那不是我们。

我们死了。他们认为我们死了。还有——诡异的是，有那么一瞬间——它确实让我感觉到更安全了。

我几乎可以肯定我们没有留下任何蛛丝马迹，但是，这正是出现疏漏的原因，不是吗，你不知道自己已经犯了错误？我听着马克所说的话，但在我心里，我知道，我就是知道，他们还在找我们。也许我们应该报警？

但我不会把这想法大声说出来。马克已经认定，没有人会来找我们。他可以用无数种不同的方式告诉我，一切都结束了，但我并没有真的听进去。不过，我知道他们要很久才会来。

所以，我没有对它穷追不舍。我听之任之，必须自己得出他的结论，或者根本不去想这事。

我点点头。

"你说得对。"我说。

在我们寂静的屋子里，他用结实的双臂搂住我，把我拉近他。

25

9月19日，星期一

霍莉的跟踪拍摄

我按下入口处的蜂鸣器。

菲尔和我正站在霍莉·比福德的市政公寓楼的门外。或者更确切地说，是霍莉母亲的市政公寓楼。天上一直下着毛毛细雨，雾气笼罩着我们的衣服和头发。雨下得不够大，所以用不着撑伞，却持续不断，足以让我感到刺骨的寒意。我现在仍处在假期后的那种飘飘然的时期，而我知道，我将会因为某个事件而落到地面上来，这只是时间问题。雨中站在这里也许就能办到。

我在按我们的计划行事，计划在照常进行。所以我在这里。变得正常。

我朝楼四周长满青草的荒地望去。我冒昧地猜测，或许它可以被称作公共花园。今天早上醒来时，我在想夏普夫妇。我一直试着不去想他们，但是他们就潜伏在我的脑海里，正好在我的视线之外。惊恐的闪念，水中的气泡。然后是两具被海水浸泡过的尸体，停放在不锈钢台子上。我们的错误。

我觉得好像有人在监视我。自从我们离开那个岛以来，我就一直有这种感觉。但自从昨天的新闻传来后，就更是如此。我扫视了一下这座市政公寓楼，想为那感觉找个来源，但当地人似乎对我们丝毫不感兴趣。没有人在监视。如果杀了夏普夫妇的人已经想方设法地追踪到了我们，如果他们正在跟踪我们，不管他们是谁，他们都尚未暴露身份。当然，这种被观察的感觉可能完全是另一回事。我想起了我们在博拉博拉喝的冰镇香槟——那只是一周前的事吗？从世界的另一端送来的香槟。埃迪也对我感兴趣，不是吗？既然我回来了，他也许就会派人跟踪我吧？调查我？监视。我放眼朝大楼四周看去。有个年轻白人在停车场附近踱步，耳朵边紧贴着一只手机。一个坐在厢式作业车里的黑人正准备离开。一位拖着带轮子的购物袋的老太太正走进对面的大楼。没有可疑的人，没有人看起来像个杀手，没有人在找我，我只是一个浑身湿漉漉的女人，等着有人来回应蜂鸣器。我抬头看着那数百扇窗户，它们将灰色的天空反射到了我们身上。那么多的窗户。离位于南太平洋海底的飞机是如此遥远。

我又按了一下蜂鸣器。缓慢地、长时间地按下去。

菲尔叹了口气，相机真他妈沉。我不怪他。

现在是早上9点。她们现在肯定应该起床了。我今天早上6点就起床了，我可以肯定地说，这不是我想象中的轻松回归工作的样子。今天将会是艰苦的一天。从我对霍莉的一点点了解来看，我已经知道这会让人筋疲力尽。但正如艰难困苦的大师村上先生所说："痛苦是不可避免的；磨难是可选择的。"

我又按了一下蜂鸣器。

"干什么？！你他妈的想要干什么？什么？"那声音从入口系统的金属格栅里噼里啪啦地传出来，突兀而又咄咄逼人。那是个女的，比霍莉年长，脾气更暴躁，嗓门更大。我斗胆猜测，我们把比福德太太吵醒了。

我按下蜂鸣器说话。

"你好，是米歇尔·比福德吗？我是艾琳。艾琳·罗伯茨。我是来见霍莉的。我们应该9点在这里见她？为了拍摄？"我听见自己的声音，心中畏缩了一下。我知道，当人们听到我的声音时，他们听到的是什么。他们听到的是特权、优越感和假惺惺的自由主义。

天哪，我今天心情沉重。丹尼尔和莎莉·夏普萦绕在我的脑海里。清醒点，艾琳。

出现了片刻的停顿。菲尔又叹了口气。

"哦，没错。"那边的语气变了，现在有了些逆来顺受的味道。"那么，我想你最好上楼来。"她气恼地咕哝道。门嗡嗡作响，发出沉闷的声音，我们推门走了进去。

我已经告诉过菲尔，在这里会发生什么，但你能传达的只有那么多，你从霍莉那里获得的更多是一种一般的感觉，而不是其他任何东西，不是她的凝视、她的微笑。他看过第一次采访，所以我肯定他已经熟悉它了。不管怎样，我已经警告过他：不要卷入任何事情。

比福德家的公寓在五楼，可想而知，电梯处于停用状态。在菲尔拖着摄像机爬上五层楼后，如果他还能精力充沛地做任何事情，我定会大感惊讶。

米歇尔脚蹬毛茸茸的拖鞋，身穿粉蓝色的睡袍和一套印有"但先给我咖啡……"字样的睡衣，站在公共走廊上对我们怒目而视。她显然刚起床。没有霍莉的踪影，也许她还在睡觉？

米歇尔看起来倦怠不堪。我的笔记上说，她在一家百货公司做全职工作。十五年了，自从霍莉的爸爸离开时算起。不是我无礼，但她现在不是应该在工作吗？

"嗨，米歇尔。很高兴认识你。对不起，要这么早开始。"我说，令我吃惊的是，她握住了我的手，摇了摇。

心烦意乱的一笑——她似乎有麻烦。"我想你最好继续，先把那东西打开。"她对着菲尔的摄像机做了个手势。

菲尔和我对视了一眼，摄像机就在他肩上。亮着红灯。

"我只是不想一句话说两遍。"米歇尔看着我，皱了皱眉，"你们最好进来。我去烧壶水。"她拖着粉色鞋子走进铺着油毡的公寓。我们尾随而行。我开始感觉到，霍莉不在里面。

米歇尔在小小的厨房里忙得团团转。

"如果有人来问问题，我就得给警察打电话，情况就是这样。你介意我现在马上打给他们吗？"她看起来很尴尬，一个女人要被迫遵守自己没有签署的规定。

我摇摇头，我不介意。警察这个词在我脑子里尖叫。警察是我今天不想，也不预备听到的词。

"对不起，米歇尔，我真的不知道这里发生了什么。出什么事了吗？"我回头看了看菲尔，看他是不是明白。我错过什么了吗？

有那么一瞬间，我想她是因为我才报警的。因为那架飞机。因为夏普夫妇。但这当然是无稽之谈。米歇尔不知道。她根本不认识我。我昨天发现夏普夫妇的事情后想要报警的所有冲动都早已消失了。在这个阶段让警察介入绝对不是个好主意。米歇尔举起手指，把电话放在耳边。等一下。

"嗨，我是米歇尔·比福德。请问安迪在吗？"又是一阵停顿，此时我们全都在等着，处于凝滞状态，就像弥漫在厨房空气中的那陈旧香烟的味道。"谢谢。你好。你好，安迪，是的，很好，谢谢。不，不，我没有，不是那样的，但这会儿我公寓里来了人，在问关于霍莉的事。不，不，不是那样的。是的，是的，我知道。"她紧张地笑了，"不，他们是监狱慈善机构的。他们在监狱里为一部电影采访了霍莉。是的。艾琳，是的……"

她提到我的名字时，我迅速地瞪了一眼菲尔。同她交谈的警官知道我。他知道我。到底是怎么回事？米歇尔举起一根手指，等一下。

"是的，还有个男人……"她不知道菲尔的名字。我们跳过了那个手续。

"菲尔，"菲尔说，"摄像师。"像往常一样言简意赅。

"菲尔，摄像师。好的，好的，我告诉他们，等一下，好的……10—15分钟到达，好的，等一下。"她把电话从脸上移开，对我们说："安迪说，你们介意等上10—15分钟吗？他就会过来。如果可以的话，他想问你们几个问题。"

我回头看了看菲尔，他耸了耸肩。

"当然。"我说。

我还能做什么？说不？不，恐怕我不能留下来和警察谈话，米歇尔，因为我刚刚偷了两百万美元，还可能导致了两个无辜的人的死亡。我想我在这里的唯一行动就是留下来。留下来，努力表现得正常。一句"当然"几乎涵盖了一切。

回来工作的第一天，我就已经要被警察审问了。我的胃翻卷不已。

米歇尔把电话放回耳边，对着安迪说话。我的意思是，事情变得越来越清楚了，我对自己的判断很笃定。我猜霍莉在假释期间跑掉了。看来就是这样，诸如此类的事，但不知为什么，我的手心在出汗。

米歇尔继续打电话，"安迪，是的，是的，没关系。他们会在这里。不，不，我认为他们不会。当然。我当然会的。是的。那么，好吧。再见。那么，好吧。再见。"她挂断电话，笑嘻嘻地看着无声无息的电话机。看着安迪，我可以想象，他在某处的办公室里。

菲尔和我等待着。她终于抬起头来。

"抱歉，很抱歉。咖啡？"她瞥了一眼水壶，刚烧开的水在里面沸腾着。

"好，行，对不起。我想你们已经猜到霍莉不在这里了吧？"米歇尔看着我俩之间的地方，一副公事公办的样子。我们猜到了。

她点了点头，"是的。昨天她离开了，就那么消失了。早上我拿了些吐司送到她床上，但她不在。我们一直在找，我们不知道她现在在哪里。警方正在调查此事。安迪现在负责搜寻工作。这是——"她停了下来，凝视着水槽上方的双层玻璃小窗。她身边的水壶不再咔嗒作响，沸腾声安静下来。她匆忙地回到房间，微笑着。

"我们坐下来，好吗？"

她郑重其事地把咖啡杯放在松木折叠桌上，于是我们坐了下来。

当她就着热气腾腾的杯子小口喝咖啡时，菲尔仍在拍摄她。杯子上面有一行字："咖啡让我的一天更美好。"我真希望如此：到目前为止，事情似乎不太顺利，对我们所有人来说都是如此。

我低头看着面前那灰褐色的咖啡，一粒粒未溶解的咖啡还死死地粘在杯子的白色瓷壁上。

该死。情况不妙。我现在在这里实在待不下去了。我想起了藏在阁楼里的包——负罪感，就像第一张多米诺骨牌，开始把一个错误推入另一个错误。我需要集中注意力。在警察安迪到来之前，我得把这种感觉控制住。

霍莉到底在哪儿？

米歇尔用双手小心翼翼地放下杯子，解释起来。

"好吧。我来说说我们知道的事。"她抬起头，带着官方发言人的笃定神情。同样的话她已经说过十几遍了，整晚都没睡。我敢打赌。她看上去就是那样。在我的职业生涯中，我已经采访过很多人，而她也经历过几次这样的磨难。现在她又要这么做了，为了我们。

"就那样，我见到了霍莉，你知道，在9月12日上午8点左右，我把她从监狱后门接了出来。那是在七天前。她一周都待在公寓里。看电视，打盹儿。我觉得她在监狱里睡得不是很多，因为她筋疲力尽。然后，前天，也就是星期六，我们安排去西尼德的公寓——她是我工作时结识的朋友，以前是名美发师——好让她为霍莉打理一下头发。她，霍莉，在监狱里时一直担心自己挑染过的头发，西尼德说会免费为她打理。于是我们去了那里。我给她带了些别的衣服——阿迪达斯的东西，人们现在都很喜欢这牌子。"她微笑着说，一位了解女儿的母亲，"她换了衣服。然后我们去南多斯吃鸡肉，她非常想吃南多斯的鸡肉。她总是想吃南多斯的鸡肉，对那该死的南多斯真是兴致高昂。我认为监狱里的食物不怎么样，你知道的。她到家时瘦极了，好吧，你见过她，你自己知道。不管怎样，她热爱南多斯，吃了半只鸡，还有所有的辅菜。她快活极了。然后我们回到家，她说她想用笔记本电脑打几个电话，于是去了自己的房间，打了一阵子电话，然后我们补看了卡戴珊姐妹的一些老节目。她很累，大约9点上床睡觉，没什么异常。她看上去很开心，又像以前的她了。昨天早上我走进她的房间时，她已经走了。她只拿了几样东西，没留字条，什么都没有。但我告诉安迪，她确实拿了一样东西：我们的照片，我和她的。她在监狱里就有的那张。她总是把它放在床边。她喜欢那张照片。说每当她想念我的时候，它都会让她开心起来。她不常说那种话，所以我记得。"米歇尔看着我们。这就是她知道的全部。这是她那一方的说法。

"你知道她可能去哪儿了吗？"我问。

她低头看着自己的杯子，发出啧啧声。

"不，不大肯定。有一种推测。警察正在调查这件事，说实话，我不确定他们到底告诉了我多少。安迪是反恐大队 SO15 的一员，所以要从他们那里挖出任何东西都不大容易。我不知道你俩是否知道所有那种东西？反恐的东西。"

这话说得太突然，我几乎要笑出来了，几乎。菲尔在一边看着。该死的浑蛋。我审视着米歇尔的脸，但她没什么表情——憔悴而疲倦。她不是在开玩笑。我摇摇头。不。很明显，我对反恐一无所知。

"我只是……我发现很难相信我的霍莉会卷入任何这样的事情。她从来没有参与过这样的事情，从来没有提到过上帝或任何种类的宗教。安迪很可爱，但他错了。我真的相信他，但是——我不知道，他会把她找回来的，那才是最重要的事。那才是重中之重。"

米歇尔从睡袍口袋里掏出一个皱巴巴的烟盒，摸出一支烟。我飞快地想起了验孕棒上的蓝线，就在这时，她的打火机闪了一下，一股新的烟雾充满了小房间。米歇尔现在看着桌子对面的我俩，支着双肘，身体前倾。"你知道，霍莉不是最聪明的。她当然只会嘴上说说，但很容易被人牵着鼻子走，一向如此。这是种要强，你知道，只是争强好胜，我比你厉害，这事我能比你做得更好。你知道吗？但是'这事'可以是任何事情。可能是胆大妄为，也可能是放火烧公共汽车，或者其他任何事。她喜欢其中的戏剧性，只是炫耀，就是这样。她一直都是这样。只是近来更极端了些。她年纪越大便走得越远。我知道，这可能是我的错。她的父亲并不是一个很好的表率，后来她遇到了阿什——对不起，是阿沙尔——以及很多人。很奇怪，阿什在学校真是个乖孩子，他家是友好的土耳其家庭。我见过他妈妈一次。我就是不明白。也许我应该多陪陪她。但总得有人工作，她爸爸当然不会去。"她停了下来。她跑偏了，在自己的地道里迷了路，还拽上了我们。她需要回到阳光下。

"霍莉是一个人走的吗？"我问，"还是跟别人一起？"这是下一个合乎逻辑的问题。但我想我已经知道答案了。

"跟阿什——阿沙尔。"她纠正了自己。

我点头。事情现在清楚了。阿什是霍莉在公交车视频里的朋友。米歇尔语气中的不是内疚，而是一种自我宽恕。这都不是她的错。她能做些什么来阻止他们呢？是霍莉和阿什。在她看来，她只有一半的责任。那只是孩子们的玩闹。在她眼里，并没有什么真正的威胁。只是两个孩子，他们这次可能有点太过分了。

当然，你不可能推断不出这里发生了什么。这些碎片落下来，就像落在了俄罗斯方块的第一层。我确信，一旦安迪到来，就会进一步启发我们。但毫无疑问，他不会允许我们拍摄他。我们要在他来之前尽可能多地拍摄素材，这一点很清楚。在我们被要求停下来之前。

我立刻站起身，接手控制权，改变这个小公寓中的气氛。"米歇尔，我们现在得去看看她的房间，在那里拍摄。"这不是一个问题。我不是在请求她。我的导演头脑已经开始运转起来，为了这部片子，我们需要更多的东西，能抓取多少就抓取多少。听着，我不想利用她，但很明显，米歇尔信任权威，对其言听计从。如果她觉得这是出于好意，那么我们就能得到我们需要的。为了影片，我想要这个房间的素材，而我们会拿到的。我有意地长时间与她对视，时间有些太长。她移开了目光。

这起到了作用。她站起身，被吓住了。

"好的，当然可以。警察已经搜查过了，并且拍下了他们自己的所有照片，所以我敢肯定，在里面做你们需要做的事情是没有问题的。"她抬头回看着我，寻求我的认同和安慰。她想让我们知道她是在帮忙。正因为如此，她才不会像霍莉那样成为一个问题。

她领我们走出厨房，进入客厅。菲尔向我投来我认为是责备的目光。他不喜欢那样——我刚才的所作所为，那不像我，那很冷酷。

去他的。我不确定我今天会在乎谁。我感觉像换了一个人。不管这意味着什么。我甚至不确定我是谁了。也许我同莎莉·夏普一道死在了南太平洋。

霍莉的房间很小，像十几岁孩子的，只有些基本的陈设。菲尔用摄像机慢慢地扫拍：用大头钉钉在墙上的杂志图片，手里拿着香水瓶的目光犀利的时装模特，性取向，钱，闪闪发光的贴纸，窗台上的死苍蝇，一张大眼睛的哈利·斯泰尔斯的插页，肯伊的海报，武当派的海报。浮夸、危险。与阴沉沉的克罗伊登大相径庭：在盯着一个空房间看了近五年之后，所有入狱前的室内设计都被阳光晒得褪了色。

但我在找别的东西。我觉得菲尔也是，即使他不赞成我的方法，但我知道他与我的想法一致：这个房间里有什么与宗教有关的东西吗？任何东西？我找寻着，但我没看见。床旁的一堆书，一本维多利亚·贝克汉姆的时尚书、一本卷角的加菲猫书、《活在当下》《平静小书》。我一点也没料到霍莉会看的东西。但也许并非如此。一种自我认知的尝试？或是好心妈妈的礼物？不管怎样，这两本自助书籍看起来都不像是读过的样子。但我又是在评判谁呢？我也没读过它们。无论如何，它们肯定不是现在发生的事情的起因。它们完全谈不上是恐怖主义教科书。

然后我灵光一现。我们在这个房间里什么也找不到。霍莉住在这里时只有十八岁。这些是曾经的她的遗物。她现在二十三岁了。成长会改变一个人。五年的监狱生活会改变一个人。谁知道那段时间在她身上发生了什么？

我的意思是，看看我，我的整个生活在八天之内就改变了。我变成了一个骗子和小偷。天知道我五年后会在哪里，会是谁。希望不是在监狱里。

门铃响了，我们的目光转向米歇尔。她点点头，跑去给安迪开门。

菲尔放低了摄像机。

"你看到什么了吗？"他低语道。现在他眼中也有一种新的紧迫感。

对他来说，这部纪录片正变得非常有趣。他已经能嗅出未来的奖项了。

"没有。我想这里什么都没有，菲尔。她才回来了一个星期，然后又走了。我们需要看看别的地方：脸书、推特，等等。但她不是白痴——反正不再是了。如果这里有什么东西，要找到它可不容易。"我又扫视了一下房间，但我知道我说得对：这里没有线索。

当我们进入走廊时，一个健壮的男人正同米歇尔在门口轻声交谈着。安迪。他比我想象的矮，但很有吸引力。当他转而与我们打招呼时，身上有种平易近人的魅力：一丝迷人的微笑；也许这就是他得到那份工作的原因。一个与所有人都合得来的人。米歇尔说得对，他确实能激发信任。我猜他五十出头。他头发浓密，一股几乎会让人产生幻觉的昂贵肥皂的气味。我现在必须得非常小心了。他显然非常擅长自己的工作：他就像个职业老手般将米歇尔玩弄于股掌之间。我敢打赌，安迪的一生都顺风顺水，是个人生赢家。我想也许对安迪来说一切都芬芳如玫瑰。好吧，走着瞧，安迪。让我们动手吧，因为我不会进监狱，不会输掉这场战斗。我将手不易察觉地伸进大衣里，轻轻地按了按肚子。在那里挺好的，妈妈有你。

当他微笑着向我们走来时，我调整了一下自己的表情。

"艾琳，菲尔，我是福斯特探长。叫我安迪。很高兴见到你们，谢谢你们一直等在这里。"他热情地和我们握手。我们走进米歇尔的起居室，把摄像机留在了门厅里。菲尔不再拍摄了。

菲尔、米歇尔和我坐在沙发上，安迪坐在我们对面的一只低矮的皮座垫上，在凌乱的咖啡桌另一边。

"那么，我不知道米歇尔跟你们说了多少，但霍莉还在获释后的缓刑期间。她因为离开家而违了规。而现在，她出了国，确凿无疑地违了规。"他轻描淡写地说。

这比我希望的要更严重，没想到事情会闹到这个地步。霍莉逃离了这个国家？

他接着说道："这是一回事。然而，违反缓刑规定是另一个问题。我们现在面临的主要问题是，我们非常担心霍莉可能试图跟随阿沙尔·法鲁克进入叙利亚。这似乎是她的计划。她和阿什两人的计划。我们获知她十四小时前在斯坦斯特德机场登上了一架飞往伊斯坦布尔的飞机。我们拿到的监控录像显示，他们离开了伊斯坦布尔机场，上了一辆巴士。可以肯定地说，我们对此感到担忧。这就是我们现在的处境。"他的语气现在十分严肃，有条不紊。

叙利亚。这下问题可大了，而可怕的事实是：这是纪录片工作者梦寐以求的东西。事件取代了计划好的叙事结构。电影制作的天堂。

但当我坐在这里时，我绝对没有那种感觉。我知道这将是个多么了不起的故事。我明白，但我现在只感到恐惧，一堵飞驰的恐怖之墙向我袭来，这是真的，霍莉做了件不可饶恕的坏事。将有一次全面的调查，我被卷了进去，我们都被卷了进去。在我阁楼的隔热层下面还有一大袋松散的钻石。如果警察决定搜查我们的房子，这显然有相当大的犯罪嫌疑。

此时此刻，我真心希望霍莉正步履轻盈地从门里进来，闷闷不乐，凶狠恶毒，对我们大家都有点粗鲁。

"我们的工作很简单。"福斯特探长继续说。

"首先，我们需要查明霍莉在哪里，确保她的安全，如果可能的话，把她带回家。其次，我们需要弄清楚她和谁有联系，在监狱里时，她是在什么阶段变得激进的，以及她是如何设法离开英国的。这就是我目前感兴趣的信息。"

他凭什么觉得我们能帮上什么忙？

"现在我要声明：就霍莉本人而言，到目前为止她还没有做错任何事。违反缓刑规定与发生在这里的其他事情相比可说是微不足道，我们无意于因为霍莉的逃跑而惩罚她。更重要的是把她带回家，让她告诉我们发生了什么。她是如何搞到她的文件、搭上她的联系人的。我们希望能帮助她，以及其他像她这样的女孩。你们务必要相信我所说的话：外面的世界不是她们认为的那样。他们往往会瞄准年轻女孩，有问题的女孩，承诺很多事情，而当女孩到了那里的时候，想改变主意已经为时太晚，她们中了圈套。霍莉很快就会明白这一切，如果她现在还没有的话。他们不关心这些女孩，她们是战利品，是消耗品。"安迪看着米歇尔，紧盯着她的眼睛不放，"这就是我们需要尽快把她送回家的原因。"

米歇尔的面色变得十分苍白。她的手向下摸索着去找她的烟盒，她忘了她把它们放在厨房的桌子上了，不知何故，这个想法让我非常难过。

"现在，艾琳——"他将他那炯炯有神的眼睛对着我。

"我们不知道你今天早上要来拍摄。我想霍莉没有把这个消息告诉她妈妈。我们一直在和霍洛威监狱的人谈论你有关霍莉的采访录像。很明显，还没有人看过它，但是我们很有兴趣看上一看。我想你那里掌握的东西可能是我们关于霍莉的唯一的最新录像。除了对我们没有任何真正帮助的监控录像，如果我实话实说的话。我有很多部门都很想看看你掌握的东西。你还保留着那段录像吗？"

我点了点头，"它还没有被编辑，此刻还只是原始的录像素材。我自己还没有把它整个过上一遍，所以我说不准是否有什么引人注目的东西——"

"那不成问题。"他打断我说，然后递给我一张名片。首席探员安德鲁·福斯特，还有他的电话号码和电子邮件。"尽快把你掌握的所有东西都交过来。"

"没问题。"我接过名片，做出将它安全地放入口袋的动作。警察让我紧张。他们总是让我紧张。我感到他在我的脸上搜索着什么，在我身上搜寻着什么，任何东西，如同一枚想钓起负罪感的钩子。我让自己的面容始终保持坦诚，不动声色。

安迪转向菲尔，"在霍洛威采访时你不在场，是吗？你本人从没见过霍莉吧？"

"没有，我从没见过霍莉。明天我要去见爱丽莎。"菲尔泰然自若地回答说。但是，他与飞机失事、两起谋杀、盗窃、欺诈和走私没有关系。我想菲尔做过的最坏的事就是偶尔抽抽大麻，可能还有一两次非法的下载。

安迪的目光转回到我身上。"啊，是的，你的纪录片。"他笑了。我不太明白这微笑的含义。"还有谁在里面？"

他心知肚明。我几乎可以肯定，他已经调查过了。我注视着他。

"本顿维尔的埃迪·毕晓普、霍洛威的爱丽莎·富勒和霍莉。"我一口气地报出名字。一切都有据可查，我有书面记录可以证明。

安迪轻轻点了点头。我知道这是一个很好的组合。

他重新转向菲尔。

"不管怎样，菲尔，如果你愿意的话，你实际上可以早点离开。我只需要艾琳。我不想再耽搁你了，所以你可以随时离开。"那笑容又闪了一下。

菲尔看了看我。我点点头。我会没事的。当他离开时，他回头看了一眼，扬起了眉毛。真是个古怪的早晨。

这部纪录片可能比我们任何一个人想象的都要大。我知道这一点，菲尔也知道这一点。只要能找到一家有 Wi-Fi 的咖啡馆，他就会在苹果笔记本电脑上拉网式地搜索霍莉的社交媒体平台。

米歇尔被安迪打发走了，表面上是为了多煮一些劣质咖啡。她刚一走，他就向我靠过来，胳膊肘支在膝盖上，一脸严肃。

"那么，艾琳，你同霍莉在一起的时候，你注意到什么了吗？有什么看起来不寻常的事吗？你可能觉得很奇怪的事？她提到过什么吗？"他不笑的时候看起来更老些，更懒怠些，垂头丧气，更符合我心目中的侦探的样子。

我回想着那次采访。距离现在的五个星期前，从那以后发生的一切，又仿佛是发生在一年前。我有没有注意到任何可能暗示她会去中东的东西？我注意了吗？

阿玛尔的形象闪过我的脑海，那天的狱警。中东的阿玛尔。阿玛尔在阿拉伯语中的意思是"希望"。阿玛尔，他很友好地给我煮了咖啡。

我立刻感到了羞愧。

我把那个念头推开。我不是那种人，我拒绝做那种人。阿玛尔只是一个试着完成自己的工作的普普通通的伦敦人，他只是碰巧有一个阿拉伯名字。别想了，艾琳。

安迪坐等我的回答。

"我说不出任何特别的东西，没有。霍莉……你知道，她有点不安，我承认这一点。我不能说有什么确定的事情，但我确实对她有一种总体感觉。"我停住了口。该死的，我在脑子里重复了一遍我说的话。我可能应该只说一句"没有，什么也没有"，就到此为止。我这个白痴。我现在真的不需要因为成了警方调查的一部分而受到详细审查。在事情败露之前，马克和我只能忍受到此为止的背景调查。我从我的沙特阿拉伯空壳公司支付的第一笔预付款将在八天后转入我的银行账户。在一个女孩失踪后，从中东转来的钱在福斯特探长这样的人眼里可不大妙。

"不安？什么样的不安？"他现在看起来有些担心。我引起了他的关注，我好像抓住了一根看不见的引线。妈的。

"就是她的态度，你知道，考虑到她以前的罪行，她看着东西燃烧的视频。采访那天她的态度，她是……"我又说不出话来了。她是什么？

"对不起安迪，我说不出什么来了。她是个非常怪异的女孩。对不起，但就是这样。"一不做，二不休。你知道吗？如果我是个有偏见的证人，那么至少我不会出庭。

他呵呵地笑了起来。

感谢上帝。

他的脸又变得轻快起来。我只是个拍纪录片的女孩。

"是的，我看过公交车的视频。"他点点头，我们又达成了共识。"好吧，艾琳，'怪异'这个词恰如其分，艾琳。怪异，但我认为不是坏，只是很容易被误导。我希望她在越界之前能改变主意，因为一旦跨越了那类界限，就没有回头路了，在那之后我们就帮不了她了。我们不会考虑带她回来的，如果你明白我的意思的话。"他压低声音说。我能听见米歇尔独自在厨房里踱来踱去，香烟的烟雾缭绕着我们。他叹了口气。

我们对视了一眼。

"一个人当恪守本分，艾琳。但有些人是不会自救的。"

我想我们有了默契，我们相处得很好。

"公平地说，米歇尔已经不知道自己的女儿是什么人了。她不可能预见到这一切。在五年的时间里，她每周探监一次，这并不是一个关心子女的母亲的作为。"他朝厨房瞥了一眼。我抓住机会吞了口吐沫。我迫切希望自己看起来像个正常人，但在审视之下，我日常的身体机能已变得运行困难。他继续说了下去。

"霍莉在获释之前的五个月左右发生了变化。我们有狱警和顾问的陈述。当时发生了两件事。她报名参加了监狱慈善计划，并同意参与你的纪录片拍摄。我可以相当自信地说，艾琳，你不是在主持基地组织在伦敦的一个分支，但如果我一点都不跟进的话，我就会丢掉饭碗。"沉默，他看着我，一丝微笑浮上了他的嘴角。

所以他们已经在调查我了，浑蛋。调查了多少？

"我是嫌疑犯吗？"我知道这话本不该问，可我是吗？

我感到脸颊发红，脖子发热。我的身体现在正式地失去了控制。

他呵呵地笑了起来，感到非常满意。

"不。不，艾琳，你绝对不是嫌疑犯。你甚至从未见过阿沙尔·法鲁克，你与霍莉的唯一会面被拍了下来，你打给监狱的所有电话都有录音，并且在当时受到了监控。我全都听过了。"

该死。

"你什么也没干。但是你今天必须尽快给我一份录像的拷贝——然后我们就不再打扰你了。我们对你本人不感兴趣，在这个阶段。"又一道隐隐的笑意。说完，他站起身，掸了掸裤子。然后抬起头。

"哦，虽然这样说有些多余，但不要把那段录像给其他任何人看。显然，不能给新闻机构，不能给媒体。在我们的调查结束之前，你也不能将这些录像用于你的纪录片。你知道吗，即使到了那时，也请帮我个忙，提前给我打个电话，好吗？登记一下，不要做陌生人。"他笑了。这真的是一丝胜利者的微笑。不管怎么想，他长得还不错。

然后，我不知道我为什么要说我接下来说出的话，但我确实说了。

"安迪。等事情结束时，我想得到对此事的独家报道权，可以吗？在其他任何人之前，能进行一次采访就太棒了。"就这样，我已表明了立场。

他的笑容扩大开来，很惊讶，被逗乐了。

"我看没什么不可以的，一旦它成为公开的记录，无伤大雅。艾琳，听起来你在拍一部不错的小电影，真有趣。给我打电话。"说完他就走了。

**

我到家后做的第一件事就是跑到阁楼上去。谢天谢地，马克还没回家。他今天要见一些老同事，试着找些熟人，以便出售钻石。但与此同时，钻石还在我们的阁楼上，我很担心它们——我们的藏匿物。如果他们决定搜查这所房子，他们就会找到它。我把一台旧缝纫机移到那块松动了的隔热层上面。我盘腿坐在开裂的地板上，苦苦思索着把缝纫机放在上面会不会让它变得更引人注目。如果反恐大队搜查我们的房子，缝纫机是会引起注意，还是会把隔热层的松动部分隐藏起来？在回家的路上，我用谷歌搜索了反恐大队：他们是伦敦警察厅的一个特殊的行动部门，即反恐指挥部，这个部门由政治保安处和过去的反恐处合并而成。它们是正儿八经的警察。

我把缝纫机又挪开了。

如果警察对我有兴趣，他们肯定不会放过这房子里的任何地方。我现在也不能把钻石埋在花园里。泥土会被翻动，而警察喜欢掘地三尺，不是吗？我看过很多犯罪电视剧，所以知道这一点。现在我也不可能飞去瑞士，把它们存放在保险箱里，既然我是安迪调查的一部分。那样做会比其他任何事情都能引起更多的关注。我们只需要尽快把这些东西弄出家门。那是唯一的解决办法。我们得把钻石处理掉。

我想到了那架飞机。那些人还在下面，被绑得紧紧的，坐在座位上，在暗夜时分的水中。我不禁对他们感到好奇。他们是谁？他们像马克说的那样坏吗？他们看起来像可怕的人吗？我很高兴自己没有看到他们；我想我永远也不会忘记那样的事情。我很难控制住自己的思绪。我看到了自己想象中的面孔，灰暗的，浸透了海水。

我希望能有办法查出他们是谁。我们想尽了一切办法，在博拉博拉拉网式地搜索了那些国际刑警组织和失踪人员的网站。马克是唯一能把他们从队列中挑出来的人。他看过了，也许我应该让他再看一遍？也许我应该去搜搜俄罗斯新闻网站，看有没有失踪人员？

26

9月20日，星期二

钻石

马克找到个钻石掮客。我昨天在霍莉家拍摄时，他见到的一位老同事提出了 个可能的解决方案。真及时。一旦钻石卖出去，我们就可以把钱直接汇到瑞士，然后我们就大功告成了。我们的储备金就安全了。我还没告诉马克关于霍莉和福斯特探长的事。我想先把今天的事放在一边；我不希望他在交易完成前为警察的事担心。我确定他们还没有调查我，如果我们今天把钻石的事解决掉，那事情就结束了。我也还没告诉马克关于孩子的事。我不是在故意秘而不宣，只是想等个合适的时机。这是个大新闻，我不想让它因忧虑而失去光彩。我希望它是特别的，是纯洁的。

这事一结束我就告诉他。今天我们卖掉钻石后，有关那只袋子的所有痕迹都会消失，有关飞机的所有痕迹都会消失。钻石是最后的未了结的东西。

**

马克找到的掮客是一个叫维多利亚的女孩——马克在摩根大通时，她曾与马克在同一个培训项目中共事。她很早就离职了，走上了专业化道路，现在是汇丰银行股票算法交易团队的量化交易员。她是波斯人，有个同父异母的兄弟在从事有形资产的咨询和交易。所谓的有形资产是指艺术品和奢侈品、珠宝、明朝的花瓶、拿破仑的帽子，以及诸如此类的东西。我只是在开玩笑，没有拿破仑的帽子。好吧，事实上，也许有拿破仑的帽子，谁知道呢？超级富豪的流动资产，不管它们可能具有何种形式。

维多利亚的同父异母兄弟有一个网站。

奈曼·萨尔迪艺术与资产顾问公司。网站上我最喜欢的网页名为"抵押艺术品"。我想知道，在所有资产中流动性最强的莫奈、库宁、波洛克、培根和塞尚对自己成为抵押品会作何感想。

该网站称：

国际金融危机过后，投资者开始看到将艺术品、游艇、珠宝和其他收藏品等非货币资产纳入整体投资组合的好处。然而，这些有形资产需要专家的关照和精细的管理，这不仅体现在储存、陈列、保管和保险方面；而且体现在主要作为具有实质价值的可交易资产方面。它们要求的监管水平与金融投资组合所需的监管水平相同。在奈曼·萨尔迪，我们将为您提供建议，让您作为投资者了解当前的市场价值，并就何时买入、卖出或持有提供建议，同时在采购和销售的各个阶段提供协助，从而确保您实现并保持平衡的投资组合。

好了，就是这样，艺术品的保护罩。艺术像监狱里的香烟一样被利用。

我突然意识到"监管"的双重含义。"它们要求的监管水平与金融投资组合所需的监管水平相同。"我想，这是对人生的一种讽刺。

我担心，当革命到来时，"奈曼·萨尔迪艺术与资产顾问公司"的客户将首当其冲，不管有没有抵押品。

不管怎样，马克已经要求维多利亚为了他的"一个客户"联系她的兄弟查尔斯。马克和维多利亚是 LinkedIn 上的朋友，在喝着咖啡聊了聊各自的近况后，马克提起了这件事。她的兄弟是否有兴趣会见一位潜在的新客户？这位客户希望在未来几个月里出售一些资产。这个主意似乎很受欢迎。马克说她在咖啡馆里把身子坐直了一点，非常乐于扮演中间人的角色。显然，她兄弟的生意受到了当前形势的严重打击，而查尔斯现在确实需要这一委托。维多利亚把查尔斯的一张名片递给马克，让他转交给他的"客户"。她甚至对马克表示了感谢，因为他想到了查尔斯。

马克打了电话，安排了会面。我将前去，不是作为客户，而是作为客户的私人助理，萨拉。到目前为止，一切都在按照标准行事：我从卡罗的故事中得知，她画廊的大部分销售都是通过电话或私人助理在开展时购买的。如果你有人可派，为什么还要自己去买抵押品呢？

我今天早上见了查尔斯。我把马克留在格林公园的瓦莱丽糕点店，独自走向蓓尔美街。

这间位于蓓尔美街的陈列室很低调。当你进入时，它看起来更像是一家高端私人拍卖行。房间里摆满了自制的展示底座，上面摆放着我猜可能是非卖品的珍宝。只是摆在那里让客户确信这是适合他们的地方的图腾，与阶层挂钩的狗哨、奖杯、徽章。但是，公平地说，我想那里面的所有东西都能以合适的价格买到。

在一个展柜中，一副印加死亡面具在安在一英寸厚的玻璃后的聚光灯下放射出暖暖的光芒。

在另一个展柜中有副日本盔甲。

还有个展柜中有条项链，一颗其丰厚膏腴都如柠檬雪酪般的闪闪发光的棱面钻石从一串较小的钻石上垂下来，在陈列室的灯光下闪耀个不停。

查尔斯接待了我。他身体强健，面色红润，头发浓密，穿着红色裤子，皮肤带有法国南部的棕褐色。

周围似乎只有他一个人，也许他们只是在与人会面的时候才开门。我无法相信这里会有很多的人流量，即使是在蓓尔美街。

我们在房间后面的一张超大的桃花心木双人办公桌边舒舒服服地

坐下来。如果桌子不是托马斯·切宾代尔制作的，那它也肯定是按照切宾代尔的风格制作的。你必定会注意到这些东西。这就是它们的意义，这就是它们被选中的原因。

我们坐在铺着厚地毯的展厅深处，轻松地聊着天。查尔斯用咖啡粉囊包为我制作了一杯咖啡，我想，商务谈话的时机要由我来定夺。我相信，如果我不开门见山的话，查尔斯一定能继续闲聊下去，跟我兜上一整天的圈子。他绝对不是那种先开口谈生意的人——我想，开门见山在他的行当里是不得体的。

就连伦敦东区市场的摊贩也喜欢这种行话，不是吗？查尔斯当然不是小商贩，我们得说清楚。他是彻头彻尾的牛津剑桥精英，精准、犀利，却因未能发挥自身潜力而自惭形秽。似乎生活得一帆风顺的一个缺点是，你永远也无法达到所期望的水平，总是不能充分发挥自己的潜力。考虑到环境因素，任何成就都只是你的最低期望，任何失败都完全要归因于性格弱点。

要说清楚的是，我个人认为查尔斯其实做得很好。他在这里有个很不错的位置，似乎是个不错的工作。我若是他母亲的话，必定会以他为傲。这是私立学校男生的另一个特点。他们会牵动人心，不是吗？他们绕过异性，与母亲保持着热线联系。他们永远长不大。

我把装钻石的袋子从大衣口袋里掏出来，放在桌上。这些石头现在安全地存放在马克和我为此特意购买的柔软的奶油色皮制小袋子里。塑料袋完全是不合时宜的，尽管这只袋子花了我们一百五十英镑，但它为眼下的努力提供了一种完全不同的气场。

查尔斯很默契地注意到了。这毕竟是他身在此地的原因，而今年是不景气的一年。

我解释说，我为之工作的家庭希望在未来几个月清算一些资产。这些石头将最先出售，目的是试试水，以了解市场目前的接受程度。

当然，实际上没有其他资产。我希望有，我希望我们能找到更多的袋子。但我让查尔斯以为今后还会有更多的东西要卖，这样一来，我们今天就能以最优惠的价格卖掉钻石，而且能减少一次性销售的可疑性。

查尔斯的兴趣被激起了。我知道那只皮制袋子物有所值。

他拿出一个珠宝托盘。我把袋子递给他——想让他自己把钻石倒出来。为的是让他产生我在第一次看到数以百计的钻石倒在折射的光线下时所产生的那种感觉。

他轻轻地晃了晃袋子，钻石就滚到了绿色的毛毡托盘上。

他感觉到了。

我手臂后面的汗毛竖了起来，我感觉到了。

机会。可能性。他抬起头来之前先润了润嘴唇。

"非常漂亮，可爱。"他不动声色的表面之下透出一丝喜悦。他不是个老谋深算的玩家，这是肯定的。

我同意支付百分之十的佣金。我一走，他就会开始工作，下午应该就会有报价者。钻石市场变化很快。他可以在这一天结束前达成一项销售协议，如果这就是我为之工作的家庭的兴趣所在的话。

我拿着代替了钻石的手写收据离去，准备回咖啡馆去见马克。然后我感觉到了它：我背后的眼睛。我在蓓尔美街和圣詹姆斯街的拐角处停下来，紧张地假装在包里找我的手机。我身后的两位绅士走了过去。他们不是警察，他们也不是在跟踪我，他们只是两个衣着光鲜的男人，正走在去吃长桌午餐的路上。我回头看去，从蓓尔美街一直到特拉法加广场，我的眼睛在为数不多的行人中寻找着福斯特探长的身影。在二十来个过路人中，没有一个符合要求。福斯特探长不在这儿，他没在监视我。

得了吧，艾琳。别疑神疑鬼的。

我的心在胸口怦怦直跳。一种隐隐约约的本能，仅此而已。我直奔圣詹姆斯街，去见马克。

他一看见我进来就兴奋起来。他想知道我与查尔斯打交道的情况。

"非常非常顺利。"我向他保证，"我们说话这会儿，他正在寻找买家。他真的很兴奋，他想把这种兴奋情绪隐藏起来，但我看得出来。也许几个小时后这事就了结了！他今天下午会打电话给我，向我提供一些报价者。"我的手一直在微微颤抖着。马克的手滑过咖啡桌，将手掌放在我的手上。

"你做得真的很好，给我留下了深刻的印象。"他笑着打断了我的话。我也忍不住要笑。我们在做什么？这有点吓人，但也完全令人兴奋。显然，我不能代表马克说话，但在此之前，我只是偶尔会因违规停车而被罚款。我不是罪犯。但令人匪夷所思的是，我们竟能如此顺利地完成这一切。我安慰自己说，时不时地疑神疑鬼是可以的，考虑到我们正在做的事情，如果我不那样，那就太疯狂了。我们把所有这些危险带回了家，带到了英国。

"听着，艾琳，亲爱的，我们为什么不就留在城里，一起等查尔斯的电话呢？如果有报价者，我们就接受，好吗？然后你就可以马上回到那里去做交易，到今晚我们就可以彻底完工了。钻石被带出了屋子，搞定。我们就可以回归正常的生活了。嗯，仿佛正常的。"他又露出了那种笑容。

**

我的手机在一点半左右响了起来。是查尔斯，他已经在给我回电话了。我从今早打过的电话中认出了最后三个数字。马克点了点头，我等铃声响过四下后才接电话。我们不想显得急不可耐。

"喂？"我颇不耐烦地应道。萨拉，我想象中的私助角色，有比等查尔斯的电话重要得多的事情要做。

"你好，萨拉，我是奈曼·萨尔迪的查尔斯。"他有些踌躇。

"噢，太棒了。你好，查尔斯，有什么事吗？"我的语气轻松、淡然、专业。马克与我对视了一下，露出微笑。他喜欢这个角色，非常性感。

查尔斯又有点犹豫了，尽管非常轻微，但我还是捕捉到了。电话那头出现了极短的停顿后，他突然开了口："萨拉，我真的很抱歉。但不幸的是，这事我帮不上忙。尽管我很想帮，但恐怕我还是得就此罢手。"

我的胃翻腾起来，眼睛飞快地瞄向马克。他已经从我身上捕捉到了气氛的变化，于是悄悄地扫视着咖啡馆里的人。我们被当场逮住了吗？完蛋了吗？

电话里，我久久说不出话来。我打起精神，继续冷静地开口道："有什么问题吗，查尔斯？"我尽量让自己听起来有点不得已地咄咄逼人。萨拉不确定，如果查尔斯无法卖钻石，那为什么要浪费她宝贵的时间。

马克的眼睛又盯在了我身上。

"我真的非常抱歉，萨拉。只是来源有点小问题，仅此而已。我相信你能理解。我真的不好意思提这件事。我敢肯定你的客户不知道，它们属于……好吧，不用说，这些石头在来源方面一直存在一些危险的信号，这可能会在未来造成潜在的问题。所以，在现阶段我不得不退出了。我肯定你能理解吧？"他留下一片沉默让我来填补。

我冲马克摇摇头，没卖掉。来源。我皱起了眉头。然后我突然醒悟过来，查尔斯是在告诉我，他认为我们是在处理血钻。即我们的石头来自非洲的这样或那样的无道德可言的渠道。当然，没有文件，没有踪迹，它们必定会让人心存疑窦。我宁愿查尔斯认为它们是血钻，而不是认为它们之所以来源不明，是因为它们是我们偷的这个简单的事实。

当然，当我把它们交给他的时候，他必定已经在怀疑会有什么不妥。但我敢打赌，他更担心的是潜在的危险，而不是道德。如果在过去的几个小时里，他能把钻石转卖给任何人，我猜他一定会那么做的。我一点也不怪他的犹豫不决。如果我是查尔斯，我定会避之不及，尤其是在他倒霉不已的一年。像查尔斯这样的人在监狱里待不了多久。

"我明白了。谢谢你，查尔斯，你帮了大忙。我相信我的客户对这个说法会很感兴趣的。你的假设是正确的，他们完全没有意识到这种性质上的复杂性。所以，谢谢你的谨慎。"我给他浇了点油。我知道他不会告诉任何人，但他值得获得点恭维，如果那能让生活更轻松些的话。

"别客气，萨拉。"我听到他的声音里露出了宽慰的笑意，"不过能不能请你告诉你的客户，我很乐意为他们有兴趣清算的其他资产效劳？如果他们需要我做其他什么事，我很乐意帮忙。你有我的详细资料，对吗？"他想要战利品，但又不想弄脏自己的手。请排队，查尔斯，请排队。

"是的，当然，我知道他们会感激你在这件事上的慎重的。"我说。

马克摇了摇头。我是在抚慰一个刚刚说我们是罪犯的人的自尊，而且起到了作用。人很奇怪，不是吗？

"太好了，多谢。噢，萨拉——你介意现在到我办公室来取它们吗？我会把它们装进袋子并准备好，这可能是最好的做法。"

我挂上电话，瘫倒在咖啡桌上。天哪，当罪犯真是累死人了。马克拨弄着我的头发，我慢慢抬起眼睛看着他。

"没卖掉。"我压低了声音说,"他认为它们是血钻。不过他没问题,没打算说出去。我现在得去把它们拿回来。"

"他妈的!"这不是马克想听的。他为使交易顺利进行做了大量的工作。"这部分本来应该是比较容易的。他不知道是我们在卖,对吗?"

"对的,"我很快地回答,"他不可能知道。即使他知道,他也绝对不是那种会提起此事的人。我相信人们会给他带去各种各样的东西。血钻可能是他最不担心的。如果他太过害怕,以致不敢试着为我们卖钻石,那么他肯定也会太害怕,所以不敢就这些钻石乱说话。谁知道我的客户是什么人?谁知道他们能做些什么?"我一点也不担心查尔斯会告发我们。

马克的眉头舒展开来,冲我微微笑了一笑。"那么,我们现在到底该怎么办?"他轻声说,从他的语气中可以明显听出我们处境的荒谬。因为我们现在何去何从?我们不认识别的人。我们不知道怎么卖钻石。

我咯咯地笑了笑。他也以咧嘴一笑作为回应,眼角起了些皱纹。上帝,他太帅了。

"我真的以为查尔斯正是我们要找的人,我还以为他会当场出价呢,"我说,"上帝,为什么事情就不能这么简单呢?"

"我也有点以为会是这样。我想,瑞士把我们宠坏了,一切都太顺利了。不过,我们还得为这些东西寻找其他途径。事情还没完呢。我现在就去想办法。你去把钻石拿回来。"他朝门口点点头。

我前往查尔斯的办公室去拿我们的钻石,让马克去进行头脑风暴。

突然间这事又让人觉得有趣了。我可以和马克永远这样干下去，他是《了不起的盖茨比》中的盖茨比，我是他的黛西。

当我回到画廊时，查尔斯人不在。一名保安听到铃声走出来，将那个惹麻烦的小袋子递给我，以换回查尔斯的收据。看来查尔斯想掩盖自己的行迹，远离是非。如果马克再见到维多利亚，他将不得不假装对整件事一无所知，表现出震惊和沮丧，因为他的联系人试图脱手血钻。谁知道呢！这完全是合理的。马克一直与此次行动保持着足够远的距离，可以以不知情作为辩解，而外面又有很多富有的坏人。除了我的丈夫，马克和刚刚发生的事情没有任何实际的瓜葛。但我也不在场，在场的是萨拉。

我脑海中闪过一个声音提醒我，如果事情败露，就可追溯性而言，我始终是最接近这一切的人。我是出现在瑞士的监控录像中的人，我是出现在蓓尔美街的监控录像中的人。不是我的名字，而是我的脸。当我拿着石头回去见马克时，我在想：我深陷在此事之中，这是我的主意吗？还是我只是恰巧适合我的角色？我是比马克更勇敢吗？我是比马克更老练吗？还是我更笨？为什么总是我？

但是马克是穿针引线的人，所以他不能做交易，对吗？这确实说得通。说实话，我不喜欢置身事外。我们实际上是一个完美的团队。

我回来时，马克刚刚结束对于钻石的思考，所以我们决定今天就到此为止。现在，他的头脑似乎又回到了业务问题上。他今天下午要去见另一个老朋友，了解私人咨询公司的金融监管问题，因为创业就意味着要费力地搞定许多条条框框。我让他走，不管怎样，我们真的需要更多的时间来考虑有关钻石的下一步行动。我吻别了他，向家走去，钻石裹在黄油皮革里，在我放在口袋里的冰冷的手中。

当我走回地铁时，突然灵机一动。

所以，如果行动迟缓的查尔斯能卖钻石，那我们为什么不能自己干呢？查尔斯是个中间人，他取走超级富豪们不再想要的东西，然后找到其他人去买这些东西。他用别人的钱做生意。如果查尔斯能在获得美术学士学位的同时学会交易资产的基本知识，我敢肯定这不是什么高深的学问。就像马克以前在城里做的那样，只是查尔斯做的规模要小得多。我们以前也买过钻石：订婚后我们一起做了大量的钻石搜索工作，从中我们知道了三 C。我们大概知道这些石头的价值，所以我们只需要找到愿意购买它们的人。想象一下，伦敦有一整条街都在买卖钻石。我们只是需要一个不太关心其来源的人来表露出兴趣。一个比查尔斯更（也许我应当说）积极主动的人。我们至少可以试试水。

我走进皮卡迪利大街旁的一条小巷，把一颗大钻石抖落在掌心，把其余的留在口袋里。

在法林登车站，我步行穿过一条条拥挤的小巷，进入繁忙的哈顿花园。今天很冷，寒风刺骨。路上的行人熙熙攘攘，有用手压着宽边帽子逆风而行的哈西德派犹太人，也有穿着武装到下巴的羊绒大衣的有钱的伦敦东区交易员，人人都急匆匆地要去某个地方。

　　到这里来可能是个愚蠢的想法，但我不大像个珠宝窃贼，对吧？一个三十出头、衣着讲究的女人拿着一颗价值不菲的钻石出现在哈顿花园，这有什么可大惊小怪的？人们每天都这样做。相信我。

　　我低头看着我的订婚戒指：它璀璨夺目。马克确实在这上面花了很多钱。现在很容易看出这一点。但我记得，我当时想的是他是多么爱我。他为了买它做出了多么大的牺牲。他为了买它而花在工作上的时间。它是多么美丽，多么闪亮。

　　现在我看到了一座奖杯，一副会玩游戏的头脑。马克的辛勤工作堆积在我的手指上。如果我们需要钱，我会毫不犹豫地卖掉它。为了我们。为了我们的房子。为了我们的孩子。它下面的纤细的金箍比上面那个闪耀着光芒的东西更有意义。但有了那只袋子以后，我就再也不用这么做了。我推想，如果我能卖掉这些石头，我就再也没有必要出卖任何东西了。

　　我先在前开式的钻石交易市场试试。这是一个巨大的空间，里面挤满了许多不同的商店柜台，不同的交易商专攻不同的宝石和金属。正统的犹太人斜坐在柜台后，旁边是衣着光鲜的伦敦东区商人，这是一个唇齿相依的家族企业的大杂烩。

　　我还没走多远，就有交易员向我示意。虽然似乎没有人在看我，但我知道，我是一只刚刚闯入猎场的狐狸。

　　"你在找什么，亲爱的？"他是个光头，伦敦东区人，衬衣，领带，抓绒衫。讲求实际的人，会根据天气穿衣服。他笑容可掬，就他了。

"实际上，我是想找买家。我有一颗两克拉的钻石。曾经镶在一枚订婚戒指上。"我认为这是个万无一失的故事。没人会问是谁的订婚戒指，对吗？我的意思是，从逻辑上讲，无论曾经拥有它的人是谁，这人要么死了，要么不再是已婚人士。这是谁都不想要的那种销售模式。在促进商业活动中没多大用场。钻石已经不在戒指上了，这一事实还会令人感到相当不祥，不祥到了不适合盘问的地步。好吧，希望就在眼前。我是在地铁上想到这个主意的。我觉得它相当不错。

"两克拉？太好了。那我们来看一看吧。"他真心实意地感到兴奋。我想这是种每天都会有出其不意的事情发生的工作。当我从口袋里摸出那颗单粒的钻石时，他的表情让我想起了那部著名的电视剧《傻瓜和骑兵》。你知道它吗？在电视剧里，德尔和罗德尼找到了一只手表，最终成了百万富翁。我希望这家伙能接受它。

我把它放在他柜台上的毛毡托盘上。几乎还未等它落在毛毡上，他便将它倏地拿了起来。拿出透镜，细细研究。他的目光又一次投向我，带着审视的意味。我只是个女人，中产阶级，衣着得体，二十八九岁或三十出头。无论他有何担心，我的外表都会减轻那种情绪。他眯起眼睛重新去看着那石头。

他把一个同事叫了过来，马丁。马丁友好地打了个招呼。他比这个穿抓绒衫的人年轻些，后者现在把钻石递给了他。或许是他的儿子？侄子？马丁掏出自己的透镜，从各个角度审视着钻石。他也朝我看了一眼，对我做出了评判。

也不必见到你，如果你明白我的意思的话。"他沙哑地笑了一声，对着面前的这位美丽妇人咧开了嘴。

爱丽莎把她的东西装进一只奶油色小帆布包里，朝出口走去。

她在门口停了片刻，等最后一个狱官示意她可以离开。菲尔、邓肯和我挤在她身后。这是我们唯一有机会拍摄的真实的释放场景。爱丽莎是唯一允许我们与之这么近距离地接触的囚犯。我们都能感受到那种姿态的亲近意味。我们轻手轻脚地从她身边溜出去，走进外面的雨中，将镜头重新对准站在门口的她，这时，她走了出来，走进9月潮湿的空气中，大门在她身后关上了。

她在外面。

她抬起头来，蒙蒙细雨打湿了她的脸颊，微风吹乱了她的头发。她呼吸着，胸部轻轻起伏。卡姆登路上的车辆隆隆地驶过，发出低沉的轰鸣声。风吹得树枝轻轻晃动着。

当她终于低下头来时，她已热泪盈眶，但没有说话。我们都保持着沉默，一面结队向马路倒退着行进，同时拍摄着她。

当我们退到马路上时，她的脸上绽放出灿烂的笑容，泪水开始毫无顾忌地顺着脸颊流下。她抬起头，大声地笑了。

这笑是会传染的。我们现在都笑了。

在爱丽莎新获得的自由与现实生活间的巨大鸿沟中，我们的计划必定会成为受欢迎的导轨。我们要去滑铁卢车站，爱丽莎要在那儿搭火车去肯特郡的福克斯通。她的新家，她家人的家。我们将一起前去那里，在接下来的两天里，我们会断断续续地拍摄她。能离开伦敦一晚是种解脱。我一直有种预期，即安迪随时会破门而入。说出来你可能不信，这真令人精疲力竭，那些钻石在我们阁楼的地板上烧出了一个洞，就像爱伦·坡那颗喜欢泄密的心。这次旅程会使我忘记那件事。它会让我集中注意力。

我已经订好了一辆车送我们去车站，但爱丽莎想先走一走。于是我们在秋日的细雨中走着。

她在一家咖啡馆停下来买了一杯现榨的橙汁。我们大家站在那里，看着颜色醒目的橙瓣通过榨汁机变成液体。她用吸管吸了一口，然后点了点头。

"好喝。"她笑了。

她又买了三杯，给我们三人一人一杯，用的是在她十四岁时的法定货币，然后我们继续前行。

我们在加里东尼亚公园停了下来，她在那里找到一条潮湿的长椅坐下，于是我们后撤，离开她的视线，任由她去看树木、天际线、遛狗的人、慢跑的人。她把一切都看在眼里。

最终她打破了沉默，转过身来对着我们。

"我们能停一下吗，大伙儿？过来跟我一起坐坐吧。"她拍了拍身旁被雨弄得颜色发暗的长椅。

我们四个人并排坐在公园的长椅上，看上去是种古怪的组合：苗条的爱丽莎，负责声效的体格敦实的格拉兹威格·邓肯，操作摄像稳定器的菲尔，还有我。我们都朝细雨霏霏的公园的对面望去，菲尔还在拍摄我们的视野，摄影机轻轻地搁在他的腿上。

"谢谢你们来了这里，"我们凝视着灰色的伦敦，听到爱丽莎说，"这是我一生中最美好的一天。"

嗯，是的，我们录下了那声音。

幸好我们的火车上人不多。我们抓住了一路上可以抓住的时刻：爱丽莎的第一份报纸，爱丽莎的第一杯加奎宁水的杜松子酒，爱丽莎的第一块巧克力。

然后，在安静的霍金格村，爱丽莎的父亲大卫站在家中的车道上等待着。她摸索着出租车的门把手，打开了它，然后冲进了肯特郡的乡村。父女俩奔向彼此。那位面色红润的七旬老人给女儿来了个大大的熊抱，将其紧紧拥入怀中。他们紧搂在一起。

"现在终于回家了，"他说，像是一个保证，"家里很安全。"他把她搂得紧紧的。

终于，大卫把头转向我们，爱丽莎的头正好搁在他的臂弯里。两人都喜气洋洋的。

"那么来吧，你们这些家伙。我们来给你们弄点热茶暖暖身子。"他指了指屋子，然后将我们领进去，由还在拍电影的菲尔殿后。

当天光开始变暗时，我们留下他们，朝着福克斯通的迷人灯光和我们今晚要去住宿的高格酒店走去。

这里除了价钱以外没有什么堪称高格。肥皂是从安装在墙上的分配器里挤出来的抗菌泡沫。我几乎是不情愿地给马克打了个电话，为我昨天伤害了他而感到很难过，但他会担心的，所以我强迫自己打了电话。马克告诉我他得到了一些业务上的好消息。一个潜在的客户今天联系了他，此人通过一个同事听说了马克的新公司，说一旦公司开始运转，他就会考虑把业务转到马克那里去。另外，赫克托尔已经确认他肯定会跳槽，他很高兴能加入马克的团队。这对他俩来说都将是一个新的开始。我很高兴他决定将命运掌握在自己手里。他对钻石没有什么新想法，他太忙了。我告诉他我们会想出办法的，我们总是这样。我们只需要抓紧就行。我只需完成手头的爱丽莎的事，结束下星期埃迪的拍摄。然后我就有时间想办法了。

这家新公司是马克真正的救命稻草，现在就业市场不景气，我真不知道要是没有它他能干些什么。我在电话里与他吻别，道过晚安，然后放下电话，躺在像石头一样硬的床上，像个傻瓜似的微笑起来。

**

爱丽莎的生育诊所预约在第二天早上的 10 点 35 分，需要返回伦敦。自从我们上次谈到怀孕以后我就怀孕了，这似乎很有趣。我的秘密乘客将和我们一起前去探访。

今天早上，爱丽莎很安静，很紧张，当我们坐在利斯特尔医院的候诊室时，她的双手紧紧地握在一起。我们获准拍摄今天医生的看诊。我读过一些关于生育的书，但我其实并不知道会遇到什么情况。

**

经过一番重新调整之后，我们设法让自己连同拍摄设备挤进了那间小小的诊室。

四十多岁的普拉哈尼医生衣着整洁，脸上带着令人安心的严肃笑容，给爱丽莎让座。

她修剪整齐的双手交叉而握，轻轻地放在桌子上的爱丽莎的资料上。

"现在，我们今天咨询的主要目的是确定你是否真的需要试管婴儿治疗，或者我们是否可以继续采用侵入性较小的人工授精方法，简称IUI。IUI 比试管婴儿简单得多，它的程序是，在实验室中从你选择的供体样本中挑出最好的精子，然后通过导管将样本直接导入你的子宫。这将是一个非常小的、非侵入性的过程，我们可以在大约五分钟内为你完成。显然，这将是我们首选的方法！"

爱丽莎满怀希望地扬起眉毛，不假思索地点头表示同意。

**

测试很简单，而且速度惊人。抽一小瓶血。然后，床周围的帘子被拉起来，菲尔和我观察着另一部监视器，它显示了爱丽莎子宫的黑白颗粒状影像。

有趣的是，我们对生育和怀孕知之甚少。这是整个人类最重要的课题，我觉得我仿佛是在努力阅读乌尔都语。

她的卵子数量没有问题。爱丽莎的身体放松下来。为了确保准确，他们需要在明天的血液检测中获知她的抗苗勒氏管激素水平，但目前看来事情是很有希望的。

**

我们在诊所外面拥抱在一起。不知怎的，我对她的态度从专业化转变为带上了个人情感。这是打动人心的两天。她开玩笑说，她想让邓肯当她的精神寄托动物。我大笑起来。她很有趣。邓肯这些天的确留着一副漂亮的大胡子。我安排明天晚上在她一回到肯特后就用 Skype 同她进行不做记录的私下联络。看看她的进展如何。

很奇怪，我觉得好像我了解她，真正地了解她。我觉得她可能也了解我。她介于我过去的生活和我正在创造的新生活之间。爱丽莎似乎比我所见过的任何人都要活跃。突然我意识到，我很关心接下来会发生在她身上的事。

28

9月23日，星期五，上午

怪事

昨天我到家时，马克正在他的办公室里工作。当我进来的时候，他停下工作，我们一起走进厨房，坐了下来。拉特纳姆和梅森送给我们的结婚礼物是茶包和饼干，于是我泡了壶茶。他只喝了几小口茶，吃了一口橙皮饼干。我不知道为什么，但是离开他，即使是一个晚上，都让我无比地想要他。我引他上楼，我们在逐渐暗淡的天光中做爱。也许这是因为这些新生的荷尔蒙，还有这样一个事实：自打之前在日内瓦的五天后，我们就一直没有同过床。就像我之前说过的，虽然看起来有些倒人胃口，但对我们来说那已经是段很长的时间了。我需要它。我不知道我需要它，但我确实需要。事后，当我们缠绵地躺在被单上时，我想告诉他。关于婴儿。但我似乎就是说不出口。我不想破坏这个时刻，我不想让他阻止我去做我该做的事。现在还为时过早。怀孕可能会无果而终。不管怎样，我对自己做了一个承诺：一旦钻石从我们的房子里消失，我们安全了，我就会去看医生，然后把一切都告诉马克。

**

　　为了准备明天对埃迪的采访，今天早上 7 点 45 分我被叫到了本顿维尔监狱。这是早起的一周。

　　由于本顿维尔是一所男性监狱，我被告知，我需要注意几个稍微不同的角度，正如我现在所能想象的。例如，我被告知明天要穿裤子，诸如此类的事情。最好不要分析它。

　　我听了很多要求，点了许多次头，签了很多文件，终于走出了最后一扇安全门，回到寒风刺骨的罗马大道上。我把自己裹在大衣里，把围巾系得紧紧的，试着回忆下一个我该去的地方，这时，我身后响起了一个声音。

　　"打扰一下，你好？"

　　我回身转向大门，看见一个身着西装、面目和蔼的男人朝我慢跑过来。

　　"对不起，等一下——对不起要耽搁你一会儿。"他气喘吁吁地说，脸冻得通红，手伸了出来，"帕特里克。"

　　我握住他的手。我想我们以前没见过面。"艾琳·罗伯茨。"我说。

　　帕特里克笑容灿烂地回望着我，将我温暖的手紧紧地握在他冰凉的手里。"是的，是的。罗伯茨小姐。当然。"他上气不接下气地说。他向监狱大楼做了个手势。

"我忘了什么吗？"我提示他说。

"对不起——是的。我只是想知道你今天在这里到底做了些什么，罗伯茨小姐。我在登记簿上看到了你的名字，但我想这个地方在管理方面有些混乱，而且由于某种原因，我想我被排除在外了。"他看起来很尴尬。

"哦，上帝，对不起。是的，我去拜访了典狱长艾利森·巴特勒，是为了明天对埃迪·毕晓普的采访。"

他的眼睛闪烁着理解的光芒，"没错，是的，当然！采访。你是名记者，不是吗？"他狐疑地看着我。

哦，太好了。我现在最不需要的就是他们撤销拍摄许可。人们曾告诉我，本顿维尔是个让人头疼的混账地方。而到目前为止，一切都很顺利。

"不，不。是为了拍纪录片，囚犯的纪录片。我们是去年年底得到许可的？我应该发邮件通知你吗，帕特里克？艾利森已经把一切都安排好了，我很确定。"我能从自己的声音中听到对这种情况的怀疑。我的意思是，我不想惹他生气，但他们应该说话算数。看在上帝的分儿上，这是所监狱，他们应该很清楚谁来了谁去了。我是说真的。我想起了霍莉，突然间，她打破假释的规定似乎不那么难以置信了。

他听出了我的口气，但似乎没有生气。如果有什么的话，那就是他道歉了。"啊，我明白了。好的，就这些了。我的办公室在访客登记方面一直存在问题，但那只是顺便说一下。非常抱歉，罗伯茨小姐。我保证我们会就下周的一切达成共识的。你说的是哪一天？"在九月寒冷的阳光下，他眯起眼睛看着我。

"是明天，不是下周。周六，24 号。埃迪·毕晓普。"我说得又慢又清楚。

帕特里克微笑着点点头，"太好了。我想我们会到时候再见的。抱歉让你困惑了，艾琳。"他又握了握我的手，朝监狱走去。

我转身离去。我应该在回家后给他发一封确认邮件吗？只是以防万一。这样我就绝对有保障了，对吧？那将会留下书面记录。然后我意识到，我不知道他的姓。我转身想叫住他，但他已经不在了，消失在了本顿维尔的深处。该死的。

帕特里克什么？我在脑子里把谈话从头到尾过了一遍。他没有提到他的姓，对吧？

然后一个疑问突然闪过我的脑海。我记得他的手在我手里是多么冰凉。他冰凉的手握着我热乎乎的手。他不是从监狱出来的，对吗？如果他是的话，他的手就会像我的手一样温暖。

但是，他为什么要假装是从监狱里出来的呢？然后我突然想到了一件事。他知道我的名字，知道我做什么，知道我明天会在哪里。他到底是谁？

我回到监狱大门，按响了蜂鸣器。对讲机里传来一个很大的声音。

"你好。"

"你好。帕特里克刚刚回来了吗？"

"谁？"

"帕特里克？"

"帕特里克是谁？"

"呃，我不知道，帕特里克……呃……我不知道他姓什么。"我结结巴巴地说。最好说实话。

"嗯，好吧。对不起，你是谁？"

"我是艾琳·罗伯茨。我刚才就在里面？"我尽量不让自己听起来太过绝望，但我敏锐地意识到，我现在听起来完全是疯了。

"哦，是的，你刚刚签完字出去。对不起。出了什么问题？"他现在听起来情绪高了一些。他还记得我，一分钟前我看起来一点也不疯狂。

"嗯，不，不，没有问题。只是……自从我离开后，有人来过吗？"

沉默了一秒钟。我想他是在掂量我到底是不是疯了。要么就是他认为我在撒谎？"不，夫人，只有你。要我叫人出来帮你吗？"他试探性地问道。他现在突然冒出"夫人"这样的字眼来了，该死。我在被盘问。我得赶在事态升级之前离开。

"不，不，我很好。谢谢你！"我就此作罢。

帕特里克不在监狱工作。而如果帕特里克不在监狱工作，那他到底在为谁工作？他想知道我的名字，想知道我为什么在这里。我的脑海里浮现出一个又冷酷又讨厌的念头：帕特里克想要回他的袋子吗？

**

当我到家时，感觉有什么事情不太对劲。房子里空荡荡的，当我走进厨房时，一阵刺骨的寒风从微启的后门吹进来。门是开着的，马克从不让后门开着。有其他人把后门打开了，有其他人来过这里。可能还在这里。

我站在那里愣了一会儿，感到难以置信，不愿意接受个中的意味。我感到我身后房间的角落里有什么东西在动。我原地转了一圈，但是，当然，那里并没有人，只有冰箱在我寂静的空房子里咔咔作响。

我一个房间一个房间地检查，猛地推开门冲进去，手里拎着马克的板球棒，尽管一根板球棒给我带不来什么好处。我的肾上腺素飙升，在我的浑身上下乱窜。我一个房间一个房间地寻找着某个人，或某样东西，某人曾到过这里的证据。我寻找任何丢失的东西，任何被挪动过的东西，但没有什么一目了然的情况。

最后，我一检查完整个房子，发现它是空的后，便走到楼梯口，拉下阁楼的梯子。我要检查一下隔热层的下面。当我向上爬时，一个简单的句子在我的脑海里一遍又一遍地重复着。请不要去。请不要去。但当我靠近藏着钻石的那块松动区域时，那咒语不假思索地转变成：请快点去。请快点去。因为如果钻石没了，那么从我们后门进来的人就没有理由再回来了。除非他们还想要回他们的钱。

在干燥的隔热层下，一切都保持了原样。钻石在它们温暖的袋子里闪闪发光，手机和 USB 闪存盘仍然安全地塞在自己的盒子里。我们没被抢劫。闯进来的人是在监视我们，不是在偷东西。

但是，怀疑的种子现在已经牢牢地在我的心里扎了根。也许我忽略了什么。我又搜了一遍整栋房子，每个房间。这一次我查看得更加仔细，寻找任何干扰的迹象，任何有关谁来过这里的可能线索，然后我看到了它。

在我们的卧室里，在乔治亚式壁炉的壁炉架上，在我们的音乐会门票和古董钟旁边，有一块空出来的地方。壁炉架上的灰尘中留下了一个长方形印迹。我们的照片，没了。一张我们订婚那天拍的照片，我们对着镜头微笑着，马克和我。有人拿走了马克和我的照片，他们只拿了它。

楼下的客厅里，电话答录机的红色留言灯在闪烁。五通留言。寂静中，我坐下来聆听。

第一通，也是最近的一通，来自爱丽莎。她被允许接受人工授精。这是好消息。她的看诊约在下周。

答录机继续转入了下一通留言。起初我想它一定是个因为手机装在兜里而误拨的电话。我听到一个在未知地点发出的声音。模糊不清的背景噪声，偶尔的怎么都听不真切的谈话片段，但没人说话。一个繁忙的大地方发出的低沉的嗡嗡声。也许是个车站？机场。电话在移动中。我想知道它是不是我在滑铁卢车站时给自己误拨的电话。这通电话是星期三我们在去福克斯通的路上打来的。我努力倾听，想分辨出我们的声音。但是我没听到我们的声音。我听了整条信息。生命中的两分半钟，在某个地方。直到电话线最终发出中断的咔嗒声。我盯着答录机。手机在兜内误拨电话其实没什么好奇怪的，不是吗？我的意思是，它们经常发生。不是吗？但即便是在最风平浪静的时候，它们也会让人感到怪异，就像人生在走回头路。也许并非如此，也许我只是在自己吓唬自己。

下一条信息开始了，事情真正变得奇怪起来。

同样的。好吧，是几乎同样的。

我知道你在想什么，这完全正常。无论是谁在兜里误拨了第一通电话，他一定正巧又靠在了同一个按钮上。但第二条信息是第二天留下来的。在完全相同的时间。11 点 03 分。

当时我和爱丽莎以及拍摄组成员在诊所。我的电话关机了，所以它肯定不是我自己误拨的。这通电话的不同之处在于，它是在户外。也许是个公园，从话筒那一边传来了微风拂过的柔和低音。孩子们在操场上偶尔发出的尖叫声。打电话的人在走路。在一分钟内，我听到了地上火车的隆隆声。或者它可能就是一列火车：除了我自己的想法，没有什么能告诉我这个电话是从伦敦打的。步行者到了一条路边。汽车经过的声音。然后电话又咔嗒一声断掉了。为什么有人会连续两天在 11 点 03 分打电话却又不说话？到底为什么？当然，它们仍然可能是口袋里的误拨电话，但它们不是的，对吗？有人在检查我们在不在家。

下一条消息开始了。今天早上 8 点 42 分留下的，当时我正在和本顿维尔的典狱长艾利森·巴特勒开会。这通电话比较安静，在室内，也许是个咖啡馆。我想我能分辨出餐具在盘子上发出的叮当声，以及背景中轻柔的交谈声。一个人的早餐。我竭力想听出更多的东西，抓住一点背景，然后传来了那个声音。一个声音，不是打电话的人的，而是跟打电话的人说话的人的。它太轻柔了，要不是我听得那么认真，我可能就会错过的。

"你还在等吗？要我过会儿再来吗？"

打电话的人发出低低的咕哝声，余下的只是些背景噪声。所以我知道，不管今天早上打电话给我的是谁，他都在等着跟人会面。大约 8 点 45 分，在一家餐馆。从服务员的口音可以判断出，这是伦敦某处的一家餐馆。

但最让我害怕的是今天 9 点 45 分的最后一条消息。

它又是在室内。里面有某种电器发出的低沉的轰鸣声，一台工业冷冻机，冷库，诸如此类的。背景中又响起了模糊不清的交谈声。一种不规则的电子蜂鸣器的哔哔声。人在慢慢移动。然后，突然，我听出了一个声音，一个我非常非常熟悉的声音，它穿过所有其他的背景声音传了出来：当我们的报刊亭开门时，它会自动发出两声哔哔声。这通电话是从我们的报刊亭里打来的，它就在我家附近的拐角处。一阵刺痛顺着我的脊柱径直往下传去，我不得不重重地坐在了办公椅上。

我在那个消息发出的大约十五分钟后到家。不管留下信息的人是谁，他都曾经来过这里。我想给马克打电话。也许要报警？但我究竟要告诉他们什么呢？一切？我将必须如此。不，我不能那样做。

我敢保证，马克根本不知道这些信息的存在，他从来不检查家里的电话，他甚至从来没有给过任何人这个号码。这基本上是我的工作电话。

我想起帕特里克握在我手里的冰凉的手，未知号码。帕特里克有可能在离开我之后来这里吗？或者，他在去本顿维尔之前来过这里？这就是他知道我的长相的原因吗？但是他为什么会在见过我之后又回来呢？又或者，也许帕特里克只是想拖住我，好让房子里的不管什么人能做他们需要做的事。我坐在逐渐暗淡下去的午后光线中，又听了一遍留言。努力捕捉任何我可能错过的蛛丝马迹。

我试着回忆帕特里克的脸。他的头发，他的衣服。哦，上帝。我们可以捕捉的东西真是少之又少，这真好笑，不是吗？我什么都没记住。中年人，西装革履，紧紧的握手。他的口音是英式的，带点别的口音。法国人？欧洲某国人？我想哭。我真是个白痴。我为什么不多加注意呢？我想当时的情况让人分心，我想让事情顺利进行，所以我没有仔细查看。

他想要什么？为了让自己露面，好吓唬我？也许是为了找出我和监狱的联系？我是否是去探望里面的其他人？这可能与埃迪有关吗？也许就是这样，也许这事同那袋子一点关系都没有，也许此事与霍莉有关——霍莉和反恐大队？

等马克回家时，我知道我必须把一切都告诉他。

29

9月23日，星期五，下午

怪人

我几乎把什么都告诉了马克。他全都平静地接受下来，不断地向我点头。我告诉他帕特里克的事，还有那些电话。他检查了一下自己的手机，看是不是他在口袋里误拨了电话。我告诉他关于后门的事，还有那张丢失的照片。我没有说出对埃迪的怀疑——我知道，如果我告诉他，埃迪竟然知道我们在世界另一边的方位，埃迪竟有可能在监视我的一举一动，他就会阻止我明天去采访他。我不想让马克中止那个采访。

我也没有告诉他有关怀孕的事。一旦我告诉他这个消息，我就不得不停止一切——纪录片、钻石，所有的事。他会想让我停止这一切的。

我讲完后，他靠在沙发扶手上，双臂交叉在胸前。他停顿了很长一段时间，这才开口说话。

"好吧，我是这么看的。首先，那张照片在书房里。前几天我为妈妈扫描了它，所以那就是原因。"

"噢，天哪，马克！没人拿走那张照片？！"

他逗趣地朝我咧嘴一笑，我感到我的脸颊涨得通红。天哪，真尴尬。我把头埋进双手，真是个白痴。突然间我不太确定这种情况有多少是真的，有多少只是基于肾上腺素的虚构。

马克发出了哼哧哼哧的笑声，然后继续说："是啊，照片是安全的！其次，我不确定我们是否该过度解读忘记锁后门的事。你知道，当我们偏执的时候，大脑会做一些匪夷所思的事情。但是，话虽如此，你今天遇到的那个人听起来确实可能是个严重的问题。我认为你对那件事的担心是对的。我是说，很明显，我第一个想法是，帕特里克跟福斯特探长以及反恐大队对霍莉的调查有关。你不觉得吗？我是说，这是唯一合理的解释。他一直在跟踪你，他发现你比预期的大采访提前了一天前往本顿维尔监狱，所以他决定介入，问你一些问题，那是说得通的。他不会知道本顿维尔头天给你打电话约定了那次会面：你是昨晚才知道的。我想就是这样。"

他说得有道理。但我无法完全摆脱这种感觉：这完全是另一回事。

"可他为什么不介绍自己是警察呢，马克？还有那答录机上的留言是怎么回事？警察会留下奇怪的电话留言吗？"

"听着，我知道你认为这是飞机上的人干的，但是要符合逻辑地想一下，艾琳：如果是飞机上的人，如果他们知道你在哪里，你认为我们还会在这里吗？你觉得阁楼上的东西还会在这里吗？"他让这个问题静静地悬在空中。

我摇摇头，"不，我想我们不会的。"我回答得很慢，当我大声把它说出来时，我意识到了事情的真相。

他继续轻快地说了下去，"我不知道他为什么没说，可能他希望你相信他在为监狱工作，就像他说的，我是说他是个卧底，对吗？关于那些留言：它们可能只是种恶作剧。我不知道。口袋里的误拨电话，我是说，拜托，你知道那其实并不是我们的报刊亭，对吧？伦敦大多数的街角商店都会发出那种声音。我真的不认为有人在借助门的声音威胁我们。也许它是某种与你的一个采访者有关的事情？我的意思是，这绝对有可能，对吧？"

我又想起了埃迪和香槟。是的，这绝对有可能。也许埃迪需要跟我谈谈？但他怎么会从监狱里用一个未知号码打电话呢？在监狱里，他们不会同意让他拥有自己的手机。然后我突然想到了一点。埃迪是个罪犯。他当然有办法给我打电话。我记得读到过一些关于黑帮成员将用后即焚的一次性手机走私进监狱的方法。对于走私者来说，这当然不是一个舒舒服服的过程，但他们因为自己的麻烦而得到了丰厚的回报，或者，至少没有在床上被谋杀。极有可能是埃迪给我留的言。

"艾琳，你需要聚焦于此处的真正情况。你今天和他交谈过的那个人，帕特里克。假设反恐大队正在调查你。忘记丢失的照片和我们的后门。照片没问题，至于那门，嗯，有时候我们就是会忘了锁上——"

"马克，我不会忘。我不会忘记锁门。"我插嘴说，但我能感觉到我的自信心在减弱。

"呃，你会忘记，艾琳。"他皱着眉头打量了我一会儿，有些惊讶，"对不起，亲爱的，但你以前肯定干过那事。你知道那扇门如果没锁好就会被吹开。相信我——你以前忘记过锁门。"

我忘记过吗？如果那扇门没有锁，它就会被吹开，他是对的。除非我亲眼所见，否则我怎么知道呢？我想有时我一定是忘记锁它了。然后我想到了我们的照片。它已经好几天没在我们房间了，我根本没注意到它不见了，直到现在，直到今天我才检查过电话答录机。该死。我的观察力可能不及我想象的一半，而且我最近一直都心事重重的。我的天啊，我真希望我未曾在伦敦四处瞎逛，犯下太多的错误。

"别担心了，艾琳，没事的。就把注意力放在你今天遇到的那个人身上。事实上，帕特里克很有可能是反恐大队的人。我不知道，也许他们认为，存在一种模糊的可能性，即你在监狱之间传递信息，或者诸如此类的事。我是说，你爸爸确实住在沙特，对吧？"

我狠狠地剜了他一眼。我们不谈论我的家庭，他现在把他们翻出来，这很奇怪。

"我不知道，艾琳。任何事情都有可能发生，即使警方没有怀疑到你，他们也必须对这种可能性进行调查。他们至少得查一下。警察不查你是可笑的。因此，亲爱的，有鉴于此，我认为你真的需要放弃霍莉的故事情节，干脆把它放弃掉。她现在太引人注目了。它的代价是，说得委婉一点，只要福斯特探长的一点点挖掘，就会带出一些关于我们的尴尬问题。"他皱起眉头，期待地凝视着我。

他当然是对的。他们将会想知道，我们上周为什么去了瑞士。谁会突如其来地付给我一个月的预付金？

"好吧。"我慢慢地点点头。

"好的。放弃霍莉的故事线，把它从纪录片里放弃掉，完全停止研究，让你自己远离它，让我们远离它。"这是最后的结论。他完全清楚，这就是解决方案。我最后听到的消息是，安迪，还有反恐大队，现在掌握的监控录像显示，霍莉和阿什离开了伊斯坦布尔机场，登上一辆巴士，前往加齐安泰普，一座靠近叙利亚边境的土耳其小村庄。一切都变得非常严重起来。

"考虑把它去掉。"我扑通一声坐在他对面的沙发上。我的脑子在转：一旦等我们的情况稳定下来，我会再去找霍莉。但有些东西与我的想法不合。我不同意帕特里克与安迪有牵连。我认为我今天遇到的那个人与警察没有任何关系。我无法摆脱的感觉是，今天发生的一切都是因为那只袋子。有人确实来过我们家。即使他们没有拿走那张照片，我还是认为他们来过这里。不管马克怎么说，我知道这听起来有多偏执。也许飞机上的人知道我们没有死。现在，也许他们知道我们家里还有钻石和电话。我们确实还活着，但也许他们只是在慢慢行事。找出最好的方法干掉我们。我想到了夏普夫妇；他们并没有急于对付夏普夫妇。想出了一个安全的方法来除掉他们。因为他们需要让它看起来像一起事故。但话又说回来，夏普夫妇的遭遇可能只是场意外。马克似乎确信这一点。

那天晚上晚些时候，上床睡觉前，马克坐在浴缸边上看着我刷牙，手里拿着一只袜子。我看得出他想说点什么，但他难以用语言表达出来。他在屏息以待。

"我现在很担心，亲爱的。请不要误会，你知道我有多爱你，但我认为，你可能被这一切弄得有点儿不知所措。今天照片的事和电话答录机的事。艾琳，你知道没有人会来找我们，对吧，亲爱的？除了警察，没有人在监视我们。你拒绝承认这有多危险。今天的这个叫帕特里克的家伙。从现在开始，你得停止做那些可能会引起别人注意的事情，甜心。你能答应我吗，艾琳？我要你别再做可能会招来警察注意的事。我们现在已经是在逆水行舟了。"他温柔地看着我。对于我没有告诉他的事情，我感到自己很愚蠢和内疚。

他在担心我。他在担心我们。他继续说道："你之前问过我，我觉得我们应该怎么处理那些钻石，对此我想了很多。我知道你不会喜欢这主意的，但我认为我们应该扔掉它们，就是摆脱掉它们。这事越来越疯狂了。我们应该止损，不要再试图卖掉它们了，干脆把它们丢到什么地方去。我认为我们现在不值得去冒这个险。我们已经有钱了，艾琳。我们很好。我们有足够的钱，应该住手。"

当他说这话时，我心中涌起了某种情绪。我不知道为什么，但我很生他的气。这是我第一次真正为马克说过的话或做过的事感到沮丧。把钻石扔掉？我们为什么要这么做？我们已经走了这么远了。他的生意怎么办，他的计划，我们的计划？他以前那么关注我们的财务状况，为什么现在不了？我们在瑞士所拥有的不会永远持续，我们还需要钻石的钱，好让他的公司运转起来，让这一切继续下去。我们可以把钻石藏在什么地方，不是吗？我们为什么要扔掉它们？但是，现实地说，我知道以后我们再也不可能找到一种更简单的方式卖掉它们。一旦我们有了孩子，我们就不能再冒任何风险了。要么我们现在就把它们卖掉，要么就将为时太晚。

我看着穿着平角短裤的他，袜子还在他手上晃来晃去。我是如此爱他。他是对的，这很危险，但我不想就这么放弃。不想在他经历了过去几个月的一切之后放弃。万一（这断乎是不可能的）他的新生意失败了，还有所有那些似乎从未兑现的工作机会都泡汤了怎么办？不，我们得继续。只是……要谨慎。

“好吧，是的，我明白你的意思，马克。我真的明白，但我们可以最后再试一次吗？我会想出办法的，好吗？某种安全的办法。只需再给我几天时间，我真的觉得我能做点什么，我真的可以。如果我们也能从这些石头中弄到些钱，这不是一个更好的结果吗？”我试着温和、平静地将这些话说出来，但我并不平静。现在放弃是毫无意义的。

他迎着我的目光看了一会儿，然后看向了别处。他又一次失望了。他想掩盖那种失望，但我从他的眼神中看到了它。我又让他失望了。

“好吧，”他做了让步，“但就这样，好吗？如果这样行不通的话，艾琳，你会停止吧？请不要再进一步了，亲爱的。不要不停地向前推进。”随后，他没有再看我，只是站起身，走到浴室门口。远远地，一个人。我觉得，这是一段时间以来我们最接近坦诚的一次谈话，但这并没有让我们走得更近。我们之间出现了裂痕。我告诉他的越多，裂痕就会变得越宽。他现在知道安迪了，他知道霍莉了，他知道监狱外面的那个帕特里克了。我不能就这样让他走了。我需要让我们重归于好，我需要更多地说出我的看法。

"马克。你真的认为他们没在找我们吗？"我脱口而出。他吃惊地转过身来。

"谁，亲爱的？"他看上去很困惑，眉头皱了起来。

我不知道为什么我会选择用飞机上的人来接近他，但他们就在我的脑海里。"飞机上的人。也许你是对的，也许是我疯了，但我觉得有什么东西在逼近我，马克，在逼近我们。不光是警察，也许这是某种我还没想过的事情。我不知道。我知道这听起来愚蠢而又偏执，我没有证据来支持这种感觉，但我能感觉到它就在我身边。就像在等待什么一样。我还看不见它，但我能感觉到它的到来……"

看到他那张忧心忡忡的脸，我变得结巴起来。我听上去一定是完全疯了。我知道，如果我对事情生出了这种感觉，那么我肯定应该停止这一切——钻石，采访，一切，就像他说的。但我没有停下来，反而越陷越深。

马克走回浴室，环抱住我，我把头轻轻靠在他赤裸的胸膛上，听着他的心跳。他知道我需要他。

"他们不会来找我们的，艾琳。不管他们是谁，他们永远也找不到我们。即使他们能找到我们，他们也认为我们已经死了。亲爱的，他们不是我们应该担心的人。我们应该担心反恐大队的调查。帕特里克这个人几乎可以肯定是福斯特探长团队中的一员。我是说，想想看。如果帕特里克与那袋子有什么关系，那么我敢肯定，警察现在也会注意到在附近晃荡的他了，不是吗？"

　　我靠在他的肩膀上，轻轻地点了点头。他是对的：在某种程度上，安迪可能是在保护我们的安全。马克温柔地吻了吻我的额头，领着我上床。我们神奇地又在一起了。我似乎已经修复了那道裂痕，暂时地。

　　但当我在床上躺在他身边时，我感到奇怪。警察会注意到跟踪我的人吗？他们没有注意到，一个脆弱的年轻女性就在他们眼皮子底下变得激进了起来。他们没注意到埃迪在调查我，很多事情他们都没有注意到。

30

9月24日，星期六

访谈三

在采访室刺骨的寒冷中，我的咖啡冒着热气。今年的 9 月一直如同北极。在本顿维尔的这个房间里与我待在一起的那个警卫看起来就像电视剧《胡克警探》里的一个临时演员。他的体格似乎是百分之十的帽子加百分之九十的桶形胸部。也许我这么说不公平？他今天早上肯定比我更专注。我感觉自己处于半睡半醒的状态，像是还没有倒过时差似的。我想起了博拉博拉的天空、我四肢上的热度、明亮晴朗的日子。

我希望我能快点醒来。

如果我的余生都只是一个醒着的旧梦，永远困在这里，那该怎么办？我想起了马克，在寒冷的外面，在伦敦熙熙攘攘的街道上的某个地方。他今天上午在为那家新公司寻找办公场所，这一切现在似乎正在成为现实。他今天晚些时候要去公证处见赫克托尔，签署一些法律文书。一切都变得非常令人兴奋。

我的手机在口袋里振动起来。我拒接了这个电话。又是菲尔打来的。我今早第一件事就是给他发邮件，告诉他我们要把霍莉从纪录片中舍弃掉，他对此感到很恼火。他已经打了三个电话了，他不高兴。还有一个来自弗雷德的未接电话。他想看我到目前为止的录像素材。他很感兴趣。毫无疑问，他也想仔细看看婚礼录影。一位英国电影和电视艺术学院奖得主、获奥斯卡提名的导演对我这样的电影处女作竟会产生短暂的兴趣，这非常罕见，但对你而言，这是种裙带关系。也许不是。我是说，我们没有亲属关系，他只是给了我第一份工作，不知怎的我没把它搞砸，从那以后他就一直与我有联系。而且他还代表父亲把我交给了新郎。我很想给他一些片段，但是当然，我的大部分片段都在反恐大队，向弗雷德解释这一点所花的时间要比我眼下拥有的时间还要多。

大厅里的铁笼蜂鸣器在嗡嗡作响。与霍洛威的房间不同，这个房间没有门，只有一个直接通往走廊的拱道。我看着灰白色的监狱墙壁，告诉自己要振作起来。生活肯定会比这更糟，情况可能总是每况愈下。

蜂鸣器又响了。

我抬起头，看见长相俊朗的六十九岁的埃迪·毕晓普在另一名警卫的带领下，穿过嘎吱作响的油毡走廊，迈入拱道。

虽然埃迪穿着和所有犯人一样的泥灰色宽松囚服，但它在他身上就显得不太一样。他似乎还穿着我在研究他的无数张照片时看到他穿过的三件套西装中的一套。他举止沉稳，也许我这么想是因为我知道他的罪行，他的历史。

他看起来像伦敦东区的加里·格兰特，天知道他在监狱里怎么晒得这么黑。

他看到我，冲我微微一笑。为什么男人不坏，女人不爱？

我在想，说到底，如果你长得不好看，你就无法侥幸被称作一个坏男孩。你只会被称为暴徒。

他拉出椅子坐下。我们终于见面了，我和埃迪·毕晓普。

周围的每个人都面带微笑。然后胡克警探开始说话。

"你没事吧，埃迪？需要什么吗？要水吗？"他的语气友好而亲密。我们在这里都是朋友。

埃迪慢慢地、平稳地转过身来。

"不了，吉米。一切都好，非常感谢。"他的声音浑厚而欢悦。今天是个好日子。

"没问题。如果你需要什么，就叫我们一声。"吉米现在看了看另一个警卫，就是把埃迪带进来的那个，并冲他点点头。两人都缓步穿过拱道，进入走廊。"我们就在楼下休息室的大厅里。"吉米在和埃迪说话，不是我。说完，他俩便从视野中消失了，他们的鞋子在擦得锃亮的大厅里吱吱作响，留下我目瞪口呆地盯着他们。

他们为什么要离开？我还没打开摄像机呢！这绝对不正常。在昨天的吹风会上，没有人向我提及这一点。他们把我一个人留在房间里，单独与埃迪·毕晓普在一起。

我不知道自己是否应该害怕。我想到了那些电话留言。他杀了很多人，或者指使人杀了很多人。有很多故事，很多书，都是关于酷刑、绑架、袭击、在理查森帮派中发生过的一切以及他四十来年的生活。当然，没有什么是可以被证实的，没有确凿的证据，没有证人。

我想我应该害怕，但我没有。突然我开始理解了：我一直弄不明白为什么埃迪同意同我一起来拍这部纪录片。他一定收到过上百万的邀请，让他讲述自己的故事，但他从来没有答应过。就我能估算的情况而言，他没有必要，也没有兴趣。但是现在，坐在他对面，在没有警卫守护、身边的摄像机还未开启的情况下，我意识到我遗漏了一些重要的东西。这次会面对他一定有什么意义。埃迪需要某样东西，我想我也需要某样东西，不是吗？我的心跳了一下，就是这个，恐惧。

我打开摄像机。他笑了。

"灯光，摄像机，开拍，对吗？"他慢慢地把手伸过桌子。他很小心，以免吓着我。他必定知道他对别人的影响。他独一无二的魔法。

"很高兴终于见到你了，艾琳，甜心。"甜心。我是一个千禧年女性，我读过我的阿迪奇，我的格里尔，我的沃斯通克拉夫特，但不知怎的，他叫我甜心感觉也挺好的。这话从他嘴里说出来似乎是单纯无邪的，他属于另一个时代。

"很高兴终于见到你了，毕晓普先生。"我回答。我将手伸过用福米加塑料贴面的桌子，握住他的手，他把我的手转到上方，拇指放在我的手背上，这是一种捏而不是摇，一种微妙的挤压。我是女人，他是男人，他在让我知道这一点。

"叫我埃迪。"这整个表现都太老派了，显得很可笑，但确实有效。

我不由自主地笑了，而且脸红了。

"很高兴见到你，埃迪。"我说，几乎咯咯地笑起来。太好了，我是个白痴。我收回了手。

集中注意力，艾琳，现在坐下来谈正事。我调整了一下我的语气，重新戴上我的职业面具。

"我想我们应该先把这件事了结掉，是不是？谢谢你的香槟。非常感谢。"我迎着他的目光：我想让他知道我并不害怕。

他冲我狡黠地笑了笑，点了点头——不客气。停了一会儿，他对着镜头回应道："恐怕我不知道你在说什么，甜心。如果监狱小卖部不售卖香槟的话，那它就不是我送的。不过，它听起来是个不错的小礼物。是什么场合？"他一脸无辜地扬起眉毛。

我明白了。摄像机在运行，所以，我们就要像这样来表演。那我们也不提电话留言了？非常好。我向他点头，明白了。

我回到脚本上，"在我们开始之前，你有什么事要问吗？"我现在迫切地想继续推进：我们没有我想要的那么多时间。

他从座位上坐起身，做好准备，卷起袖子。

"没有问题。要是你准备好了，随时可以开始，甜心。"

"那么，好吧。能否请你告诉我你的名字、罪名和刑期，埃迪。"

"埃迪·毕晓普。被判洗钱罪。七年。即将在圣诞节前释放，那将会很不错。一年中我最喜欢的时间。"我们开始了。他看上去很放松，自由自在。

他扬起眉毛——然后呢？

"你对自己的审判有什么看法，埃迪？你的判决？"我知道，他不会在影片中自证其罪，但他会尽其所能：他喜欢拿权威开玩笑——我看过他的法庭记录。

"我怎么看那个判决？哎哟，艾琳，你应当问这个问题，这很有意思。"他的微笑现在带上了讽刺意味。他被逗乐了，觉得很好玩。"我跟你说实话：我没太多看法。不要太看重这个判决。三十年来，他们一直在试图让我认罪，尝试给我定下各种罪名，而这些年来，我一直被判无罪，我相信你知道这一点。在我看来，他们见不得一个朗伯斯区的小伙子过得好，过着诚实的生活。事情本不该如此，不是吗？直到现在，他们还没能坐实任何一项罪名，任何其他男人可能都会觉得有点被冒犯了，如果你明白我的意思的话。事情迟早都会有不顺的时候。欲加之罪，何患无辞。总会有办法的，如果你懂我的意思的话。"他让这话在空中回响着。我想我们对 60 年代和 70 年代都有足够的了解，所以我们会猜测，警察也许有点儿可疑。他在暗示他们在栽赃陷害他。我并非不同意这一点。

"可是我能说什么呢？说到底，我的账本本不该是那样的。唉，对数字从来都不是很在行，计算障碍，在学校里没怎么注意听讲。"他接着说，显然是在开玩笑。

"当然，那时候还没有诊断出来。计算障碍？他们只是认为你在胡闹，或者是弱智。我是一个反应很快的孩子，你知道，在其他方面，所以他们就认为我是在搞事情。胡搅蛮缠。现在学校里的情况不同了，不是吗？我有两个孙子。我没有在学校待太久，不适合它。所以在某种程度上，我想我在算术上犯错只是个时间问题，不是吗？"他的笑容温暖而灿烂。

我敢肯定他有个会计，并且很确定那个会计就在审判现场。

过去几十年里，他总能依照自己的方式对所有人指指点点，激怒司法体系，然后逍遥法外。

"好吧。"我身体前倾。我想让他知道我会陪他玩的，"你不打算告诉我理查森的事，或者别的什么事，是吗，埃迪？"我只是需要知道我们在玩什么游戏。

"艾琳，甜心，你问什么我都告诉你，我亲爱的。我是个坦率的人。我可能不知道你的一些问题的答案，但我一定要试一试。那么，笑一笑如何？"他顽皮地冲我歪了歪头。

我真有点控制不住自己了，这很可笑，但我挺喜欢。我笑了，露出了满口的牙齿。

"非常感谢，埃迪。如果是那样的话，你能告诉我们关于理查森黑帮的头目查理·理查森的事吗？他是什么样的人？"我想我现在明白规矩了。问周边问题，问看法，不问事实。

"他是个他妈的可怕的人……但以可能最好的方式。他妈的可怕的人类有时就是这样。"他叹了口气，"关于理查森的事已经说得够多了。不管怎样，所有参与伦敦东区那些旧事的人现在都死了。你不能出卖死者，我当然也不会说死者的坏话……但查理是个令人讨厌的家伙。我从没亲眼见过他实施任何酷刑。但他会吹嘘，他用一架从报废的'二战'轰炸机上拆下来的发电机去电击他们。他折磨他们，一刀一刀地割他们的肉，恐吓他们，直到他们说出他想要的一切。有一次我问他，你怎么知道他们不会屈打成招？我认为他没有理解这个问题。他说——他们会说谎，直到他们明白过来，变成小孩子，他们所能做的就是说实话。但你看，那不是我的问题。我的意思是：如果他们一开始就告诉了你真相，而你却一直折磨他们，直到他们编造出一些陈词滥调，那该怎么办？查理从没想过这问题。我没有再问过。查理是另一个时代的人。以为他知道什么是什么。但是酷刑从来都不管用。你必须尊重别人，对吧，艾琳？如果你想要得到尊重，那么你就需要确保你是可尊重的。让人们带点尊严地死去。这取决于他们活着的时候是否有尊严。如果你尊重地对待别人，就没有人会说你这辈子做错了什么。"

我不确定这是否完全正确，但我艰难向前。

"你尊重地对待过别人吗，埃迪？"我问。问这个问题似乎很重要。

他抬起头来看我，眼睛半睁半闭。

"是的。一向如此，将来也一直会的。但是在不知道规则的情况下，你不能报名参加某些活动，艾琳。如果你已经报名参加了比赛，那么当你输的时候你就不能抱怨。你得输得有尊严，这就是全部，一个好的运动员总是让人输得有尊严。"他停顿了一下，打量了我一会儿。

他在掂量我。他想说点什么，我给了他一点时间，但他看向别处，改变了主意。

　　沉默。他似乎心不在焉，在想别的事情。我们正在接近危险区域。我能感觉到。

　　我把话题转到某些较轻松的事情上去。

　　"你想先做什么？当他们放你出去的时候，你有什么特别想做的事吗？"我继续努力。我需要保住现有的气氛。

　　"把它关掉。"他定定地看着我，坚定不移。他的魅力突然消失了。我立刻感到汗水造成的刺痛在顺着我的后脖颈向下延伸。

　　我们之间是一片死寂，我的心怦怦直跳。我再也无法解释这种情况了。没有社交线索可读，我也没有参照系。

　　"把摄像机关掉，现在。"他一动不动。稳如泰山，不可动摇，危险重重。

　　我笨手笨脚地把它关掉了。我不知道为什么，但我按他的吩咐做了。在这种情况下，这是最坏的选择，但除此之外别无他法。我可以叫警卫，但眼下的情况不至于如此。不是那种情况。这里发生的是别的事情。我想知道那是什么。我照他吩咐的做了。

　　红灯熄灭了。

　　"一切都还好吗，埃迪？"我不知道为什么要问他这个。他显然很好。我才是那个手在发抖的人。

　　"你很好，甜心。冷静。"他的脸色缓和下来。现在他的语气变温和了。我的肩膀慢慢放松下来。我没有意识到它们之前缩了起来。

"对不起，如果我吓着你了，亲爱的。但这是……我，嗯？好吧……"他似乎在做着内心的斗争。

然后他开了口，"我想问你一件事。我之前想在电话里问你，但当时没法讨论它，我也不想在镜头前谈。我想请你帮个忙。如果我完全诚实的话，甜心，这是我接受你采访的唯一原因。你给我我想要的，我就给你你想要的。就是这样。现在听着，我不会再说第二遍的。"

我不敢相信会发生这样的事。虽然，老实说，我不知道发生了什么事。我想知道这是否是他给我那些电话留言的原因。是否是他在一直给我留言？

"我不习惯请求帮助，所以请原谅我。"他清了清嗓子，"这是个私人问题。我觉得这类事情很……有压力。在我这个年纪，我试着避开压力，你知道是怎么回事。我需要你为我做点什么。你能为我做点什么吗，甜心？"

他在看着我。我咽了一口吐沫。然后我想起来，他可能想要一个真实的答案。我的思想又活跃起来。我该怎么办？哦，上帝。请不要是关于性的。

闭嘴，艾琳。它当然与性无关。

"嗯，我……是什么样的事情？"我尽量使我的语气保持平稳。

"你知道，我一生中犯过一些错误。对我的家人，也许吧。我妻子，绝对的，但我知道事已至此，一切都结束了。很好。我没意见。"他把此事放在了一边，"但是我有一个女儿。我的夏洛特·洛蒂。她……她二十八岁，看起来有点像你。黑发，漂亮，世界都在她脚下。美丽的女孩子。我们现在不说话了，洛蒂和我。她不希望我出现在她的生活中，出现在她的家人周围。我相信你能理解。我不怪她，她是个聪明的女孩。我们把她养大，让她变得聪明。她现在结识了一个可爱的男孩，他对她很好，她现在也有了自己的两个女儿。你看——我显然不是最好的爸爸。我相信你可能已经注意到了。总之，长话短说，我想让你和她谈谈。"他冲自己微微点了点头。他终于说出来了。

他想让我和他久未联系的女儿谈谈。太好了，又一出家庭剧。不是我现在需要的，我在家里已经有足够的事情要处理了。

但它绝对没有想象的那么糟糕。我可以和他女儿谈谈。再说我本来就打算要采访她的。除非他是在委婉地表达他真正的要求？这是一种委婉说法吗？我得杀了她吗？上帝。我希望不是！要是那样的话，他会说得更明确一点，对吧？对吧？这真奇怪。

"埃迪，你得说得稍微具体一点，你想让我和夏洛特谈什么？跟她谈纪录片的事？或者别的什么？"我字斟句酌地说。

很明显，他觉得这次谈话很难进行，不得不礼貌地要求一些私人性质的东西。我想不出他以前有什么必要这么做。我真的不想惹他生气。

"不，不是关于纪录片的。对不起，甜心，我无法为这部纪录片助一臂之力。他们一提起此事，我就调查了你，让人对你做了一点儿调查。你看起来是个不错的女孩，是我女儿可能会同你做朋友的那种。也许她会相信你。这不是我他妈的强项，我只是想让她知道我在努力。让她知道我没疯，我是个好人，一切都在我的掌控之中。艾琳，如果你为我做这件事，你会让一个老人很高兴的。我没有其他人可以求，你明白吗？我又不是身边围满了女朋友，就算我有，洛蒂也会离她们他妈的远远的。她需要知道，一旦我出去了，我将来会变得更好。我会一直在她身边。我想再次成为她生活的一部分，帮她解决问题——看看孩子们，我的孙子们。所有那一切。我只是需要你跟她讲点道理。让她再给我一次机会。她会听你说的，我了解她。告诉她我不一样了，告诉她我变了。"他停住了口，房间里鸦雀无声。

他女儿怎么会听我的？他为什么这么想？也许他不像我想的那样精神健全？然后我看到了我映在一张钉在狱墙上的海报的有机玻璃中的身影。西装，衬衫，高跟鞋，光洁的头发，新结婚戒指上反射着阳光。我看到了他所看到的。我看上去精神健全，一个年轻的女人，掌控着自己的生活，在某件事上表现得非常优秀。训练有素但仍思想开放，坚定强硬而不失柔软温情，正处在青春期过后而老年期未至的那个奇妙阶段。他也许是对的。她也许会听我的。

我根本听不到警卫的声音。我想知道他们在哪里。他们是否关心这里发生了什么。是否是埃迪安排他们不要留在这里：要求他们不要来打断谈话。他在监狱外依然有权有势，不是吗？我看着他。他当然是的。他们在他身边可能不得不小心翼翼：再过三个星期他就重获自由了。鞭长莫及。而他在请我帮个忙。

"我会做的。"算了吧，命运总是眷顾勇敢者。

"你是个好姑娘。"他笑了。

当我意识到这对我和马克来说是一个机会时，我的胃翻腾了起来。作为回报，我可以也请他帮个忙，行吗？这是个好主意吗？

"埃迪？"我压低声音说，向前倾过身去。只是以防有人在偷听，只是以防万一，"如果我帮了你，你会帮我吗？我不知道在这件事上还有谁能帮我。"在我的耳朵里，我的声音听起来不太一样，比平常更严肃，但也更细弱，缺乏自信。

他眯起了眼睛。他在研究我。我是个一目了然的符号。我能成为什么样的威胁呢？他看出了这一点，然后露出了一丝微笑。

"什么事？"

"那个，好吧，长话短说……我有一些宝石，是我……发现的。好吧，那听起来……我卖不出去。它们是非法的。就是这样。我需要把它们卖掉……不是公开的。你认识什么人吗，也许谁能……"我的低语渐渐消失了，原来并不是只有前黑帮头目才会觉得请人帮忙是件难事。

他现在正朝我咧着嘴笑呢。

"你个淘气包儿。安静不语的人总是会一鸣惊人，不是吗！告诉你吧，现在真他妈的很难有事会让我惊讶了，亲爱的，我没料到会发生这样的事。听起来你的问题是质量问题，艾琳，甜心。我们谈的石头有多少？"他兴味盎然。他又回到游戏中来了。

"大约两百颗，钻石，都是切割过的，全都完美无瑕，都是两克拉的。"我一直把声音压得很低，但从他的举止中，我知道没人在听。

"见鬼啦！你他妈的从哪儿弄来的？"他的声音在拱门外回荡着，传到了空荡荡的走廊上。我真希望那里没人，否则我就死定了。

他现在对我的看法不一样了。我给他留下了深刻的印象。一百万就是一百万。但话说回来，一百万已经不是它以前的样子了。

"哈！"他大笑着说，"我对人的看法通常不会错，但每天你都能学到新东西，对吗？很好。是的，艾琳，我可以帮你解决你的小问题。有编号账户吗？"

我点头。

他又笑了，很高兴。

"你他妈当然有了，聪明。你是个大发现，艾琳，亲爱的，你他妈的是个大发现。好的，你下周会接到电话，照他说的做。他会帮你解决的：我会发话的。好吗？"他笑嘻嘻地对我说。我很高兴事情变成这样，但这一切又稍微有点令人不安，一切都那么简单。我其实不太清楚事情是怎么发生的。

现在轮到我来遵守协议了。

"我下星期可以顺便去看看你女儿。我今天下午给夏洛特打电话，安排一次会面。"我知道她会接受的。我还没有告诉埃迪，但我们已经简短地谈过了。她似乎是个不错的人。

"你有她的电话号码吗？有地址吗？"他的虚张声势不见了。他听起来又像一个老人了，害怕而又充满希望。

"是的，我从你的信息中了解到的。我会跟她好好谈谈的。"

突然，另一个想法出现了。这很简单，但我认为它会让事情变得顺利。

"埃迪，我有个想法。为什么我不把摄像机打开，这样你就可以给洛蒂录段留言？我把它从采访的其余部分中裁剪下来，等我和她见面时她就可以看到了。我想那会有很大的不同。亲耳听你说。我知道它会对我起作用。如果那是我的父亲，你知道吗？"值得一试。他肯定会说得比我好。

他想了想，然后点点头。

"是的，你说得对，我们就这么办吧。"他有些紧张。上帝保佑他，他真的很紧张。

"好吧。我现在要把摄像机打开了，埃迪。这样可以吗？"

他点点头，整了整衣服，坐起身，靠近些。

我停下来，手指稳稳地放在录制按钮上，"埃迪，我能再确认最后一件事吗？你没有在我家里的电话上留言吧？"

他只是看了我一眼，"没有，亲爱的。不是我。"

嗯，事情清楚了。

"哦，好的。别介意。好吧，等你说'我是埃迪'的时候就开始。"

我开启了摄像机。

＊＊

回到家，我把之前的行为告诉了马克。我为我们所做的交易。我知道会发生什么事，我已做好了准备。我知道我所做的有些疯狂，我知道这很危险，但我相信埃迪，我就是相信他。现在我知道他没有给我们打电话，也没有留言，他看起来确实一点也不吓人。

但我预料中的事并没有发生。马克没有喊叫，尽管我看得出他想喊。他保持了冷静，有条不紊地开了口。

"我知道你当时只是头脑发热，你在可能的时候抓住了机会，但那正是人们犯错的时候，艾琳。如果有人看到这一交易发生……如果这个霍莉的事件有任何进展，情报机构难道不打算尽可能多地找到你的监控录像吗？我们只是需要更加小心些。毫无疑问，如果埃迪给我们的这个联系人成功了，那就太棒了。但如果并非如此，如果他们抢劫了我们，我们可是没有追索权的。如果福斯特探长在监视我们，并看到了任何的蛛丝马迹，我们就脱不了身了。"

他说的话我事先全都想过了，"但是，如果埃迪的联络人抢劫了我们，我们也不会更糟，不是吗？如果你想让我们摆脱掉钻石，想只是把它们扔出去，那么至少这样我们还有一丝机会从它们身上得到点什么？对吧？"

他默不作声。当他再开口说话时，语调是严厉的，"艾琳，埃迪的联络人会杀了你的。"

"我知道，马克，但你真的认为我会和一个我真心相信会杀了我的人做这笔交易吗？请相信我一些吧！"

他叹了口气，把目光移开，"亲爱的，你看人不一定准的。你倾向于看到人们最好的一面，这并不总是件好事。我只是说，我们要比你现在的所作所为小心得多。如果警察设法在土耳其的某个小村庄找到了霍莉的录像，那么他们就一定会设法将伦敦的一个区划定为特殊区域。你要更加小心些，亲爱的。他们会发现，在霍莉失踪一周后，银行把钱从一个瑞士账户转到了你的账户上，他们会看到你试图在哈顿花园出售钻石。然后，在下周，你又要回去同更多的罪犯谈话？因为一切都在他们的掌握之中：和联络人见面，付钱雇人，也许，谁知道呢。看起来可不太妙。"

他说话的口气就好像我已经被抓住并判了刑，就好像我无可救药了。他似乎不再在乎钱了。我需要向他解释；他只是不明白。

"我知道，马克。我知道所有这些事情，相信我，我在尽可能地小心。我知道这很危险。我知道这是一场赌博，但我这么做是为了我们。为了我们俩。而且，我这么做是为了……"我几乎说出"我们的孩子"，几乎，但我阻止了自己。我现在不能告诉他孩子的事，对吗？他已经认为我很鲁莽了。我不能告诉他我把他未出生的孩子也置于了危险之中。

我是在把他的孩子置于危险之中吗？这是我第一次真这么想。妈的，也许我是的。我曾确信，我这么做是为了我们大家，但现在我不确定了。也许这一切都是为了我？那种想法让我倒吸了一口气。我站起身，凝视着他，什么也没有。我觉得我的眼睛充满了泪水。他的脸色柔和了下来。

　　他看到的是忏悔的泪水，悔恨的泪水。但事实并非如此。它们是困惑的泪水。我流下了困惑的热泪，因为我再也说不出我为什么要这样做了。

31

9月28日，星期三

洛蒂

我想这次我是站错边了。

在夏洛特·麦金罗伊可爱的家庭厨房里，坐在她的对面，我想知道自己现在是什么人。一个月前，我只是个普通人，一介平民，一个没有棱角的人。我属于好人的一边，而另一边是坏人。他们是天生的坏种，还是仅仅因为他们做出的选择而变坏，这是一个理论思辨的主题。但无论怎样，他们都与我不同，在本质上不同。我曾是个正常的人。现在，站在好人一边的是洛蒂。

但我曾经是个正常人吗？因为我的内心并没有太大的改变，对吗？我的思维方式没变。我的行为方式没变。我想要我想要的。我只是在按照我一贯的生活方式行事。这一切都错了吗？我完全错了吗？我违反了很多法律，我希望不是很严重的法律，但这些法律意味着我必定会进监狱。埃迪因为洗钱被判了七年徒刑，这个想法令我不寒而栗。

洛蒂又温柔又聪明，跟你预想中的埃迪·毕晓普的女儿一样聪明。

我们看起来确实很像。

她是刘易舍姆医院急诊室的急诊医学项目专家。她每天要工作很长时间，但她很高兴能挤出时间来接待我。我不确定，假如我处在她的境地，是否能像她那样宽宏大量，但她想帮忙。她是个好人。她想以正确的方式做事，不像她爸爸。

我突然想知道，我和马克会用什么创新的方式把我们的孩子搞得一团糟。当我最终告诉马克的时候，他甚至是否还想和我生孩子。我的手落在肚子上，就留在了那里，一个由皮肤、血肉和骨头构成的额外屏障，以保护我未出生的孩子不受外部世界的伤害。

昨天晚上，在爱丽莎的人工授精诊断之后，我和她通了话。她现在很可能怀孕了。两周后她要做个检查，我们到时就应该会知道的。我知道我不该那么做，但我告诉了她我怀孕的事。不知何故，我被她的兴奋所感染，于是我告诉了她我的秘密，我必须找个人说说这事。我们算出来，从我上次例假的第一天开始，我已经怀孕八周了。她告诉我必须要去看医生，吃叶酸，不要吃软奶酪。

从日内瓦回来后，我一直在服用叶酸，它藏在浴室柜子的后面。但是她说得对，我应该去看医生。这很重要，她说。我告诉她我现在太忙了。事情一个接着一个。我也想告诉她发生了什么事，但我当然不会。我不能。

我和马克之间的裂痕越来越大。我一直在催他。我不想让钻石破坏我们的婚姻。

"我们是一伙的吗？"他昨晚在床上小声对我说。

我当然点了点头，但他摇了摇头。他的声音紧巴巴的，"那么我说，我们把钻石扔掉吧。我们还有时间退出这笔交易。警察可能已经在监视我们了，艾琳。谁知道呢，你可能是对的，飞机上的人可能也已经在监视我们了。现在你又想让一个伦敦东区的犯罪集团和我们扯上关系。你是存心要蠢下去，艾琳。你把我们都置于极大的危险之中。当然，你要遵守你这一方与埃迪的约定，帮他的忙，但是告诉他，你不再需要他帮你卖钻石了。"

有一件事他是对的。肯定有人在监视我们，我现在确定了。这周又有两条无声的电话留言，而这不是埃迪干的。我不知道它是否与飞机上的人或反恐大队有关。但有人在监视。

现在退出我和埃迪的交易已经太晚了，你不能退出这类合同，那样行不通，而马克以后会感谢我的，我知道他会的。所以我来了这里。履行我这一边的诺言。这将是可行的。

在我架起三脚架和摄像机时，洛蒂若有所思地呷着茶。

在镜头中，洛蒂位于被落地窗照亮的一侧，落地窗外界她湿漉漉的秋日花园。一道纯净的漫射光，了无修饰，但细密如丝。

透过取景器的镜头看过去，她显得很放松，安心自在。与我在监狱采访时的紧张气氛形成鲜明对比。

我开启了摄像机。

"洛蒂，上星期我到本顿维尔探望过你的父亲。他非常深情地谈起了你。在你成长的过程中，你们关系亲密吗？"我要慢慢来，让她逐步适应。毕竟，我真的不知道她对他的感情。

她轻轻地吸了口气。

她知道会有问题，但现在问题提出来了，她才开始明白这次采访的真实情况。大问题需要大答案。要经过长途跋涉，翻山越岭，走过去。

"我们曾经很亲密。很难说，我们是否比其他家庭更亲密。我没多少可以比对的。学校里的人好像都很疏远我。我现在明白了。我自己也有孩子，我不可能让他们和我爸爸这样的人在一起。但在当时，我以为是因为我，是我不太对劲。我们中没有人正常，我们全家都不太对劲。这绝对会让我们变得更加亲密。我和爸爸的关系比和妈妈的关系更亲密。妈妈……很难相处，总是那样。可我想这就是爸爸爱她的原因。他喜欢这个挑战，喜欢其回报。他曾经说过，高维护意味着高性能。你知道，就像一辆车。总之，妈妈很难对付，特别是对我而言。但我是爸爸的天使，他曾是个好爸爸，曾经是。给我讲故事，哄我上床睡觉，他对我很好。所以，是的，我们很亲密。"

她期待地看着我，等待着下一个问题。

"你对他的工作了解得多吗？他同你在一起的时间以外的生活？"

受访者通常需要一段时间来汇聚他们的想法，考虑他们想说什么。但洛蒂知道她想说什么，她只是在等待机会说出来。

她向窗外看了一下，然后又转向我。

"一无所知，直到我十三岁。我换了学校。他们送我去私立学校。

爸爸干得很不错。我猜，以前，我以为他是个商人。人人都尊敬他，人人都相信他的意见。他似乎是所有人的老板。房子周围总是有人。衣冠楚楚。他们在爸爸的客厅里开会。妈妈和爸爸有各自的客厅。事情就是这样的，你知道吗？"她扬起眉毛看着我。

我点点头。我明白了。那是一段不稳定的婚姻。

她母亲在埃迪入狱期间再婚了。审判结束后，这家人已分道扬镳，各自走上了不同的道路。

"是的，所以，我知道爸爸的事吗？"她重新凝神思考，"我记得我终于明白了真相的那个夜晚。我说过，那时我大约十三岁，我刚刚进入新学校。那是个周末，周围有人，和往常一样，有很多人，还有个新来的人。他们一起进了爸爸的客厅，我在妈妈的房间里看电影。我出来去厨房再拿些爆米花。你知道，那是所大房子。我听到一个奇怪的声音，像是哭声，但是那种令人毛骨悚然的哭声，从大厅里传来。我以为客人们都已经走了，爸爸在看《拯救大兵瑞恩》之类的节目，声音开得很大，我不知道。他看了它很多遍。他喜欢汤姆·汉克斯。于是我抓起爆米花，走进他的客厅。爸爸在那里，靠在书桌上。他的三个同事也在那里，电视没打开。他前面的地板上还有一个人。他跪着，他跪在一块塑料布上，嘴里流着血。他在哭泣。房间里的每个人都盯着我，我站在门口动弹不得，但是这个家伙还在不停地哭，好像他停不下来似的。爸爸看到我并不感到惊讶，只是很茫然。他还穿着大衣。那一直困扰着我。他一直穿着它，好像随时都可能离开，就像他不会留下来一样。就在这时，妈妈碰巧从拐角处走了过来，她看见我失魂落魄的样子，一把抓住了我。她把我带到楼上。她在整个过程中都很温柔，那个，对她而言。她告诉我，我见到的那人是个坏人，爸爸正在处理一切。大约十分钟后，爸爸上楼来了。他问我是否还好。我紧紧地拥抱着他。好长时间。就好像我想把什么东西塞回到他的身体里。或者把它从他的身体里挤出去。但就在那时我明白了。他才是那个坏人。人们不会那样行事，即使别人也很坏。从那以后，我对他的态度就不一样了。小心翼翼的，我想。我要感谢年轻时的自己，让他从来没有注意到我的不同。我不想让他注意到，你知道吗？我仍然爱着他。我永远都不想伤害他。"她停了下来，把注意力从过去拉回到我身上。

"等等——我不确定你能不能用那些东西。我不想上法庭什么的，你知道的。我真的不知道我看到了什么。它只是……足以让我知道了。"她对我微微一笑。

"没关系的。无论如何，在我们发布纪录片之前，我需要律师们做很多调查。我会为他们把这个标记出来。如果它因为法律原因而不能使用，我们可以很容易地放弃它。"我继续推进，"你担心会惹恼埃迪吗？"

她惊讶地发出一声轻笑，"不，我绝对不担心会惹恼爸爸。这些事情发生了，如果他不喜欢它们，那就是他的问题。我只是不想提供不利于他的证据。有一条界线，我不会越过它。"她平静地说。我意识到生活中没有什么能让洛蒂心烦意乱。从树上掉下来的苹果不会滚多远。也许她和埃迪的共同点比她愿意相信的要多。

我想现在是时候了。

"洛蒂。如果你不介意的话，我现在想给你看一个视频。这是你父亲在周六的采访中给你的留言。我知道在过去的七年里，你选择不去见他，如果你觉得这样做不舒服，没关系。我们就不做。"我不慌不忙地说着。

我确实需要埃迪的帮助，但我不会为了得到他的帮助而成为一个彻头彻尾的浑蛋。如果她不想再见到他，那是他的问题，不是我的。

她点了点头，起初很慢，但后来则加快了。她想，她想看它。

"好吧，如果你确定的话。"我拿出笔记本电脑，把它放到桌子上。"我帮你把它装载好了，如果可以的话，我们就让摄像机一直开着，好吗？"我想要她看埃迪的镜头，她的反应，我想让人们看到它。

我想要他帮忙，我也想要那镜头。

我把它转向她，她点击了播放键。她的手飞快地捂到了嘴上。

也许他看起来更老了？也许他看起来更悲伤了？也许是那身囚服，或者是那间空空如也的灰白色房间，也许他比她记忆中的更瘦弱。我不知道。但是七年是一段很长的时间。我追踪着她的眼神，目不转睛。我听到了他上周说的话。

她的眼睛出现了折痕，她的双手背后，脸上有一丝笑容。

他为她的工作感到骄傲。

她皱起了眉头。

他为她的选择感到骄傲。

她垂下双手，让它们毫无生气地搁在她面前的桌子上，全神贯注。

然后是他的信息要点。

他做了让他后悔的事。他会改的。

她的眼里充满了泪水。她现在浑身僵硬，像是被施了催眠术。眼泪从睫毛上滴到桌子上。

对她而言，房间里的我已经不存在了。没有别人，只有他们，父亲和女儿。

他不会把那个世界带给她。她将是安全的，与之隔绝的。

她擦去眼泪，坐直身子，表情严肃，深呼吸。

他会成为一个了不起的外祖父。

面无表情。

四周都是糖果。

一阵笑声，像燃烧过的镁条一样迅速消失了。

他爱她。

沉默，她面无表情。

她按下笔记本电脑屏幕，直到它发出咔嗒声。

她冲我局促地笑了笑。

"我去拿些纸巾，就一会儿。"她走出了镜头框。

＊＊

当她回来的时候，她的眼睛仍然是红的，但她已恢复了平常的样子。对于流露出了情感有点不好意思。我重新把摄像机打开。

"那么，那让你有何感觉，洛蒂？你认为你能再给你父亲一次机会吗？等他一出狱，就让他重新回到你的生活中？"现在，我想知道答案，既是为了埃迪，也是为了我自己。

我不知道如果我是她我会做什么。我可以推测，但现实从来都与推测不符，对吧？至少在重大事件上不符。

她笑了，发出自嘲的轻笑声。

"对不起——要处理的事情太多了。天哪，我以为我已经结束这一切了！我真的做到了。呃，问题是什么？我会让他回到我的生活中吗？唔，不。不，我真的不认为那是个好主意。我相信人们会看这个场景，并全力支持我爸爸，支持弱者。他很有魅力，我应该知道。但不，不，我不会的。我来告诉你为什么。因为他真的杀过人，真正的人。对不起，是据说，据说！请不要用那个。妈的。听着，他是个被判刑的罪犯。他不可靠，他控制欲强，他很危险，而我有孩子。两个小孩和一个我爱的丈夫。我丈夫有家人，他们也不想见他。我爱我的生活。我喜欢它现在的样子。我为自己创造了它，从零开始。所以，不要误解我的意思，艾琳，我很感谢我所受的教育，感谢给我的机会，但我工作很努力。我不顾家人，每天都来，不是因为他们。"

她直视着镜头。

"爸爸，我知道你会看这个的，所以这就是我的回答。我爱你。我非常爱你，但是我不能对你负责。你做了你的选择。我很高兴你为我感到骄傲。我会一直让你骄傲的，但我不想让你出现在我的生活中。理解它并尊重这个决定。"她说完了。她向我点点头，就这么多。我关掉了摄像机。

"我知道你认为他是个好人，但你并不真正了解他，艾琳。相信我。你想让我们所有人都有一个幸福的结局，我觉得这很可爱，但事情不是那样运作的。他不是那样的人。他漠不关心。他对人漠不关心。人们从雷达上消失了，那没什么。那个，我不觉得那没什么，所以我宁愿不。不过，我很感谢你的努力。我真的感谢。你再见到他时，告诉他他看上去很好。他会喜欢的。"

我收拾东西时，我们又闲聊了几句。我收藏起我拍摄的镜头片段，像对待弥足珍贵的金粉一样。

我已经尽力了。她不是个白痴，如果我再为他说话，她就会意识到发生状况了。我把信息告诉了她，转达了他的要求，让她自己选择。这就是我能做的。我只希望这对埃迪来说已经足够了。

32

9月28日，星期三

门口的人

我一打开前门，家里的电话就开始响了。马克不在家，他今天去看更多的出租空间了。他应该在一个小时左右到家，我让他三点前后回来，以防洛蒂那边出什么问题。

我飞快地穿过前屋，在电话铃声响了两遍时拿起电话。可能又是那个无声的来电者。可能是帕特里克。这次我也许能抓住他。

"你好，是艾琳吗？"是个粗哑的声音，四十来岁，伦敦东区人。这和埃迪有关，我马上就知道了。

"嗯，是的，我就是。"我尽量让自己听起来很内行，好像这仍然是一个合法的工作电话。我真希望安迪没有监控我的电话，因为如果他监控的话，这个打电话的人很快就会受到指控。

"你好，艾琳。我叫西蒙。我想我应该去你那儿取个包裹吧？"电话那头沉默了一秒钟，"尽管我知道你很忙，但我此刻就在这附近，你现在方便吗？"他肯定也怀疑有人在窃听电话，因为他一直在兜圈子：

他听起来就像个快递员。或者，至少在必要的情况下，我们可以就此在法庭上进行辩论。

"是的，那样就——现在的话就太好了。五分钟？十分钟？"我试图掩饰自己的释然之情，掩饰自己因终于可以摆脱钻石而感到的兴奋之情。

它们将在不到一个小时内离开我们家。事情将宣告结束。那袋子，那飞机。只有放在阁楼隔热层下的 USB 闪存盘和手机是剩下的证据。

我把电话夹在肩膀上，匆忙地在一张字条上写下瑞士银行的账号。我现在已经把它背下来了。没有留在纸上的号码痕迹。几个星期前，我把所有的文件都烧掉了，放在花园的火盆里。所有相关的信息都被背了下来，号码和密码。我听到电话那头发动汽车引擎的声音。

"那么好吧。十分钟，到时候见。"电话挂断了。

他似乎很友好，听起来很随和。我想他一定知道情况。我帮的忙。埃迪帮的忙。我们相互帮的忙。

该死，我在跟谁开玩笑：西蒙可能一整天都在跟踪我，不是吗？从这里到洛蒂家，然后再回来。我想知道还有谁会如影随形地天天跟踪我。反恐大队，帕特里克，现在是西蒙。他们不可能都跟着我吧？如果他们中有一个人发现了另一个人，整个纸牌屋就会在我周围轰然倒塌。但是西蒙今天一定在跟踪我，不然他怎么知道我刚回家？这就是他在这附近的原因。

我扮了个鬼脸。我实际上可能是世界上最天真的罪犯，对跟踪完全没有察觉。我还没死，这可真幸运。

在他到达之前，我只有不到十分钟的准备时间。我把写有账号的纸条塞进裤子口袋里。

钻石在阁楼上，在我们飞往日内瓦之前我把它们放在了那里。我爬上楼梯，一次两级。我得在西蒙到来之前准备好。我不想在我独自上阁楼时，不得不把他留在主人不在的房间里。我不希望他四处走动。我不能相信他。

突然，一个想法浮现出来了。我在那个空房间外僵住了。如果这家伙和埃迪一点关系都没有呢？

或者，即使他与埃迪是有关系的，但不知怎的，我完全误解了埃迪的性格，而这种情况对我来说不会有好结果，那该怎么办？也许这并不安全。

我想象，马克回家后，发现了我蜷缩的尸体，像个有血有肉的布娃娃，在走廊里，一枪击中头部，依照执行死刑的方式。任务完成了。

但这不会发生的，我的直觉告诉我。如果我不能相信自己的直觉，我还能相信什么呢？我肯定会没事的。我肯定。我肯定我的肯定。

即便如此，我还是冲下楼，拿起手机。我拨下马克的号码。

铃响三声后，他接了电话。他听起来冷淡疏远，心不在焉，背景声音模糊不清。

"马克？"

"嗯，什么事？你还好吗？进展如何？"他指的是夏洛特的事。

"唔，是的，非常好。听着，快一点儿，有人打电话来了，有人打电话来说——"该死。我突然意识到我不能在电话里说这些，对吗？我不能提钻石或埃迪。如果安迪窃听了我的手机，那我们就完了。好吧，想一想，快点想，兜圈子地说。

"有人，嗯，想来拿蜜月纪念品。"这样说可以吗？当然，这很好——我们为马克的家人买了纪念品，如果我今天下午把它们用联邦快递送到东区的话，这个电话就完全可以解释得通了。上帝！这真复杂。当罪犯会让人殚精竭虑。

在电话的另一端，马克没有出声。我想他也在努力弄清楚在电话里他能说什么，不能说什么。我很高兴嫁给了一个精明的人。

"好的，那太好了。你一个人能行吗，亲爱的，还是要我回来帮你？"他保持了语调的平静，但我听得出他很担心。他曾清楚地表达了对埃迪的态度——他根本不信任埃迪。

"不，我很好。一切都很好，马克。我只是想让你知道现在发生了什么。一切都好，我能行。我得抓紧时间了，他马上就到。好吗？"如果我很愚蠢，我想给马克一个机会阻止我。我是不是很蠢？把价值一百万英镑的钻石给一个我素不相识的人？在我自己的家里，我们的家里？

"太好了。当然，好的。听起来你已经搞定了，亲爱的。待会儿见，好吗？你知道我爱你吗？"这是个问题。有时候这是个问题，不是吗？这问题意味深长。

"我也爱你。"我回答。这回答意味深长。然后他挂了电话。

妈的，我没问他怎么样。我甚至没有问他在哪里，听起来像是在户外，忙碌，拥挤，也许是个车站，但是——

我真的没有时间想这个了。我跑到顶楼平台，摸索着把阁楼的梯子杆插进天花板上的钩子里，然后用力下拉。

我在阁楼上找到了它们，原封未动地藏在我放置它们的地方，在一层松动的淡黄色隔热层下，在它们的袋子里。在奶油色皮袋子里闪闪发光，被暖气管弄得微微发热。我抓住它们，把隔热层推回原位。

当我顺着梯子往下走时，门铃响了。我僵住了，在梯子中间的横档上。

一道恐惧闪过，像一颗子弹穿过我的身体。

我突然希望那把枪还在我们手中——我们扔进博拉博拉的海里的那把。我们没有保留它是不是很愚蠢？我需要它吗？

但我拿枪到底能做什么？我不知道怎么用。我甚至不知道它是否装着子弹，或者如何拉保险栓之类的。

不，我不需要枪，会没事的。光天化日之下。我继续从阁楼爬下梯子，跳过最后三个横档，全速跑回到大厅。

我双颊通红地拉开前门，感谢有一阵九月的风吹进来。西蒙站在那里。

西蒙看上去完全无害。西装，领带，微笑。不是食肉动物的微笑，也许只是你爸爸的一个关系不确定的朋友的那种微笑。有点儿太过心照不宣的微笑，但终究是没有恶意的。

我不需要枪，这点我很确定。

他的态度表明，我们都在一条船上：我现在是帮派的一员了。

"西蒙？"我得说点什么，现在，我们已经默默地站得有点太久了。

"罪名成立。"他咧嘴笑言。我很确定他以前用过这个梗。但这种不带攻击性的幽默让我平静下来。

"太好了。"我点点头。我真的不知道我们下一步要做什么，"你想进来吗？"我试着提议。从我的语气中，我认为西蒙很清楚，我不知道这种情况通常应该如何进展。我希望他很快能起带头作用。

"不啦，我赶时间。不过，谢谢你，亲爱的。我只是来拿东西的，就不打扰你了，这样行吗？"他举止优雅地与我斡旋。我欣赏这种对我明显的无能的微妙处理：以一种奇怪的方式，却非常令人安心。我把袋子递给他，我如释重负。事情成功了一半，他接过它。

但是钱呢？我该说点什么吗？那样是否不礼貌？但是他抢先了我一步。

"你要给我号码吗？"显然，他领先了一步，很明显他以前也这么做过。

"是的，是的，在这里。"我把字条从口袋里摸出来，在大腿上把它弄平，"对不起，它有点皱。不过你还能看清数字，不是吗？"我把它递给他。

我们都低头盯着他手里的字条：透过轻微的褶皱，可以看得非常清晰。我是个十足的白痴。

"嗯，对，对，应该没问题，"他嘟囔着，假装对那张皱巴巴的字条很感兴趣，"好吧，那我该走了。"他握紧了两只手：一只手里有张字条，另一只手拿着个袋子。他笑着转身离开，然后又停了下来。

"一个简短的问题，亲爱的。今天过得怎么样？埃迪想知道。"

"嗯，我想事情不会成的。"我温和地说，好像我个人对命运的残酷转折感到心碎似的。改过自新的英雄埃迪没有得到他女儿提供的第二次机会。

西蒙似乎被我的回答弄糊涂了。

"为什么，她做了什么？"他疑惑地看着我。

"嗯，她看了。她哭了。她很难过，但她很担心她的孩子们，而且——"

"噢，孩子们，"他打断我的话，"哦，好吧，有道理。"他似乎很满意。我不知道这是有关洛蒂的正式调查，还是我有些语无伦次。

"别担心孩子们。"他又笑了，秩序恢复，"他能避开这一切。不过，干得好，甜心。她哭了，啊？好的。非常好的信号。埃迪他妈的一定会喜欢的。那会让他高兴起来的。如果她哭了，我们就成功了一半。"他冲我乐呵呵地笑着。他今天一帆风顺。

"好了，亲爱的，那我走了，多保重。"他愉快地举起一只手，离开了。

"嗯，谢谢你，西蒙。"我在他身后喊道。我不知道为什么。我得说点什么，不是吗？我不能只是默默地站在那里，看着他大步走向他的黑色奔驰车，手里拿着我的钻石。

33

9月29日，星期四

枝节问题

早上，我收到一束巨大的花束。

谢谢你的帮助，不会忘记。埃迪。他很有格调，我要这么说。但马克不那么确定。

"这做法不大隐密，是不是？"他边吃早饭边问。他担心警察的监视。

"它们只是花，马克。它们可能是因为采访而送的，谁都知道这个。通过律师什么的？我很确定，在他职业生涯的这个节骨眼上，埃迪知道如何掩人耳目。好吧，很明显，除了记账。"我笑起来。我们毕竟做到了。我们没有吗？钻石的全部货款在昨晚午夜进入了编号账户。比我们预想的要多得多。当然，比我认为靠我们自己所能得到的要多得多——两百万英镑。我真的是禁不住地喜形于色。每颗一万英镑。埃迪几乎没有杀价。这笔款项来自另一个编号账户。我知道埃迪的钱都存到哪里去了，英雄所见略同。

马克忧心忡忡。

"我敢肯定，在他那头，礼物的踪迹会被掩盖得很好，艾琳。我担心的是我们这头。如果反恐大队在监视你，他们会想……"他指着那一大束花说，"这并不算低调，对吧？"我想他说得有道理，这些花看起来很可笑。

"但是，警察真的能一天二十四小时监视我吗，马克？说真的？他们为什么要这样做呢？埃迪怎么会不知道呢？"

"是的。很有可能是的，他们有可能这样，艾琳，如果他们认为霍莉可能会联系你的话。如果他们注意到任何奇怪的事情。他们可能在监视你，以防她想给你打电话，或者，上帝保佑她不要出现在我们的门口。"

"可是，得了吧，她究竟为什么要那样做，马克？我们不是很亲近，对吧？我们只见过一次面，曾经采访了她三十分钟。我认为警察不会认为会发生这种事，我还认为他们没在监视我们。至少没到你想象的那种程度。也许他们在监听我们家里的电话，但我真的觉得埃迪在帮我们之前可能已经调查过此事了，他可能提到过的事。他不是个白痴。如果反恐大队在监视我们，我想我们现在应该能意识到。如果有什么不同的话，我觉得埃迪的存在现在正在保护我们免受很多事情的伤害。"

马克心烦意乱地望着窗外，望着雨，他的思绪在默默地飞转开去。

为什么马克不高兴？

我将手伸过桌子，试探性地碰了碰他的胳膊，"事情结束了。我们有足够的零花钱。它是安全的。加上纸币和钻石，我们总共有将近三百万英镑。难以追踪的。完全安全的。我们做到了，马克。我们真的做到了！"我期待地看着他。

他脸上绽开了一丝笑容，微微一丝。

我捏了捏他的胳膊。

他的笑容逐渐扩大为咧嘴一笑。

他点点头，伸手去拿他的茶杯，"我很高兴能成功，真的。很明显！但是艾琳，你不能再做那样的事了。这次算是成了，但不要再做了，行吗？不能再冒风险了。现在事情都结束了？"他当然很高兴，但我担心他，我不能怪他其实并不信任我。我一直在保守秘密。确实有那么几次，我认为他可能是对的，我可能走得太远了。但是现在钱在银行里。

"是的，是的，我到此为止。我保证。再没有什么可值得冒险的了。"我从桌子对面倾过身去，在他温热的唇上吻了一下。我看得出来，他并未完全相信，但他微笑着回吻了我。他想要事情都恢复原样，希望我们现在能回归那种生活。而现在终于可以了。

但这种想法刚一形成，我就想起来了。那些尚未处理的枝节问题，在阁楼上。一直可追溯到南太平洋海底的证据线索。

事情还没有完全结束。

"但是——马克，我们该怎么处理那部电话呢？USB 闪存盘？我们应该扔掉它们吗？它们是可以追溯到我们的唯一联系。我们得恰当地结束一切，不是吗？我们不希望有未处理的枝节问题。"

当意识到这一点时，他闭上了眼睛：事情还没结束呢。他已忘了它们。"该死的。好的，让我们来想想。"

他花了一点时间，透过布满雨点的后窗凝视着外面湿漉漉的花园。"也许我们应该留着电话，以防万一。留着它没有害处。如果真的发生了什么，我们会有证据证明这些人是谁。或者对他们施加影响。我不是说我们需要它，但是，也许，只是为了保险。"他停顿了一下，然后摇了摇头，"你知道吗？不。我们也要把它扔了。全都扔掉，USB闪存盘和电话，我们确实需要把它们弄出家门。万一，出于某种原因，警察打算搜查这所房子。我们需要它们彻底从我们的生活中消失。"他的语气很坚定，没有讨论的余地。这对我来说没问题，现在我已经成功了。万事俱备，三百万在手。

"也许我们可以一起开车去诺福克，就现在，在那儿过夜，明天早上划条船，把它们扔进海里。用一整天来干这事，最后一个枝节问题？"我说。

他缄默地微微一笑。

我继续说下去。"我们需要把它们扔到某个地方，对吧？我们可以在那里待上几天。要是能离开这里在一起待上一段时间，那就太好了。我们需要它。我想念你。我想念我们。"

他站起来，绕过桌子，用手捧起我的脸。他吻我的嘴唇，从未有过的温柔。

"我喜欢这个想法，感觉像是很久以前的事了，只有你和我，蜜月。"

我知道他的意思。我们真正的蜜月，在那个袋子出现之前，在它变成别的东西之前。我现在只想靠近他。我想念他皮肤上的我的皮肤。我想念这种亲密无间。

"如果我们今天去诺福克，那就这样。手机和 USB 闪存盘是最后的东西，在我们把它们处理掉之后，就大功告成了。结束了。"我憧憬着。"我们可以回到过去的样子。但要更好，因为这一次我们再也不用担心钱的问题了。"

马克再也不用担心会失去一切了。他再也不用担心要在酒吧中或货架间工作了。到了诺福克，我终于可以告诉他孩子的事了。

他看着我，仔细端详着我的脸，眼里带着一丝若有若无的忧伤。我想他不相信我真的决定不再那么鲁莽了。也许我们回不到过去了？我需要向他证明，我现在只关心我们，所以我催促他："我们需要在一起的时间，马克。求你了？"

他的眼睛几乎不知不觉地充满了泪水，我突然意识到，在过去的几周里，我把他推得有多远。我差点破坏了我们之间的关系。这种联系需要小心对待和培育，让它恢复健康。他弯下腰，吻了吻我的前额，"我知道。尽管我很喜欢这个主意，亲爱的，但我今天不能走。你知道的。还记得吗？"

天哪，我完全忘了。他上周告诉过我。他提到过它。我感觉很糟糕，好像我的感觉还不够糟糕似的。他今天下午要飞往纽约，在那里过上一夜。很明显，他说这话的时候我没在认真听。我想知道我还错过了什么？我是最糟糕的妻子。他明天一整天都要在纽约见一个新客户，然后晚上坐夜班飞机直接回来。一次真正的飞行访问。

我将一个人待在这里。突然间，我情不自禁地感到害怕，担心马克会在没有我的情况下继续他的生活。当然，那是我的错，我应该对他的新业务表现出更多的兴趣，而不是把我所有的时间都花在思考纪录片、钱和钻石上。我应该多到场：我应该和他在一起的。自责淹没了我。我断定我只是累了，一切都会好起来的。我们下个周末可以一起离开。这没什么大不了的，就像现在一样。

我躺在床上看他收拾行李。他跟我讲了他正在考虑的新办公场所。他的大计划。

"下星期你愿意和我一起去看它们吗？"他问。他是如此兴奋。

"当然！我都等不及了。"我向他保证。我很高兴他让我重新回到他的生活中，我很高兴他又这么高兴了，也许裂缝终于开始闭合了，"对不起，马克，如果我一直心不在焉的话。如果我没有在你身边……我很抱歉。"我抬头看着他。

"没事的，艾琳。"他的面容因未来和位于前方的一切而充满生气，"你有很多事要做。这样很好。我爱你。"他凝视着我，我感到被原谅了。我是一个非常幸运的人。我又想把一切都告诉他，关于怀孕。但我不想打破平衡，他一回来我就告诉他。当我们单独在诺福克的时候。

"我爱你，马克。"取而代之的是我这样对他说，然后从床上站起来，让自己裹在他的身上。我真心实意地爱着他。我的荷尔蒙现在一定在我体内做着疯狂的事情，因为当他的机场出租车驶离我们家外面的马路牙时，我的身体很疼。我的整个身体都渴望着他。他手臂的幽灵环绕着我，古龙水的味道还残留在我的皮肤上。

**

他走后，我便上了阁楼，去检查最后剩下的证据。

阁楼里很热。在隔热层下，手机被烤得热乎乎的。另一个装有 USB 闪存盘驱动器的信封躺在它旁边。阁楼的温度会破坏手机或驱动器的记忆功能吗？我透过硬硬的信封摸着 USB 闪存盘。

它们摸起来都很热乎。

我盯着手机死气沉沉的屏幕，想起了二十天前的短信。它对我的胃造成的感觉。那三个脉动的灰点。

你是谁？

我又一次想知道他们是谁。飞机上的死者，电话另一端的人，飞机上的人。我试着去忽略这个问题，听从马克的建议，但在这里，我独自一人，在闷热的、覆满尘土的阁楼上，这个想法变得越来越强烈。他们是谁？我搜索过俄罗斯的网站、新闻网站—— 一无所获。帕特里克是其中的一员吗？或者马克是对的？他会是反恐大队的卧底吗？是他打电话给我，留下无言的信息吗？有一天，我脑子里闪过一个令人作呕的念头：这些电话可能是霍莉打来的。沉默，绝望，电话留言，在外面的某个地方，也许她回到了英国。但接着我想起了留言里那对服务员低声咕哝的回应。而且霍莉从来没有我的电话号码，所以不可能是她。

我的思绪又回到了飞机上的人们。会是他们吗？马克认为肯定不是。但也许他们找到了酒店的 IP 地址？也许他们去了那里？也许他们杀死了夏普夫妇——但是，他们在那之后会停止寻找吗？

他们会找多久？那只袋子和里面的东西对他们有何价值？然后我恍然大悟。他们仍然在寻找。现在，我独自在这里。我想起了坐出租车离开时的马克的脸。他们可能还在外面，搜寻着我们。也许他们意识到自己杀错了人。而现在，我独自在这所房子里。我一直全神贯注于如何抢在警察前面，如何把发现的东西变成真金白银，以至于我完全忘记了被偷者正在寻找我们的现实，比如敲门声响起、一枪正中头部的现实。

我想起了六天前打开的后门。现在只有我在这里，一个人。我不想死。我得弄清楚我要应对的是什么，我得弄清楚谁会来找我。这样想着，我拿起他们的手机下了楼，穿上外套，离开了家。

是时候再打开它了，在某个安全的地方，某个人多的地方。

**

当我到达莱斯特广场时，我穿过人群，朝广场中心的花园走去。我发现草地上有一群外国交流生正一边打包午餐一边打电话。我站在尽可能近又不会引起他们怀疑的地方，直到这时我才将电话开机。它挣扎着，慢慢地恢复了生命。屏幕闪烁着白色，显出苹果的标志，然后是主屏幕。我甚至没有试图把它设置成飞行模式，让它寻找信号。它找到了，信号条满格。

你看，我就是这么想的。莱斯特广场是欧洲最繁忙的步行街。我在地铁站外用自己的手机上谷歌搜索了一下，然后关掉了手机。每天经过莱斯特广场的人比欧洲其他任何地方都多。平均每天二十五万人。当我进入花园区域时，到处都是拿着手机的人，他们穿梭往来，或沉浸在交谈之中，或低头轻敲键盘，或在网上冲浪。莱斯特广场上有一百零九个监控摄像头，但我敢打赌，谁也猜不出哪个人在用哪部手机。我们这样的人真是他妈的太多了。我就藏在显眼的地方。让他们找到信号吧，这对他们无济于事。

屏幕突然亮了起来。手机上的短信通知连续响起，两条消息。

报价仍然有效
联系我

来自与之前相同的号码。知道有人拿着那袋子的人的电话号码。

但我不明白这话的意思。什么报价？我向上滚动，想查看更多的信息，但我只看到我在博拉博拉读到的旧信息。然后我注意到通话图标上有一个红色的小圆圈。我查看未接电话记录。自从我在博拉博拉发了那条可笑的短信后，我们已经收到了同一个号码的两个未接电话。两个未接电话……还有一条语音信箱留言。

我坐在一条长凳上，点击语音信箱图标，把手机举到耳边。

我听到的第一个声音是网络运营商自动化系统的声音，它是个女声，但用的是我听不懂的语言。东欧？俄语。然后是一片寂静，接着是一声长长的哔哔声。

它接通了。我听到一个房间里从寂静到有声的变化，有人在等着靠近话筒讲话。

然后，声音变得低沉而平静，是个男声。语言是英语，但是口音很难分辨。

"你收到了之前的信息，报价有效。联系我们。"

消息结束了。我不知道这是什么意思。什么之前的信息？什么报价？系统声音在用俄语喋喋不休，然后男人的声音又回来了。一条保存的信息，以前的信息。

"你有属于我们的东西。我们希望它能被归还。"

我感到自己喘不过气来了。

"我不知道你是怎么接触到它的。这在现阶段并不重要，但把它归还给我们符合你们的利益。"他说。

我突然想到，有人已经听过这段语音信箱留言了，所以它没有显示为新信息。有人听过。我想起了我们微启的后门，我想起了帕特里克握在我温暖的手里的冰凉的手，我想起了反恐大队，我想起了西蒙和埃迪。有人上过我们的阁楼吗？谁？但接着我意识到，其实只有另一个人可能听过。因为如果现在打电话的人真的在找我们的话，那他为什么要闯进我们的房子，听他自己的留言？如果是福斯特探长和反恐大队，他们为什么不立即拿走所有可作为证据的发现？如果听过信息的是与埃迪有关的人，那么埃迪为什么在可以干脆拿走所有东西的情况下还要付给我们两百万英镑呢？真相——真相是，没有其他人来过我们的阁楼。这必定意味着我不是唯一一个保守秘密的人。马克已经听过这封语音邮件了。

"我们会补偿你的。为给你造成的麻烦所付的中介费。"

我环顾广场，心怦怦直跳。我知道这很疯狂，但我突然确定，有人在监视我。我扫视着人群中的面孔，但似乎没有人对我感兴趣，没有人在看我。我突然感到彻底的孤独，在陌生人的海洋中孤独一人。我赶快回去听那语音。

"如果你有 USB 闪存盘，联系我。用这个号码。报价是两百万欧元。"

欧元。那就是说他在欧洲，对吧？或者他知道我们在欧洲。他知道我们在英国吗？无论马克是在什么时候最后一次使用过这个电话，他都会追踪到它的信号。他会知道，我们现在在伦敦。

"钱数没商量。如果你们能提供的话，我们可以做这笔交易。我们没有兴趣追踪你，我们只需要那个 USB 闪存盘。然而，你是否选择帮助我们取回它，取决于你。联系我。"

信息完毕。

USB 闪存盘？我完全忘记了那个 USB 闪存盘。没有提到袋子里的钱？没有提到钻石。他们只想要 USB 闪存盘？比钻石更重要，比金钱更重要。USB 闪存盘上他妈的到底有什么？我喘不过气来。我想知道吗？见鬼。

我关掉电话，只是以防万一。谁知道呢。

马克为什么不告诉我这件事？首先他为什么要让电话开机呢？他是在哪里开机的？当然，他比我要谨慎得多。他也会去一个拥挤的地方。他是个聪明人。但是为什么呢？为什么要看？然后我意识到了。他也担心他们会来找我们。他当然很担心，很有可能是在夏普夫妇出事之后。在某种程度上，他觉得自己对发生在他们身上的事情负有责任。他知道那是蓄意谋杀，所以他很害怕，他假装镇定，为了我。只要马克想，他就会装得很像。于是他查看了电话。他检查它，是为了看他们是否还在找我们。他们确实如此，于是他守口如瓶。为了保护我。内疚使我的胸口发痛。我不敢相信马克一个人经历了这一切。而我却如此不顾一切地横冲直撞。

但接着我意识到，这可能正是他没告诉我的原因，不是吗？他想阻止我发现这个提议。他知道我会想这么做，去交换，现在我想想，是的，是的，我确实想这么做。因为如果我们能正确处理，如果我们能处理好这最后一种情况，我们就能赢得一切。总之，我们现在不能停，停下来是不安全的。如果我们不把他们想要的还给他们，他们就永远不会停止对我们的寻找。

我知道，马克没有告诉我关于语音信箱的事，是因为这显然是个愚蠢的想法。我知道这很愚蠢，因为他们不知道我们在哪里，否则他们就已经把 USB 闪存盘拿走了。这很愚蠢，因为我们不需要更多的钱；我很愚蠢，因为我从一开始就一直在驱使着这一切，既然我听到了这条语音信息，那么全世界我最想做的就是这笔交易。他们可能不知道我们现在在哪里，但他们会继续寻找，我希望他们停下来。还有，我想要那额外的两百万欧元。

马克太了解我了，比我自己还了解我，这就是为什么他没有告诉我。因为他知道我一定会做一些不计后果的事情。

他们在留言中说了什么？"我们没有兴趣追踪你，我们只需要那个USB 闪存盘。然而，你是否选择帮助我们取回它，取决于你。"这是个威胁吗？不完全是，一个警告：他们要的不是我们；他们只想要他们的USB 闪存盘。但如果我们让他们很难达成目的，那么这可能会成为一种威胁。

等等，等等，等等。两百万欧元？那个 USB 闪存盘上到底他妈的有什么？那个念头推动着我，让我冲出莱斯特广场，奔向我们位于伦敦北部的阁楼。

34

9月29日，星期四

落难少妇

我揭开隔热层，拿出那只热乎乎的信封，打开它。

里面没有 USB 闪存盘，它不在那里。我之前透过硬纸摸到的那个粗短的东西只是个长方形的空盒子。USB 闪存盘本身已经从里面消失了，没了。

我目瞪口呆，不知所措。这意味着什么？我站在阁楼上，因为是从地铁站一路跑回来的而气喘吁吁，汗水顺着我的皮肤直往下淌。我大口大口地喘着粗气。它去哪儿了？他们已经来过了吗？不，不可能。他们也会拿走电话的。他们会对我们做些什么的。我提醒自己，除了马克和我，没有别人进过这所房子。一定是马克。他做了什么？他把它扔出去了吗？他把它藏在别的地方了吗？以防我听了信息并试图找到它？他用它做了什么？我打开自己的手机，查看时间。他现在就在飞机上。我联系不上他。我又感到一阵恶心，于是坐在了阁楼的一根横梁上。我应该放轻松，少跑动一些。

我又低头看了看手机屏幕。我要给他发信息——

我听到语音留言了！

你为什么不告诉我？

它在哪里？

我低头盯着短信，打算用拇指去按发送键。不——这样不对。太生气，太惊慌失措。他不告诉我，一定有很严肃的理由——我也有很多事情没告诉他。我删除了这条消息，取而代之的是这样写道：

马克，着陆后给我打电话。

我爱你 × × ×

我按下发送键。这样更好些。他稍后可以作解释。他会把 USB 闪存盘藏起来，以防我做什么傻事。我思考着它可能在哪里。我不知道他是否了解那上面有什么。我想知道那上面有什么。它会在房子里的某个地方，必定如此。

我从卧室开始。我试过所有他通常藏东西的地方。到现在，我们在一起生活了四年了，我很确定自己知道所有那些地方。我检查了他床头柜的抽屉，里面有一个小密码箱。密码是他的生日，但是里面除了一些外币什么都没有。我朝他的床垫下面看——他有一次在那里藏了帕蒂·史密斯的音乐会门票作为我的生日礼物——什么也没有。我摸遍了衣柜里他爷爷的大衣口袋，柜子上方的旧鞋盒。

然后我去了浴室，一只浴室柜子后面的旧须后水盒子，他的桌子，他的旧公文包，没有，没有，没有。他把它藏得很好，或者他把它带走了。也许他根本不信任我，但我知道他不会把 USB 闪存盘带在身边，如果他有可能会丢掉它的话，他是不会把它带走的。如果他想把它藏起来不让我知道，那它将会在这里——这所房子的某个地方。

正因如此，我变得越来越生气。我把房子翻了个底朝天。我找遍了每一个角落。我把所有的东西都拖了出来。我清空整袋整袋的大米，我清理床铺，我检查窗帘和包的衬里。

一无所获。

我汗流浃背、蓬头垢面地站在一所被搞得乱七八糟的房子里。我头晕目眩，恶心想吐，这不是放轻松的我。我需要提高我的血糖，就现在，如果不是为了我，那就是为了那个努力在我体内生长的小东西。我扑通一声坐在客厅中央，把一只装满结婚礼物的"自由英伦"的袋子拽向我。我向它的底部摸去，抓住了一块松露巧克力，玫瑰香槟松露巧克力，它们会起作用的。我撬开盖子朝里探去，然后我找到了它，就那样，安放在松露巧克力盒子的底部。他妈的，马克。你在玩什么把戏？

精疲力竭的我得意扬扬地坐着，默默地吃着松露巧克力。以 USB 闪存盘为伴。我周围的天光渐渐暗了下来。

在黑暗中的某个时刻，我的电话开始响了。我把它从我的搜寻所造成的瓦砾堆下摸索出来。是马克打来的。他一定是着陆了。

"喂？"

"嘿，亲爱的？一切都好吗？"他听起来很担心。能让他知道我找到它了吗？

"马克。你为什么要把它藏起来？"没必要拐弯抹角。我精疲力竭。我受了伤害。

"藏什么？你在说什么？"他听起来很好玩的样子。我能听到他身后背景里的喧闹声。他在世界的另一边。

"马克，我找到 USB 闪存盘了。你为什么撒谎？你为什么要把它藏起来？你为什么不告诉我信息的事？"我能感觉到我在流泪，但我不会哭的。

"啊，好吧……我很好奇这事什么时候会发生。你找到它了吗？你看过上面有什么了吗？"

"是的，没有。我只是刚找到它。"我在半明半暗的光线中俯视着它。

"对不起，艾琳，亲爱的，但我太了解你了。我听了那信息。在夏普夫妇出事后，我不得不这么做。在语音信箱里，他说他只想要 USB 闪存盘，别的什么都不要。我需要看一看，上面有什么，为什么它对他这么重要。所以我看了，艾琳，我看到的东西让我很担心。有关它的一切吓坏了我。我只是想保护你。但我知道你迟早也会看的，如果你听了那封语音邮件，你就不能不看 USB 闪存盘。所以我把它藏了起来。"他给了我一秒钟来消化他说的话，"但是，很显然，藏得不够好。"他开玩笑地说，努力想让我的心情愉快起来。

"艾琳。我很抱歉，但是你能答应我你不会看它吗，亲爱的？求你了。别管它，等我回来再说。你能答应我吗？"我从来没听过他的声音这么严肃，这么担心，"答应我。把它放回你找到它的地方，亲爱的。一旦我回来，我们就一起烧掉它。别做任何事。我们会把手机和 USB 闪存盘放在火盆里，然后看着它们被烧得一干二净。好吗？"他安慰地说。

上帝，他真的太了解我了。

"好吧。"我低语道。我感到悲伤，但不知道为什么。也许是因为我不值得信任，"我爱你，马克。"

"太好了。听着，艾琳——我很抱歉。我不知道还能做什么，也许我应该告诉你？"

不，他是对的。我会做所有那些事情。

"不，你做得对，我爱你。"我又说了一遍。

"我也爱你，亲爱的。如果你需要什么，给我打电话。"

"爱你。"然后他挂上了电话。

我很累，很困惑，而且渴得要命。我从冰箱门里给自己倒了一大杯冰水。我盯着我们漂亮的厨房。手工制作的工作台面，使地暖散射到我的袜子里的石地板。我看着被我疯狂的搜索弄得一团糟的厨房，锅碗瓢盆、包装袋和清洁用品散落得到处都是。其中就有我的笔记本电脑。
我不假思索地迈着蹒跚的步履走向它，掀开电脑的盖子，把 USB 闪存
盘从其包装里拿出来，把它插入端口。

　　我的桌面上出现了一个新的设备图标。我双击它，一个窗口弹开
了，有文件。我点击第一个文件。它打开了，有文本。

　　加密的。一页又一页的加密文本。一个文件夹又一个文件夹的加
密文本。我面对着一堆乱七八糟的东西。我不知道上面写的是什么。我
甚至不知道那是什么。

　　它困扰着我。它让我胆战心惊。我不明白，我无法运行它，这让
我很害怕。也许马克知道这是什么意思？也许是银行的东西？一种与数
字有关的东西？但为什么要警告我别去碰它呢？我不知道我在看的是什
么。但现在我的呼吸变得急促起来，因为即使是我也能感觉到这很重
要。连我都看得出来。我们不应该有这个 USB 闪存盘。它不适合我们
这样的人。我不能告诉马克我看了。现在我完全清楚地知道，事情完全
超出了我的能力范围。

　　他们是谁？这是什么？这就是他们杀死夏普夫妇的目的吗？为什
么这对他们如此重要？为什么他们不关心钱和钻石？为什么这个值两
百万欧元？

　　我们会为此而死吗？

　　我需要思考。我将 USB 闪存盘弹出，小心翼翼地放回它的塑料盒

里。思考，艾琳。呼吸。

好的。我该怎么办？

首先，我需要知道这个 USB 闪存盘上有什么。如果我能找出来，我就会知道我在和什么样的人打交道。我想起了我在博拉博拉看到的电子邮件——空壳公司，漂浮在水面上的文件。这些人是谁？他们有多大能量？我们有多危险？如果我能设法解码这些加密文件，我就会知道了。如果它是什么可怕的事情，也许我应该去报警？也许我应该现在就去？但我想知道。我需要知道这是什么。

我对如何解密文件一无所知。但我想我可能认识这样的人。我把 USB 闪存盘塞进口袋，拿起外套。埃迪的手机号码被潦草地写在今天早上随花束寄来的卡片背面。我，艾琳·罗伯茨，可以直接接通埃迪·毕晓普在监狱里非法使用的一次性电话。如果你不打算使用它们，那你拥有联系人又有什么意义呢？我在大厅里经过那些花时，从花中抽出卡片，然后冲出屋去。

阁下路上有个破烂的电话亭。我曾开车路过它很多次，我想知道为什么从来没有人清理或修理破碎的玻璃，而且到底是谁在使用这个看起来很可怕的东西。好吧，当我目标明确地大步走在通往它的郊区长路上时，今天那个幸运的人就是我。

老实说，我已不记得上次使用付费电话是什么时候了，也许是在上学的时候？把十便士的硬币排在电话亭中的搁板上，给家里打电话。

当我到达电话亭时，它的情况比我记忆中的还要糟。亭子是一个中空的塑料笼子，地上铺着乳白色的玻璃碎片，丛生的杂草从开裂的柏油路面上冒出头来。没有玻璃的窗格上悬挂着蜘蛛，它们在潮湿的空气中缓慢而错乱地移动着。至少，流动的空气能使小便的恶臭发散掉。

我晃动外套寻找零钱。一枚两英镑的大硬币碰到了我的手掌，完美。我拨下埃迪的号码。

他接电话时，嘴里在嚼着什么东西。我看了看表，1 点 18 分，午饭时间。哎呀。

"嘿，埃迪，很抱歉打扰你。我是艾琳，我从花束中得到了这个号码，我在打公用电话，所以……"我想这意味着我们可以安全地交谈，但我所知道的是，他会对此做出判断的。

"哦，对。你好吗，亲爱的？你没事吧，甜心？有困难吗？"他停止了咀嚼。在本顿维尔的某个地方，我听到埃迪在用纸巾擦嘴。我想知道警卫们是否知道埃迪的一次性电话。如果他们知道，只是视而不见，那我也不会感到惊讶。那似乎是我上周在对他进行采访期间从他们那里得到的感觉。

"嗯，不，其实没有困难。但我有个问题。我不知道你是否知道——或者你是否认识其他也许会知道的人，但是……"我停住了口，"我能用这个电话说吗？"我不想让自己受到指控。我不想让事情变得更糟。

"嗯，是的，应该没问题，甜心。你附近有人吗？在看你？有街头摄像头吗？"

　　我扫视着沿住宅区街道而立的灯柱的顶部，我的呼吸几乎要窒息了。我选择这条路是因为它是我们附近最空旷的路，几乎没有行人，但现在我开始好奇：伦敦所有的街道都有某种形式的监控头吗？但我寻找的有角度的摄像机或圆莢式小型摄像机在这里并不见踪影。在路的对面，有一大群戴着帽子、穿着长袍的哈西德派犹太人走过，他们在说话，一点也没有注意到我。

　　我认为我们是安全的。"没有人，没有摄像头。"我对着话筒说。

　　"那就好。"我听出他的声音里有笑意。我引起了他的兴趣。

　　"很抱歉又来打扰你了，只是我有件小事，嗯，好吧——一种情况。唔，埃迪，你对文件加密有什么了解吗？你知道有谁可以和我谈谈这事吗？这很重要。"我需要掩饰自己声音里的紧迫感。我不想把他吓跑，也不想显得过分熟络。在一天结束的时候，我正在要求另一次帮助，而这次我真的没有什么可以交换的。

　　"电脑之类的东西，对吧？是的，我们有一个人。听着，告诉我要点，然后我给我的人打个电话，之后我们就解决这事。对了，你喜欢那些花吗，甜心？我让他们送些好的、有品位的东西，但你从来不知道他们会做成什么样，是吗？"埃迪是个很可爱的人。我想起了我在家中客厅里捧着的一大束花。在不同的环境下，我想我和埃迪真的会相处得很好的。

　　"抱歉，埃迪。是的，是的，我喜欢。它们漂亮极了，很有品位，非常感谢。我很高兴能帮上忙。"

"你帮了，亲爱的，你帮了，我女儿对我很重要。现在，你的问题是什么？"

"好的，我有一个加密的 USB 闪存盘。简言之，我不是很确定我在此要应对的是什么。我需要知道那东西上有什么。"我把它说给了他。一个问题共享……

埃迪清了清嗓子。

"你从哪儿弄来的？"他的语气变得严肃起来。

"我不能说。我不确定我到底在和谁打交道。我需要知道 USB 闪存盘上有什么，这样才能知道我现在需要做什么。"

"听着，艾琳，我要在这里打断你，甜心。你什么都不需要知道。所以，帮所有人一个忙，放弃这个想法。如果那个东西是属于别人的，而且他们费尽心思加密了它，你便不需要知道上面有什么。因为它不是好东西，是他们不希望别人阅读的坏东西。"马克读过吗？我想知道。我想起了那一页又一页的杂乱文本。马克能弄明白它们的意思吗？他已经知道得太多了吗？

埃迪继续说道："我的直觉告诉我，你复制了你所拿到的东西。我猜你会把原件交出去吧？交换？"

"嗯嗯……是的。是的我会的。"我还没有想得那么远。有那么一瞬间，我感到如释重负，头晕目眩。打电话给埃迪是对的。他知道如何与这类人打交道。

"非常好……你们一对一地交换。你要有防备，以防他们有不轨的行为。你完全照他们说的去做。在你拿到钱之前不要交出任何东西。你那天对西蒙就犯了那个错误，我都听说了。很可爱，甜心，但事情不是这样来做的。你要在钱存入你的账户之后再交换，而不是之前。你明白吗？"这个问题悬在我们之间的电话线上。

"是的，是的。谢谢你，埃迪。"我说。这么诚实地与一个罪犯打交道，这感觉很奇怪。我能告诉他的比我告诉马克的还多。我知道他是对的。我应该接受这个提议。我一定要做好一切防范工作，然后全力以赴。埃迪就会这么做。

"你需要有人来帮你进行交接吗？我能让西蒙过来帮忙吗？"他问道，现在声音变得柔和了。我感觉到这是出于私人情感。埃迪很担心我。

"嗯，我想我已经搞定了，埃迪。但是我能让你知道吗？"我意识到自己听起来很脆弱。一个落难的少妇。我很想说这是一种有意而为的操纵之举，目的是获得援助，但它不是。就像我说过的，我只是无能为力。但我不能让西蒙和埃迪帮我。我一次只能在一条阵线上作战。我不知道在这件事情上我能否相信埃迪和他的团伙。说到底，他是个罪犯。我明白这句话的讽刺意味，但你懂我的意思。我得先自己想清楚，独自一人。

"好吧，甜心。那个，如果你需要我，你知道我在哪儿。"

"哦，埃迪，你知道我能从哪里弄到，嗯，你知道，呃，保护？"这可能是有史以来说出的对枪支的最没有说服力的要求，但我想我现在肯定需要它。

他沉默了一会儿。

"你知道怎么用吗？"他一本正经地问。

"是的，"我撒谎道，"是的，我知道。"

"好吧，好吧，我就说你充满了惊喜。没问题，甜心。西蒙大约今晚会把你需要的东西送来。照顾好自己，甜心。注意安全。你需要交谈的时候，下次要用不同区域的不同电话亭打电话。不要再在阁下路。要混起来用。"

他怎么知道我是从哪里打来的？有那么一瞬间，我感到恶心，"我会的。谢谢你，埃迪。真的很感激。"

"好吧，亲爱的。回见。"电话断了。

我要结束这种情况。我要结束它，为了我俩，马克和我。我们无法逃避即将到来的一切。马克不知道他在做什么。我们不能把 USB 闪存盘藏在巧克力盒子里，然后指望得到最好的结果。我们需要恰当地完成我们已经开始的事，因为现在我很确定，他们不会停止，除非他们拿到了 USB 闪存盘。我们现在已经让电话开机太多次了：他们一定知道我们在伦敦。现在只是个我们何时何地见面以及以谁的条件见面的问题。

我想到了夏普一家：想到了他们的命运。但是夏普夫妇和我的不同之处在于，他们没有预料到发生在他们身上的事情，他们没有准备，他们没有机会。但我有。

我前往圣潘克里斯车站，在巨大的时钟下面的人群中将电话开机。透过我面前的玻璃，可以看到乘客正从欧洲之星火车上走下来。我点击信息图标，点击最新消息的文本框，然后写道：

我有 USB 闪存盘。

乐于交换。

会面指示随后通知。

我点击发送，关掉手机，把它塞进外套口袋。现在我只需找个见面的地方。

**

在家里，我整晚都在 YouTube 上搜索视频，以做准备。如果有一件事是我擅长的，那就是做我的研究，人们可以从网上学到的东西永远都不会停止让我感到惊讶。我看了关于手枪装配的视频，特别是格洛克22 型手枪的装配和拆卸。

西蒙两小时前送来了把格洛克 22 型手枪和两盒子弹，我给他泡了杯茶，他就拿着杯子走了。

从那以后我一直在看视频：格洛克的清洗，如何处理手枪，格洛克的安全属性，如何开枪 101 问，如何确保你的手枪在使用前和使用后的安全。两个小时后，我可以很高兴地说，拆卸手枪并重新组装它的难度等同于更换英国水过滤器的难度。如果你感兴趣的话。

显然，WD-40润滑剂是一种可以接受的枪油替代品，只要你打算在三到四天的周期之后重新润滑和清洁。我的枪只需要用一天，而我希望它实际上根本用不着。我不能冒险明天早上去皮卡迪利大街的霍兰德＆霍兰德枪支商店买枪油，只是以防万一。以防反恐大队在监视。或者帕特里克。或者完全不同的其他人。

我错过了菲尔的另一通电话。他已经打了两通电话来和我争论我为什么要去掉霍莉的东西。自从我告诉他后，他就一直在生气，我有语音邮件可以证明这一点。我还没有给他回电话，他可以等，人人都可以等。

格洛克绝对容易使用。没有多少按钮。没多少你能搞砸的东西。格洛克手枪的问题是它没有安全栓。你从电影里可以了解到一点，当女主角最终使用她的枪时，她把枪拿起来，对准气势汹汹地逼近的坏人，扣动扳机，然后咔嗒一声……没动静？安全栓没拉开。好吧，这事不会发生在格洛克上。有格洛克在手，某人就得被爆头。只要装着弹药，且它处于准备击发状态，那就成了。瞄准并射击。而且只有在手指扣动扳机时，它才会开火。你可以把它放下，或者阻住扳机，或者把它塞进腰带里，无论如何，它都不会走火。双扳机系统意味着，你的手指必须伸进扳机床，然后往后扣动。这是格洛克开枪的唯一方法。但如果你在路上不小心把枪从腰带里掏出来，碰到了扳机床，那你几乎肯定永远不会有孩子了。没有安全栓就意味着没有安全。

　　我的手机又响了。这次是南希，弗雷德的妻子。该死的。我忘了感谢她在我们度蜜月时帮我们照看房子，感谢她留给我们的食物。我也没有回复弗雷德关于录像素材的事。他们可能很担心。马克是对的：我很健忘。我让它转到了语音信箱。

　　如果你找到一把格洛克，你就会知道它是一把格洛克，因为手柄右下角有一个标志。一个大大的 G，里面写有小小的"lock"。如果你找到了一把，那么你要做的是：首先，让手别去碰扳机，拿起枪。你握在枪把上的拇指右边应该有一个小按钮，那是弹匣释放按钮。将你的另一只手放在枪托下面，按下拇指按钮。弹匣会从枪托里弹出来，落入你手里。如果弹匣是满的，你会在弹匣顶部看到一颗子弹。现在把弹匣放置在某个安全的地方。接下来你需要检查／清空枪膛。换句话说，看看枪膛里有没有子弹，如果有，把它弹出去。为了做到这一点，你可以把枪管的顶部从枪尖往后拉。当你向后扣动扳机时，手枪顶部的小窗应该就会打开。如果里面有子弹，它应该会在你扣扳机时从顶部安全弹出。再扣一次扳机，二度检查枪膛是否畅通。现在你的枪是安全的，然后，装弹，把子弹装进你放在一边的弹匣里。把整个弹匣放回枪托，直到它发出咔嗒声，再把它扳起来，瞄准并射击。把这个例行程序练上大约二十次，你就会像《金甲部队》中的任何一个演员那样令人信服。此外，它可以让你的大脑从一开始就不去考虑你可能需要枪的原因。

　　马克睡前打电话来问候我。我只接了这一个电话。

"是的，我很好。只是在电脑上看东西。"从技术上说是正确的。

"你感觉怎么样？"他试探道。他不想逼我，但我看得出来，他还是很不安。

"我很好，马克，说真的。别为我担心。我绝对没事。"

我对他说我爱他，他也对我说他爱我。

**

当我对枪有了足够的信心时，我又把它彻底清洗了一遍，并从马克的工具箱里拿出银色胶带贴在枪柄上。枪托上经过检查的握把部分不能保留印迹，但前部和后部的光滑区域可以。互联网告诉我，相比于在发生口角后用布揩擦，胶带在开枪后会更容易撕掉。我很了解自己，知道在那样的事情发生后我不会理智地思考问题。如果发生了那事。胶带会派上用场的。

我在走廊的楼梯上给马克留了张便条。他明天晚上从纽约回来，而我不会在这里。纸条上写着我全心全意地爱他，我为这一团糟感到抱歉，我不想一个人待在家里，那天晚上我要在卡罗家过夜。不要担心。我很快就会见到他。

我开始从我们家的一片狼藉中收集我需要的东西。我在手机上下载了一个 GPS 坐标定位应用软件：我需要它来找到会面地点的坐标。我把枪、子弹、电话和 USB 闪存盘装进一只背包。我带了一套换洗的衣服、化妆品、我上学时就有的一个黄色旅行闹钟，还有我的冲锋衣、靴子和一只手电筒。当我在屋子里四处收集这些物品时，我思索着这一切是从什么时候开始的。如果我能让时光倒转，我要倒回去多远？回到我开启电话之前？回到我们打开那只袋子之前？回到那一圈漂浮的文件？回到婚礼？回到马克从厕所给我打电话的那天？那样够远吗？

35

9月30日，星期五

瞄准和挤压

早上 7 点，我把东西放进车里后离开了。去诺福克的路上几乎空无一人，4 号电台轻柔的呢喃声在车中回荡，而我则满脑子地想着心事。我揣想，诺福克是我最保险的赌注。它孤立一隅，不会有真正的警察出现。我了解穿过那些树林的道路，而且那里没有监控探头。没有人会监视我，如果有人跟踪我，我肯定会知道的。我把车停在高速公路的停车带上，用手机又朝那个电话号码发了条短信。我只指定了明天的时间和大致位置。我会在会面之日的早上发送更详细的 GPS 坐标。

**

马克要到今天晚上才会离开纽约，今天午夜以后才会到家。我试着不去想象他的脸、他的眼睛，当他明天早上看到我的时候，当我最终回到家的时候，当这一切都结束之后。他会知道我一直在骗他。他会知道我不在卡罗家，他不是个白痴。我得把一切都告诉他。我向自己保证，一旦这一切都结束了，我会坦诚以待：我再也不说谎了。我会成为世界上最好的妻子，我保证。

我已经预订了一个旅馆房间。这不是我们以前住过的那家旅馆，而是个我从未去过的地方。我只打算住一个晚上。我把会面时间定在明天早上 6 点，他们已经确认了。我还收到了一封新的语音邮件，和以前一样的男声。他要我明天也交出失事飞机的坐标。现在这也是交易的一部分。幸运的是我有此信息。

不管他们现在在哪里，明天会面时他们都能赶到这里。从世界上大多数地方起飞的私人飞机到这里都只需要几个小时，而不是几天。俄罗斯离这里有四个小时的航程。无论他们来自哪里，他们都有足够的时间到达这里。

我选择了一个偏僻的地方见面，在树林里；我选择的时间是早上 6 点，因为越早越好。我不想遭到任何形式的打扰：我要担心的事情已经够多的了。我的背包横放在汽车后座上，我的厚外套保护性地覆盖着它。背包里面有一小袋应急食品和一瓶水。外面很冷，今天有很多事情要做。USB 闪存盘被安置在背包的前拉链口袋里，安全，易取。在背包内部的放电脑的夹层里，那把枪静候在其枪套里，旁边是子弹和电话。我明天所需要的一切。

我上午 10 点到达旅馆。我没有再收到语音邮件。入住手续办理得很顺利，前台接待人员很贴心，但这显然是一份临时的工作。她一副漠不关心的样子，这对我接下来的几个小时来说真是再好不过了。

我的房间小而舒适。床是由清爽挺括的棉布床单和羽绒被构成的厚实松软的小窝。浴室里有只熠熠生辉的铜浴缸。很好，完美。

我再三确认我拿了 USB 闪存盘和枪，然后穿上厚外套，背上背包，走了出去。我要把明天会面的路线走上一遍。

**

根据我自己手机的 GPS，我可以不走任何道路就能到达树林。如果我的目标始终是田野和树林，那这就是最安全的选择。

我走了一个小时才到达我要去的林地。我需要在我的手机上记下两组 GPS 坐标以作交换。我明天一出门，就会把第一组坐标，即会面地点，发送出去。我不会蠢到在我们早上见面之前给他们额外的时间去四处查看。第二组坐标是 USB 闪存盘的确切位置。我今天要把它埋在会面地点附近。一旦他们把钱给我，一旦钱到了我们的瑞士账户上，我就发短信告诉他们第二组坐标，就像埃迪所说的那样。这样，我就可以避免面对面的直接冲突。在那之后，我将用短信把飞机坐标最终发送给他们，然后就大功告成了。

我选择这个区域是因为我知道它与世隔绝。我和马克徒步穿越这片树林的次数已经够多了。你可以走上半天也碰不到另一个人。在离村子这么远的地方，唯一的声音就是小动物在灌木丛中奔跑的声音，以及被风吹送过来的远处的步枪射击声。在这里，没有人会把枪声当回事。这是日常生活的一部分。这是我选择这里的另一个原因。

我在树林深处，走到最近的 B 马路大约需要二十分钟。我把背包从肩上抖下来，小心翼翼地把枪套拿掉。我从包的背部夹层里拿出一张 A4 纸，即酒店的欢迎信，以及从酒店大堂的旅游信息布告栏里取下的一枚图钉。我把这张纸钉在空地上最粗的树上。

我需要练习。在瞄准人之前，我至少要会开那该死的东西。

埃迪提到了防备。无防备不行动。好吧，这就是我的防备。

我在弹夹里预先装了六发子弹，另外还有十六发子弹。也就是说，一共有二十二发子弹。感谢上帝，西蒙没有吝啬子弹。也许他猜到了我需要练习。

会面时，我需要满满两只弹夹，以防我真的需要用枪。

所以这里给你出道数学题：如果艾琳想为明天保留两弹夹的子弹，那么她今天可以用掉多少子弹？

艾琳今天能用十发子弹。十次射击练习，一只半的弹夹。

希望我明天根本不需要把此练习付诸实践，但我宁愿准备太过，也不愿准备不足。

我滑入第一只弹夹，把枪举在身前，双臂伸开，高高举起，将枪水平端于我的惯用眼的前方。我让白点、格洛克的准星与前面树上的纸靶处于一条线上。

　　我在视频中已经获得了警告，了解了格洛克的反冲力量，但是你应该采取的对应姿态却与你的预期相左，不像你在电视上看到的那样。你笔直站立，不要左右摇摆，不要像一个初出茅庐的拿着手电筒横向移动的 FBI 学员那样。你双脚要分开，与臀部同宽，放松膝盖。右手握着枪柄，扣扳机的手指放在枪管一侧，安全地远离扳机，左手高高举起，托住握着枪的右手，肩膀前倾，肘部锁定。你看起来可能不够酷，但你会打中目标。至少理论上……

　　我呼吸，缓入，缓出。枪声会很响，比你预想的要响得多。你会像被踢了一脚一样，会像挨了一记重拳一样猛地后撤。但你得保持稳定，微微动一下，但要坚守阵地。

　　我深深地吸了一口气，把我的手指滑入扳机孔。呼气，扣动扳机。

　　啸响声撕裂了我周遭的树林。枪的反冲力就像有个膀大腰圆的男人给了我重重的一拳。我的心在肾上腺素的作用下嘭然炸响，我的眼睛发花，我坚持住，我没事。在我的前方，我看到纸的边缘被扯成了碎片，一大块树皮四分五裂地腾空而起，角度极其匪夷所思——我打中了。如果那是个男人，我就打中他了。一阵古怪的喜悦之情涌上心头。我摇摇头，将这种感觉摆脱掉，集中注意力。我重新调整。

　　然后我又扣了五次扳机。

**

到了下午，那张纸连影子都没剩下，树干被射成了蜂窝。我决定，也许我要走得再远一点，然后再记下 GPS 的位置。我绝对不想让他们看到这棵树。我又朝树林里走了五分钟，找到了一个好地方，一小块泥泞的空地。我把 GPS 坐标从应用程序中记录到我的苹果手机笔记中。然后我试着找到另一个地方，在那里我将把装在塑料袋里的 USB 闪存盘实实在在地埋进土里。我选择了一棵样子醒目的橡树，它远离那片空地，靠近一条沟渠。明天我可以安全地躲在那里不被人看见。我蹲在橡树下，徒手在表土上挖了一个小洞，把装在小塑料袋里的 USB 闪存盘放进去，再用泥土和树叶盖住，使之与森林的地面无异。我在苹果手机上记下了它被埋的位置，然后回到酒店。

**

在酒店房间里，我把明天要用的东西都摆放好。我检查了好几次我的旅行闹钟，奇迹般地，它仍在工作。我把它调到早上五点，然后放在床头柜上。

订完房间服务后，我给马克的手机打了个电话，但它直接转到了语音信箱。

"嘿，马克，是我。我想你已经起飞了，但我只想让你知道一切都好。我很好，我想你，我爱你。嗯，顺便说一句，家里绝对像个小垃圾场，只是警告你一下。我明天会整理的。一路平安。爱你，再见，我等不及了。"我挂上了电话。当他回家时，他会看到我放在楼梯上的便条，说我今晚要在卡罗家过夜。我希望这一切都能奏效。我真的希望如此。

我的食物送来了，我默默地吃着。没有电视和音乐相伴。我想起了埃迪和洛蒂，想起了在外面某处的霍莉和阿什，天知道他们在哪里。我想起在大西洋上空飞机上的马克，想起在南太平洋深海下的飞机中的人们。我想到了爱丽莎和她有可能的怀孕。她该有多高兴啊。我想到了我自己怀着的宝宝。我有点头晕，但我强迫自己吃东西，为了在我肚子里生长的小东西，我需要更好地照顾我俩。带着这样的想法，晚饭后，我在带折叠盖板的浴缸里洗了个热泡泡浴，让自己缓缓地沉入它的温暖之中。我让热感渗进体内，任由思绪漫游，眼睛心不在焉地盯着浴室门上带有蚀刻图案的磨砂玻璃部分：缠绕攀缘的花朵和镂刻的野鸟，一种森林景象。它很漂亮，这是家可爱的酒店。马克会喜欢这里的，也许他不会。毕竟，现在我正在做一件我斩钉截铁地答应他不会去做的事。想到这里，我肤色通红地从水里站了起来，用毛巾把身子擦干，准备早点睡觉。

36

10月1日，星期六

黑暗中的什么东西

我的眼睛在黑暗中猛地睁开了。在浓重的黑色中，我什么也看不见，除了闹钟那发光的指针发出的暗淡的光。我不知道是什么吵醒了我，但是很突然。现在，我完全清醒了。黑暗中有些东西不对劲，房间里除了我，还有别人，我能感觉到。我不知道自己睡了多久，但光线已不再从窗帘的边缘漏射出来。枪在我放置它的地方，在衣柜中的保险箱里。我绝不可能及时地拿到它。我应该把它放在外面的。我什么也听不见，没有动静，没有声音，只有那只塑料钟发出的低沉的咔嗒声，然后是一种沙沙声，一种织物发出的窸窣声，在右手边的角落里。哦，该死，该死，该死。这里有人。我房间里有人。

肾上腺素瞬间充满了我的身体，充满了我体内的另一颗小小的心脏，绝对的恐惧。我要调动起身体里的每一根神经才能阻止自己跳起来，我一动不动。我意识到，不管他们是谁，他们都以为我睡着了。这给了我思考的时间，给了我盘算的时间。也许如果我不动，他们就会离开。他们会拿着自己想要的东西离开。只是我没睡着。他们似乎不可能感觉不到气氛的变化，现在空气里充满了深深的恐惧。又传来细微的沙沙声。

他们在干什么？

我该怎么办？我会死在这里吗，一个人，在小旅馆里？这就是你想走的路吗，艾琳？

思考。

我让呼吸保持低沉，好像我还在睡觉。

是他，是电话那头的那个人，一定是的。他们找到我了。

是因为我最后发的短信吗？关于明天会面地点的那条？我拼命地去想这怎么会发生，但我不知道，我的思想无法集中。这重要吗？不管怎样，他找到了我。哦，上帝。我真是个白痴。

他不可能只拿走他想要的，然后留下我接着睡觉。我知道这一点。我知道这一点，是因为他想要的东西不在这里。它埋在树林里。他不会就这么离我而去的。他最终不得不叫醒我，让我告诉他，那东西在哪里。

我会死的。

不过，他会无声无息地这么做——用枕头把我闷死，或者把我按进浴缸里。某种看起来很偶然的事情，某种不会引起怀疑的事情。就好像他从来没有来过一样。

我的胸部因控制和减缓呼吸而带来的紧张感而锐痛不已。我的手指发痒，想在黑暗中摸向在床头柜上充电的手机。厚重的羽绒被下，汗水浸透了我的 T 恤。我需要思考。

我不想死。

拉链的声音。我不能忽视它。我不能忽视这个声音——它太大了。我发出重重的叹息声，在床上翻了个身。受到了打扰，但没有醒来。他停顿了一下。

他他妈的在拉什么拉链？思考，思考，思考。思考！

我需要使用突然袭击的办法，我只能凭借这个。如果我能突袭他的话。用什么东西打他，某种坚硬的东西，只需一击，那么我就占了上风。一次漂亮的挥杆。

但是什么东西？一只该死的枕头吗？

台灯旁边有一杯水。我能把它扔出去吗？

什么，艾琳？把他弄湿一点吗？

好吧，也许不。台灯？

我记得它是个巴洛克风格的大家伙，大理石底座。是的！如果我抓住它，用足够的力气猛地一拽，在我摆动时，插头就应该会拔出来。

现在声音是从浴室门那边传来的。靠近我的背包。突然，床头柜上，我的手机在黑暗的房间里亮了起来。沙沙声停了下来，我俩都把目光转向了那光亮。就在那一瞬间，我瞥见了那条短信。是马克的。

　　我知道你在哪儿。我将——

　　但是，我没有时间去看剩下的内容。我房间里的那个人知道我醒了。机不可失，时不再来。我紧紧地闭上眼睛，手心紧紧地贴在床垫上，把自己推起来，扑向床头柜。

　　一个突如其来的动作向我冲过来。他在向我扑来。我摸索着找那盏灯，用尽全身的力气，连同我全身的重量，盲目地朝着那个人影甩荡过去。

　　我感到了那种张力，那插头从插座上拔下来的拉扯感，然后是大理石底座击中肉身的沉闷撞击声。

　　从喉咙里发出的喊声。他跌跌撞撞地后退，离开了我。一声呻吟。

　　"你他妈的婊子。"声音低沉，充满了仇恨。但里面有种似曾相识的东西。他又朝我扑来。在黑暗中，我不知道他离我有多近，或者他是否有武器。我所能做的就是再次挥舞台灯。用尽我的全身力气挥舞。击中了。大理石碰上了骨头，一种带有潮湿感的拍击声。

　　他蹒跚起来。我听到他吃力的呼吸声，现在低到了地板上：他跪倒在地。

　　我需要光线。我需要看看发生了什么，看看他是否有武器。我冲向浴室门，摸索着进去找开关。

　　浴室的冷光像洪水般充满了整个房间。

　　他在这里。蜷缩在床尾，手抱着头。深色头发，黑色外套。他是个白人，高大，强壮。我看不见他的脸。有胡楂儿吗？有胡子吗？

　　我手里仍拎着台灯，做好了准备。台灯底部有一抹闪亮的血迹。他现在苏醒过来了。他朝着灯光慢慢地抬起脸来。我畏缩了一下，是帕特里克，监狱外的那个人。我不曾偏执，他一直在跟踪我。现在我知道了，他绝对不是反恐大队的人。他绝对不是警察。血从他眼睛上方的新伤口流出来，流到他的脸上，溅在他的头发上；他把它从眼睛上抹去，然后看着我，茫然，冷然。此事只有一种结局。

　　我不敢相信我有多蠢。我想起了我犯过的所有错误。我早该料到这一切的。一阵剧烈的恶心向我袭来。我要死了。我的心在我的耳朵里声响如雷，我的膝盖弯了下来。

　　当我跌倒时，他向我扑来。

　　我失去了知觉。

37

10月1日，星期六

马克来了

当我醒来时，我看到的只有白色。我的眼睛重新聚焦。我趴在浴室地板上，明晃晃的顶灯光亮刺目，我的脸颊紧贴在冰冷的白色瓷砖上。我猛地坐起身，但只有我一个人。浴室的门是关着的，透过构成它的上半部分的装饰玻璃能够看到的只有黑暗。我的头因突然的运动而天旋地转，一波又一波的恶心。在我旁边的水盆边有血：一道又长又难看的污迹；半个手印。我脑袋的一侧很疼，当我去摸额头的时候，我的手又变回了深红色，黏糊糊的。他一定是把我的头撞到这瓷脸盆上了。头上挨了一击。我听说，又或许是我在电影里看到过，头部的伤口会流很多血。我不知道。但这意味着它们往往不像看上去的那么严重，对吧？还有就是，我可能会得脑震荡。我试着估计伤害和疼痛，我感觉自己像喝醉了酒，同时又像宿醉未醒，但这是可控的。我想起了孩子，把手放在肚子上，然后迅速将它放到我的两腿之间。这次我的手指拿开时上面没有血。没有血，没流产。感谢上帝。安全地待在那里，小家伙。千万要好好的。至少我的子宫离我悸动的脑袋有很长的距离。

我拖着身子来到门口。我听不到隔壁房间有什么动静。我用 T 恤的下缘轻轻地擦去眼睛上的汗和血带来的刺痛感，然后把耳朵贴在门上，等着，什么都没有。我想他已经走了，我祈祷他已经走了。我不知道昏迷了多久，但肯定有一段时间了，瓷砖上的血已经结痂变干。我轻轻地直起身，跪在地上，透过门上昏暗的玻璃往外看。隔壁房间里没有动静。

我试了试门把手，但不用拉我便知道，它是锁上的。通常插在浴室门内侧的小金属钥匙已经不见了。他把我锁在了里面。

我又试了试门把手，纹丝不动，我被困住了。他想把我留在这里。他走了，但他想让我留下来。以防他们找不到 USB 闪存盘。那是我还活着的唯一原因。他会回来的，在他得到他需要的东西之后。

帕特里克是什么人？他是电话那头的那个人吗？不管他是谁，我知道他在为那个袋子的主人工作。我已经输了，他们掌握了一切。我的记有位置坐标的手机就在床边。他们知道要去找像我的手机一样明显的东西。只要有足够的时间，他们就会找到 USB 闪存盘的 GPS 坐标，他们会检查那个空地上的两个区域，直到找到为止。我已经把他们直接引过去了。

我得在他们回来之前离开这里，把这一切都放下，回家去，逃跑。然后我和马克可以报警，我们将解释一切。在这个阶段，我并不关心这样做的后果。我们可以以后再解决这个问题，也许我们可以利用掌握的信息讨价还价。不管怎样，我们现在需要警察的保护。我不想落得个夏普夫妇那样的下场。

但接着我想起了马克的短信，他正在路上。哪里？这里吗？但是他怎么知道我在哪里呢？他怎么知道我在这里，在诺福克？我认为他一回家就能猜出我在做什么，但他怎么知道这里发生了什么？我绞尽脑汁才想起来。事情是如此简单。大约三年前，我夜晚出去玩时把手机丢了，于是等我买了新手机时，马克给我安装了一个手机查找应用程序，这样如果我丢了手机，我们就可以追踪到它。他所要做的就是打开我家里的笔记本电脑，点击那个应用程序。然后"叮"的一下，就找到我了。

他现在正在来见我的路上，感谢上帝。

他一到我们就给警察打电话，他应该很快就会到的。他发的那条短信一定是两个小时前的事了。然后我突然想到了一件事，他不会来这里的，而是会去我手机所在的地方。哦，我的上帝。他会直接走向他们。我必须阻止他。我得赶在他之前到达那些人所在的地方。我必须警告他，否则他会直接闯进去的。我要救他，这都是我的错。

我摇晃浴室的门，这次非常用力。我被困住了，我听到自己发出了一声沮丧的呜咽。我透过空钥匙孔向外窥视。钥匙也不在外面了。没有钥匙可以像电影里那样从锁里捅出去，或是从门缝底下拉过来。帕特里克把它扔了或者拿走了。我抬头看着门玻璃上那些雕刻繁复的天堂之鸟。我得把它砸了。

谢天谢地，它不是双层玻璃。也不是霍洛威监狱的强化网格玻璃。

我笨拙地站起来，感到浴室在我周围旋转个不停，令人想吐。我等了一秒钟，等头晕过去了，这才开始行动。

我从横杆上抓起一条厚厚的酒店毛巾，把它裹在陶瓷肥皂盘上。碎裂声会很大，但很快会消失，希望这噪声不会吵醒任何人。我打开淋浴器来消声，以防万一。

碎玻璃像雨点般噼里啪啦地落在浴室的瓷砖上和卧室的剪绒地毯上。我的脸颊和头发上满是碎片，我把它们抖出来，关掉淋浴，屏息倾听。我什么也没听到。走廊里没有开门声，没有声音。我把浴室的垃圾桶拖到门口，小心翼翼地站上去，将另一条毛巾铺在有尖突的窗框上，以免被划伤。然后我以最快的速度爬过那扇破碎的窗户，回到主屋。不出所料，我的手机不见了。我不顾手臂上新划出的伤口，跑向床边的电话，想给马克打电话，警告他。但随后我停了下来，我无法给马克打电话。他的电话号码在我的苹果手机里。我不记得它。拜现代技术所赐，我甚至不知道我丈夫的电话号码。我真希望我记得它，但我不记得。所以，我不能给他打电话，我不能警告他。我现在唯一能找到马克的方法就是我自己去那个 USB 闪存盘坐标处。我得自己去那儿找马克，趁还来得及警告他。我要阻止他跟踪我的手机，从而自投罗网，置身于危险之中。

我扫视了一下房间。我的背包不见了。该死的。但是保险箱让我停了下来。保险箱的门开着，里面是空的。我一下子懵了。那是放格洛克手枪的地方。它不见了。帕特里克是怎么知道密码的？也是，我总是使用相同的密码。我使用的是我们在家用的密码：一个很容易破解的密码，这很可笑，马克的生日。也许，那天帕特里克确实来过我们家。无论如何，他不知怎的知道了马克的出生日期，他一定尝试了那些显而易见的选择，然后达成了所愿。现在我没有枪了，也没有电话，没有计划。

地毯上有碎玻璃。床罩末端有血迹。我们把这里弄得一团糟，我得找时间把它清理干净，但现在我没空。床头柜上的闹钟显示凌晨 4 点 48 分。再过十二分钟它就要响了。我使劲关上按钮，把它扔到床上。我得把它带在身边，这是我现在唯一知道时间的方法。

我快速地照了照镜子，检查我头部受伤的情况。我前额左上角刚到发际线处是红色的，肿胀着，有黑色的结痂。有那么一瞬间，我感到不知所措，想要报警。让警察到树林里去，但我得先把马克从那里弄走。我不希望他被困在警察开火后的喧嚣之中。

取而代之的是，我匆忙地穿好衣服，穿上鞋子，戴上一顶无檐便帽，以便遮住帕特里克让我头破血流的痕迹。

十二分钟后，我悄悄地抬起旅馆前门的门闩，向树林走去。"请勿打扰"的牌子挂在我那间罪大恶极的房间的门上，这是介于我与警察干预之间的唯一的东西。我要花一个小时才能到达树林里的那个地方，我没有电话可以打给马克、埃迪，或者任何可能提供帮助的人，没有 GPS 导航，也不知道当我或如果我到了那里时，我要做什么。只有一个简单的想法：救马克。

外面依然很黑，我呼出的气息在空中形成了白雾。早上 5 点已经是那种让你质疑自己人生选择的时间了。今天早上，这种感觉特别合时宜。我确实在生活中做出了错误的选择，但至少现在我知道这一点，我有能力纠正它们。

因为没有手机和手表，我只能依靠那只小小的塑料闹钟。如果我跑起来，我的时间应当可以减半。我跑起来，我跑了很长时间。

5 点 45 分，我开始恐慌起来。我已远远地跑到了 B 马路的那条小径处。我一定是经过了那个地方，但错过了它。我重新返回树林。

5 点 57 分，我听到了声音。它们是从右边传来的，在一百码外的斜坡上。我爬到坡顶往下窥看。空地上，有两个人影在站着说话。没有冲突。看不见枪。

在黎明前的光线下我还看不清这些人影，但我听着。我一寸一寸地靠近，竭力不发出声响，即使树叶和树林里的碎物在我的重压下嘎吱作响。现在那声音更清晰了，但有什么东西让我短暂地停顿了一下。

那个声音，我知道它，我爱它，是马克。马克已经来了。我想跳起来，冲进空地，扑进他的怀里。如果他有危险，我们会一起面对。

但有什么东西阻止了我。

是他的语气。

他的声音听上去小心翼翼，有条不紊。很明显，他在依令行事。哦，不。我太迟了。该死。他一定是在寻找我的过程中与他们直接相遇了。他们让他协助寻找 USB 闪存盘。我顺着山脊爬得更靠近些。在微弱的光线下，我看到马克和另一个男人跪在地上，在林地上刮来刮去，皮手套摩擦着树叶，在泥土上摸索个不停。另一个人已经看了我手机上的笔记，他知道我把 USB 闪存盘给埋了，现在他正让马克帮他寻找。他掌握着两组坐标，他们找到它只是时间问题。该死。我得想个办法把马克救出来。

随后，在半明半暗的光线下，我看到了那个拿着我手机的男人的脸。此人不是帕特里克，也不是在我旅馆房间里袭击我的人。一阵恐慌袭上我的心头。他们的人不止一两个。马克知道吗？帕特里克在哪里？我不由回头看了一眼，但树林里死寂无声。帕特里克已经走了吗？他是完成了自己的任务便离开了，还是在黑暗中的某处监视着一切呢？我又回头看着那片空地，那人正对马克说着什么。他们站起身，不慌不忙地向空地的另一块区域走去。这个新来的人比马克高，黑发中夹杂着灰色，外套下面是西装和领带。衣着昂贵——而此时他正慢慢在马克身边跪下，继续在泥土中搜寻。他让我想起了埃迪，但带有一种欧式气质。我敢肯定，他一定是电话那头的那个人。帕特里克把我的手机给了他，从那以后他们便一直在找 USB 闪存盘。我手机上的应用程序一定是把马克直接带到了他们那里，现在他也被迫加入了他们的搜索。

现在我能看清马克的五官了，他正在林地上刨来刨去，表情严肃而坚定。他想知道我在哪里吗？他害怕吗？他隐藏得很好，但我仍然能看到他脸上的恐惧。我太了解他了，我知道他在坚持。也许他有计划。我还记得几个星期前他愚弄四季酒店接待员的方式，记得他是多么擅长扮演自己的角色。他很聪明，他会有计划的。上帝啊，我真希望他是胸有成竹的。

我扫视了一下空地，试图想出我自己的计划，但我能做什么呢？我没有枪。我不能就那么冲过去。我最终会害死我俩的。我得想点办法。我必须阻止发生的一切，在他们找到 USB 闪存盘然后马克变得可有可无之前。在帕特里克返回之前，如果他在外面的某处的话，我们在人数上就不占优势了。只要我认真思考，我们是可以共进退的，马克和我。

我决定爬到离 USB 闪存盘更近的地方。我之前一直能够用黑暗作为掩护，但天正慢慢亮起来，我很快就会暴露。我笨拙地扭动着身子退回到斜坡上，朝第二个 GPS 定位点爬去，朝昨天我挑选出来作为掩埋 USB 闪存盘的地标的那棵树爬去。他们的声音渐渐消失了，我祈祷我猜得没错：至少在找到 USB 闪存盘之前，那个高个子男人不会做任何伤害马克的事。我在树后的凹沟里找到一个隐蔽的地方，可将那个 GPS 位置一览无余。

现在有动静了，树枝噼啪作响，越来越近了。我平躺在坚硬冰冷的地面上，越过沟渠的顶端，我恰好可以看到他们。他们已经放弃了第一个区域，正走向第二组坐标。他们开始默默地挖掘。马克现在离我是如此之近。我想大喊："跑，马克，快跑！"但我知道，我们的生命取决于我不做那样的事。他的计划是什么？我不知道该怎么办。这全都是我的错。天哪，他一定对我担心得要死。他以为我在哪里？他会想到他们已经抓住我了吗？他近在咫尺。我可以只是伸出手去，让他知道我在这里——

就在那时，马克找到了 USB 闪存盘。我看到它是以慢动作发生的。

他把它握在手心里，朝那高个子男人瞥了一眼，他仍在搜索，对马克的行为毫无察觉。干得好，马克，我想到。快点，把它放进你的口袋，给我们争取点时间，趁他不注意时袭击他。

但马克没有那样做。因为马克接下来做的事让我大吃一惊。

他没有把 USB 闪存盘装进口袋，反而笑了起来。他笑着举起了它！像个珍宝在手的孩童。他的笑容灿烂而真挚。他站起身，刷着树叶，掸去膝盖上的泥土，是完全放松的状态。怎么回事？高个子点点头。他的脸突然露出一丝不自然的笑容，把我的苹果手机扔到马克脚边的树叶上。他现在不需要它了：他得到了他想要的。马克弯腰把手机捡了起来。

高个子男人把手伸进口袋，我使劲想看看他在掏什么，祈祷着不要看到那熟悉的枪的金属闪光。"没有文件的副本？"他问马克。

我注意到自己在发抖：我双臂周围的树叶发出了细微的沙沙声。

马克摇摇头。"没有副本。"他一边说，一边把我的手机不慌不忙地塞进自己的口袋。

马克是在表演吗？我不明白。我不明白发生了什么事。

高个子点点头，嘟哝了一声。

马克说话的语气中有什么东西，他的姿势，事情不对头。他听起来并不害怕，他听起来甚至一点也不担心。他在做什么？难道他不知道他们会杀了他吗？

哦，我的上帝。我想马克的计划是试着做这笔交易。他是怎么做到的？我来之前发生了什么，我错过了什么？既然他们已经掌控了整个局势，为什么还要做这笔交易呢？

另一个人现在正在打电话，用的是一种我听不懂的语言，他的语气生硬，公事公办的那种。当他看起来感到满意的时候，他就挂断了电话。

"搞定了，查查你的账户。"他告诉马克。

马克现在掏出了另一部手机，慢慢地，求证性地，表明它不是一件武器。他看起来很平静，一副胜券在握的样子，货真价实的生意人。他一点也不害怕，也不惊慌。这两个人看上去是一样的，那个高个子和马克是同一类型。

那人朝树林望去。"她在哪里呢？你的妻子？"他用聊天的口吻问道。

我屏住了呼吸。小心，马克。别被骗了。那个人清楚地知道我在哪里，在帕特里克留下我的地方。马克不知道他们对我做了什么。不知道帕特里克袭击了我，拿走了所有东西。但他知道他们拿走了我的手机。他知道那就是他来到这里的原因，他是追踪到这里来的。他会知道这是个刁钻的问题。别上钩。

马克正在手机上滚动翻页和点击。他短暂地抬起头来，"她什么也不知道。我已经把她安排好了。相信我，她不再是个问题了。"他的声音干巴巴的。他的眼睛懒洋洋地闪回到手机上。没错，马克。演得好。天哪，他很擅长这个。我看着他滚动着手机页面，等待付款的到来。如此平静，如此镇定。

但是，等等，等等。这里有什么不对劲的地方。他们为什么要付钱给他？他们为什么要在攻击了我、偷走了坐标之后仍然付钱给我们？他们已经掌握了想要的一切。为什么付钱给马克？我是说马克没有拿枪指着他们，或者诸如此类的，他们为什么要给他钱？

一股深切的悲伤在我心头嘶吼着，随之而来的是一种我从未有过的空虚感。突然间，一切都开始说得通了。

马克不是来救我的，而是来阻止我做这笔交易的，他是来接手这笔交易的。他不在乎他们对我做了什么，他不在乎他们伤害了我，他根本不在乎我。现在，他正在背着我和他们做交易。哦，上帝。马克只是为自己做成了这笔交易。

我想大喊，我想尖叫；我用戴着手套的手捂住嘴。因为这个人，这个站在树林此处的人，是马克，但不是我的马克。此人是个陌生人。

我在脑子里飞快地想着这些事实：我嫁的这个男人是谁？他对我说谎多久了？他是怎么做到的？我回想起上个月发生的一切。这是从什么时候开始的？马克是唯一看到飞机内部的人。他在飞机的残骸中看到了什么？是马克留下了一条指向夏普夫妇的线索，他是那俩人死亡的原因；是马克派我去开银行账户的；是马克派我去见查尔斯的；马克坚持说没有人在找我们或那只袋子，他想把钻石扔掉，也许这样他就可以自己卖掉它们了；他对有关 USB 闪存盘的语音邮件秘而不宣，他把 USB 闪存盘藏了起来，不让我知道。他想独吞这笔钱。自从我们离开博拉博拉后，他一直在掩盖自己的行踪，把一切都安排好了，所以我一直是冲在前面的人，但是，他仍然可以在没有我的情况下拿到所有的钱。

我惊呆了，我不敢相信自己有多蠢。我竟从来没有注意过。我从来也没注意到其中的任何一点蛛丝马迹。但我爱他，我信任他，他是我的丈夫，我们本该在此事上共进退的。但是，我从来就不擅长解读别人，对吗？而他一直一直都很擅长。愚蠢的我，愚蠢的艾琳。当我意识到这一点时，我感到心都跳到嗓子眼里了。我根本不认识这个人，这个我以为我认识的男人，这个我爱上的男人，这个我嫁给的男人：他从未真正存在过。

"成了。"马克点点头说，然后把电话装进口袋。那笔钱已经打到了我们的瑞士账户上。

"USB 闪存盘。"他说着，把它举到离那个高个子男人一臂之遥的地方。

"你不介意我也检查一下吧？"那人指着闪存盘问道。他想确保它能正常工作。他不信任马克。但他为什么要信任他呢？我现在不信任马克了，而我嫁给了他。

那人离开了马克，小心翼翼地不背对着他。我看到他正在向空地边上的一个袋子走去。他弯下腰，掏出了一台轻薄的银色笔记本电脑。

他把笔记本电脑放在臂弯里打开，插入 USB 闪存盘。两人都一动不动地站在树林里，等待 USB 闪存盘加载。

男人终于抬起头来。

"我看见你打开过它？但你没有解密，非常明智。这样就简单多了，对吧？"他朝马克笑了笑，毫无幽默感。

马克自鸣得意地笑了起来。所以，他在这件事情上也对我撒了谎。他也没有解密，只是猜的。他和我一样，也不知道 USB 闪存盘上有什么。他只知道它值两百万欧元。

"不关我的事，我宁愿不知道。"马克回答。

另一个人似乎一时间有些心不在焉，全神贯注于他的电脑。我想知道他在屏幕上看到了什么。我想知道价值两百万欧元的秘密是什么样子的。我想我现在永远也不会知道了。

"高兴吗？"马克问道。这笔交易感觉就要结束了。

"是的，高兴。"那男人将笔记本电脑和 USB 闪存盘安全地放回包里。

就在这时，我意识到我再也见不到马克了。我永远也摸不到他、吻不到他了；我再也不会在他身边入睡了。我们永远不会看着我们的孩子长大成人，我们永远不会搬到乡下去，养一条大狗，一起看电影或者去喝一杯。我们永远不会白头偕老了。我曾向往的每一件美妙之事都化为了泡影。而现在没有追索权了。他从我这里夺走了我们所有的生活。现在他还会拿走剩下的。现在这其实并不重要了，但他也可以登录瑞士账户。我好几天没查它了，他可能已经把所有的钱都抽走，转到别的账户去了。那个账户可能正是他刚刚让人奉上两百万欧元的地方。

昨天他在纽约干什么？他不可能是在计划与俄罗斯人做交换，因为他没有带 USB 闪存盘。也许他只是想找个住的地方？也许那就是他新生活开始的地方？我想知道，最近这三周他到底在干什么？

我无法回答的问题。我应该多注意的。现在太迟了。

马克将会消失，留下我一个人，除了一所我买不起的空房子外一无所有。

或者他会来找我。也许他想把事情解决掉。

他计划这个有多久了？

"我现在只需要另一组坐标了。"

一阵尴尬的沉默。

一只鸟在远处发出尖叫。

"什么坐标？"马克皱着眉头。

哈哈。马克不知道那家伙在说什么。我想笑，幸灾乐祸。他不知道那个高个子还需要飞机坐标。我昨天早上收到的最后一封语音邮件——只有我听了。马克只知道 USB 闪存盘的交换。他不知道对方说的是什么坐标。

"坠机地点的坐标。"年纪较大的人回答说。他期待地看着马克。

马克不知道那坐标。他一开始是把它们写了下来，但我是那个把它们记下来的人，以防我们需要回去。这在当时似乎很重要，以防有人关心这些人。我在火盆里烧掉所有与瑞士账户有关的东西的那天，就把那条信息也烧掉了。这个世界上只有我知道那架飞机在哪里，那些死人在哪里。

马克犯了个错误。他现在不知道该说什么，所以他会装模作样，他会虚张声势，我知道。

沉默在持续，高个子男人开始意识到事情有些不对劲。马克制造了一个问题。

我屏住呼吸。即使是现在，在经历了这一切之后，我的心还是想让我大声叫喊，提供帮助，但我的头脑却尖叫着他妈的闭嘴。

"飞机的坐标，我问你要的是飞机的坐标，你在哪里找到这个闪存盘的？飞机的机身在哪里？我们想知道地点，你明白吗？"

形势急转直下，情况即将恶化的感觉弥漫在空气中，非常糟糕。

马克别无他法。他不知道飞机在哪里。他必须虚张声势，否则就认输。

他试着两者兼顾。

"我没有坐标，我已经不再拥有它们了，不过我可以给你一个大概的位置——"

"住嘴，"那人叫道，"别说话。"

马克闭了嘴。

"在你的短信中，你说有坐标，可现在又没有了。请给我解释一下为什么？除非你打算把坐标卖到别的地方？我希望你明白，这笔钱是用来换闪存盘和飞机位置的。恐怕你不能挑三拣四。把地点告诉我，否则你就有大麻烦了。"他盯着马克的目光不放。他也在虚张声势。

他们沉默地站着，紧张的气氛朝着不可避免的方向发展。

眨眼间，那坏家伙的手伸进口袋，掏出了一把枪。这并不奇怪，我想我们都知道他有枪；令人惊讶的是，事态升级得如此之快。他把枪对准马克。马克呆呆地站着，被这一幕弄糊涂了。

我真心诚意地想要我的枪，但是我没有枪。帕特里克拿着它，无论帕特里克在哪里。

我本能地向身后瞥了一眼，但那里一个人也没有。当我再回头看时，马克已经行动了。他的身体已经转向一边，现在手里拿着把枪。我的枪。我看到银胶带了。不知怎的，他从帕特里克那里得到了我的格洛克。哦，我的上帝。是马克派帕特里克来的，他就是这样照顾我的：这就是为什么我不会成为一个问题：他派帕特里克来杀我。一只鸟突然飞到他们身后的空中。然后同时发生了好几件事情。

马克被那突然的动作吓了一跳。他一定是把手指伸进了枪的扳机里，因为当他在吃惊之余猝然一动时，手枪开了火，后坐力发出的爆裂声如雷贯耳，在树林里回荡。我告诉过你：格洛克没有保险栓。

那个高个子男人几乎立刻予以了还击。毫无疑问，他事后会认为这是在自卫。就他而言，马克的子弹差点击中他，而他予以了还击。

马克的胸膛上绽开了一朵红花。事情发生得太快了，我试着告诉自己我没有看到它。马克跟跟跄跄地走了几步，一只手伸出来，抓住一棵树。他全身的重量都倚靠在树上，但他的两腿却弯了下去。转眼之间，马克倒在了地上。两声枪响仍在我耳中回响。

高个子男人扫视着空地周围的树木，然后走近马克的手，它现在摊开在空地的泥地上。那人弯下腰去。马克呻吟着，大口地喘着粗气，在寒冷的空气中渐渐没了声息。

那人把格洛克手枪装进口袋。我的格洛克。我必须尽力收紧身体的每一块肌肉，以便不让自己尖叫出声。

他低头看了马克一会儿，马克没有动。他又开了一枪，向下朝着马克的身体。马克的身体在树叶之上笨拙地抽动了一下。

我已经停止了呼吸。我不记得是什么时候停止了呼吸的。在我旁边，一缕新鲜的血液从我紧握的拳头中顺着手腕流了下来。我的指甲扎得太深了，把我的皮肤都弄破了。我尽可能地保持静止，我不会哭。我不会喊出来，我不会为马克而死。

他不会为我而死。

我让自己更深地沉在树叶中，紧紧地闭上眼睛，祈祷这一切快点结束。

我听到对面的空地上沙沙作响，那人在四处走动，收拾他的东西。我把脸紧埋进有麝香味的泥土里。然后我听到他的脚步声慢慢地远去，穿过树林，越过枯叶和折断的树枝。随后是一片寂静。

我一动不动地在那里躺了好几分钟，仿佛躺了好几十年，但没有人来。过了一会儿，我慢慢地站起身。他躺在那里，在泥地里，在皱巴巴的树叶里，穿着他最好的西装和外套，我的马克。他一动不动的身体旁边是我的背包。帕特里克拿走的背包，直到现在我才注意到它。我想马克一直都带着它。我跌跌撞撞地走向他。

这是一种奇怪的感觉。我不确定我能描述它。我对他的爱依然存在。只要能重回过去，我愿意做任何事情，但我们不能。我慢慢地、小心翼翼地靠近。如果他还活着，他可能会杀了我。完成他已起头做的事。但当我走近他时，他一动不动。不知何故，这更糟糕。

我蹲在他旁边，看着他。同样英俊的脸庞，同样的头发，同样的嘴唇，同样的眼睛，同样温暖的皮肤。

我轻轻地碰了碰他的手臂。他没有反应。我变得更加勇敢了些，向他的头俯下身去。我的脸靠近了他的嘴，这是我们做过了一千次的姿势的反转。但现在他没有亲我，而是我试着用脸去感受他温暖的气息，我试着去聆听他的声音。我把头埋在他的胸前，小心翼翼地避开那滚烫的血泊。我听到一声轻微而沉闷的心跳声。他仍然在这里，他还活着。

我轻柔地把他的头发从前额往后拨开。

"马克？马克，能听到我说话吗？"我低语道。什么声息都没有。

我靠得更近些。

"马克。马克？我是艾琳。你能——"然后他的眼睛睁开了。他慢慢地抬起眼来，茫然地看着我。他剧烈地咳嗽起来，疼得直往后缩。他要死了，我们只有片刻的时间。

他的眼睛和我的相遇，只是一瞬间，就像阿尔茨海默病患者在恍然间认出了人似的，那是我的马克，然后它消失了。另一种眼神像云翳一样掠过他的眼睛。他用一种我永远不会忘记的方式看着我。我现在看到了它，他对我的真实感觉。它很短暂，但无可否认，然后他去了。

我只听得到风吹过树梢的声音。寂静。

一只鸟在森林深处发出尖叫。我再次扫视那些树木：那儿一个人也没有。我蹒跚着站起身，立在那里。茫然，颓唐，一动不动。

然后我拿起背包就跑。

起初我不知道要去哪里，但在跑动的过程中，我想出了一个计划。自我保护意识袭上心头。我需要找个投币电话。一部无法追踪的电话。往回走的半路上，我差点被帕特里克的尸体绊倒。他趴在地上，喉咙被割断了。我继续跑。

最后我来到了路上，筋疲力尽，浑身发抖。我清理了一下自己。把我的羊毛帽子拉低，遮住我受伤的前额。把马克的血从我脸上擦去，朝那个小村庄的付费电话走去。

现在是 6 点 53 分。他在铃声响了八下之后接起了电话。

"埃迪？我是艾琳。我在打公用电话。呃，出事了。唔，嗯，出事了。"我自己的声音使我变得眼泪汪汪。我听起来像新闻里的人，像难民，像爆炸受害者。我想我是吓坏了。颤抖，孱弱，上气不接下气。即使在我的整个生活已经支离破碎之后，还试图拼命地保持着某种表面上的正常。我注意到我的手在发抖，它搁在投币槽上，颤巍巍的手指间捏着下一枚硬币。到底出了他妈的什么事？

"好的，亲爱的。慢慢说。现在没事了，对吧？你还好吧？你安全吗？"他在我身边，他的语气充满了关心和支持。现在一切都会好起来的，有埃迪在呢。

"呃，是的。是的，我很好。我的头——但是没事。我不知道该做什么，埃迪……"我发现很难弄清重点是什么，什么是重要的，该说多少或不该说多少。

"是什么事，亲爱的？关于什么？钱吗？"他很有耐心，但我知道自己在胡言乱语。他不懂读心术。

"他……他，嗯，还有别人。我不知道我该做什么。我不想进监狱，埃迪。"就是它，事情的核心所在。我打电话给他而不是警察的原因。

"没关系，没有问题，别再提这件事了。首先，艾琳，我需要你冷静下来，好吗？你能为我做到这一点吗，甜心？"我想我能听到他起床的声音，弹簧的吱吱声。在本顿维尔的某个地方，两只光脚落了地。

"是的。好的。我明白了。冷静。"我努力将注意力集中在呼吸上，让它慢下来。我开始注意到路边的树篱，清晨的寂静。我听到他低低的哈欠声和他牢房里的金属的叮当声。在我的想象中，长着胸毛的埃迪正坐在本顿维尔的正中心，用他那偷运进来的一次性手机打电话。

"很好。现在他在哪里？他们？你在哪里？"他会解决的，我能感觉到。

"诺福克，树林里。"我艰难地说道。

沉默。我想这出乎了他的预料。

"很好，这说得通。就你一个人吗？"

"就我一个，和他，还有一个。"从我的语气中可以清楚地听出，我现在谈论的是尸体。不是人。

"两个，枪打的？"

"是的。不对，一个枪打的。另一个是，呃，刀子，刀伤。"我知道我在这次谈话中给人的印象不太好。我再次吸气，呼气。

"好吧。你是一人吗？"

"是的。"

"周围没有人？"他问。

"没有。"

"完美。现在，艾琳，以下是你需要做的。你得把他们埋了。你明白吗？回去把他们埋了。这需要些时间，好吗？"

我现在无法集中注意力。我无法思考，只要有方向就好。我会做任何我需要做的。

"你现在离什么房子近吗，亲爱的？"他问。

我环顾了一下四周。电话亭对面是座教堂。顺路再过去是另一栋建筑。破旧的农舍，残破不堪，杂草丛生。

"有栋房子，是的。"我说。

"好的。绕到后面看看有没有铲子之类的东西，带上它。现在听我说：要小心，甜心。你得把他们埋好。这并不容易，但你会做到的。一埋好就给我回电话。不同的电话亭，记住。我们会把这事解决掉的，别担心。"他听起来很有信心。这是如此令人难以置信的安心，我想哭。
现在我愿意为埃迪做任何事。

"好的。好的。我稍后给你打电话。再见。"我挂上电话，向那农
舍的园子走去。

**

你知道接下来发生了什么。

38

10月1日，星期六

收拾房间

当我回到酒店的时候，我的脸颊红扑扑的，满身是泥，但是我的伤口被隐藏了起来，我的外表没有什么是不可以用一次非常艰巨的徒步来解释的。我的汗水可证明这一点。

我的背包里装着漂白剂和其他清洁用品，这些都是我在从森林里走回来的漫漫长路上从一个加油站买的。如果你需要买任何让人觉得可疑的东西，那同时买一些加大号的丹碧丝卫生棉条是很有帮助的。收银员似乎被它们弄得面红耳赤，以致很少去注意到你买的其他东西。他们想尽快帮你把那盒子装进袋子里去。你可以试一试。

谢天谢地，我的房间按照我那"请勿打扰"的门牌所要求的那样没有被打扰。这是个烂摊子，血、玻璃、打斗的痕迹。我在垃圾桶里找到了浴室的钥匙。帕特里克一定是在昨晚出去的时候把它扔在那里了。在我把帕特里克和马克拖进坟墓之前，我查看了他的一次性手机。帕特里克根本就不是在为飞机上的人工作。马克付钱让他跟踪我。帕特里克昨晚奉马克之命袭击了我。马克想让我无法行动——说句公道话，不是要杀我，而是要伤得足够重，从而靠边站。也许他打算在完事之后亲自杀掉我。我把这个念头抛开，以后再想。

从我们度完蜜月回来的第二天起，短信就一直在他们的一次性手机之间来回传递。但在我去哈顿花园给钻石估价之后，在他发现了福斯特探长的事以及反恐大队对霍莉的调查之后，马克的语气变了，它变得越来越阴暗，越来越愤怒，他告诉帕特里克该怎么做，盯着我，吓唬我。我记得马克试图让我相信我有危险，试图让我相信帕特里克参与了反恐大队对霍莉的调查。是帕特里克打电话到家中，留下了那些电话信息。马克就是信息上帕特里克在那家餐厅里要等的人。马克想吓唬我，真正地让我感到害怕。他正是那个让后门开着的人，是动了我们的照片的人，是试图让我相信我疯了的人。他要我别再管钻石的事。他想让我们丢掉它们。这样他就可以独自回去，把它们找回来，自己卖掉，而不会引起我的怀疑。他一定是担心，如果对霍莉失踪的调查离他太近，我便会毁了他的计划。他创建了自己的瑞士账户；他一定是在我离开旅馆的时候干的，当时我把钱存了起来，开了我们的瑞士账户。他打算把从钻石上弄到的钱放进去，然后在接下来的几个月里，着手把瑞士互助银行账户里的钱抽干，最后他打算自己拿 USB 闪存盘做交易。但是，毫无觉察的我总是能找到新的方法让我俩都参与到游戏中来——我通过埃迪把钻石卖了，然后我找到了 USB 闪存盘，打算把它也卖了。这一定激怒了他。我干扰了他的计划，他不得不采取行动。

在埋葬他之前，我搜了他的口袋。我想，是在寻找线索，寻找某种东西，任何可以证明这一切只是个巨大的误会的东西。证明他真的爱我的东西。我希望我能找到一些东西，它能够以某种方式表明马克做这一切其实是为了我，为了我们。当然，我没有发现任何这样的东西。但马克身上有两部手机。他的苹果手机和他用来联系帕特里克的新的一次性手机，在这笔交易期间，他用那只手机查看了瑞士账户，他很聪明。他自己的手机处于飞行模式，他一定是在那天晚上给我发过短信之后调成此模式的。毫无疑问，在他来找我之前，在伦敦将飞行模式打开了，这样就没有信号塔会知道他在哪里了。他给我发的最后一条短信也非常聪明地模棱两可，在法庭上都可以根据情况予以推测。"我知道你在哪里。我很快就回来了，亲爱的 ×××。"如果我在去诺福克的路上碰巧因为某种原因失踪了，马克便可能声称自己对此一无所知。他隐藏得很深。

只需对一次性手机上的电子邮件扫上一眼就可以知道，在过去两天里，他一直在曼哈顿找公寓，新房子，为了他的新生活，没有我。

我想知道我做了什么？我到底是什么时候把他从身边推开的？我想知道我怎么会对我们有这么大的误解。对于他。我真的相信他爱我。不仅如此，我还看得到。我发誓我看到了。我知道他爱我。不是吗？

但现在不是时候。我必须解决这个问题，因为如果我现在不快速行动并小心行事的话，事情就会变得越来越糟。我得整理房间。错误可以归结为三点：①缺乏时间。②缺乏初始方案。③缺乏关心。

　　我把满是血迹的床单扒下来浸在水槽里。我把它们放在暖气杆上烘干，并开始漂白面盆和瓷砖。我擦洗了灯座，把它放回床头柜上，它厚实的大理石基座在与帕特里克的头骨发生碰撞后依然完好无损。我把所有的东西都打扫干净，整理好，重新铺好床，然后脱下衣服去洗澡。

　　我让水流过我的前额。伤口抽痛不已。我全身的肌肉都在热水浴下欢呼雀跃，但是我还不能放松。我照着镜子，挑开我那结痂的前额，直到有一滴血珠冒了出来。我确保地板上有水，然后我打碎了浴室门上剩下的最大的碎片。一次令人满意的断裂。

　　我打电话到前台。我的声音在颤抖，我需要帮助。

　　接待员跑过来帮忙。此人与昨天的那个不是同一个人，年纪大些，更友好些。我裹在毛巾里瑟瑟发抖。我解释说，我刚洗完澡，滑倒在湿漉漉的地板上，撞到了门玻璃上。我的前额血流如注，鲜红的血流到了脸上和发际线中。

　　她表示道歉。她为我感到震惊，地砖本不应该那么滑。她怎么道歉都觉得不够，她表示要退款。

　　我说没关系。我很好。就是要重新调整一下。

　　她打电话给她的经理，经理提议让我免费住宿一晚。我谢绝了。他们为我提供了免费的晚餐，在毛巾里瑟瑟发抖的我接受了。我的血糖很低：我需要吃东西。大约一个小时前，我已经把冰箱里的所有饼干都吃光了。我穿好衣服，下到楼下的酒吧餐厅吃饭。

　　破门的问题解决了，食物的问题解决了，我的伤口得到了包扎。

接待员坚持要帮我包扎它。

直到我安全地上了回家的高速公路，我才在一个服务站停下来，用公用电话给埃迪回了电话。

"事情解决了。谢谢你！谢谢你帮我。我真的很感激。"我觉得同埃迪很亲近。我们共同经历了一些事情。

"不客气，亲爱的。乐意帮忙。只是，你知道，不要养成这样的习惯。"他对着听筒轻轻地哼了一声。

我默默地笑了。我绝对不会养成这样的习惯。"不会的。"我温柔地承诺。

没有办法确切地告诉他他帮了我多大的忙，我欠他多少情。然而，他似乎通过电话线找到了答案。

"听着，亲爱的，我没有告诉你任何你自己做不到的事情。你只是受到了震惊。我记得我的第一次。那种感觉。震惊确实会，是的，会对大脑产生一些有趣的影响，但你现在没事了吧？"他又变得生硬了，回到了现实中。多愁善感的话说得够多的了。

"是的，我好些了。我只想问你最后一件事，埃迪。要等多久才能报告有人失踪了？"

电话那头一片寂静。我几乎能听到他眨眼的声音。

"你不用。"他简单地说。

"可是，如果你非做不可呢？"我坚持。

我听到他恍然大悟的声音。

"好吧，好吧。"他说，然后开始跟我详细解释。

**

我一回到家就给马克的苹果手机打电话。当然，它会直接转到语音信箱，埋在诺福克森林里三英尺深的土下。我清了清嗓子。

"嗨，亲爱的，我刚到家。只是想知道你在哪里。希望纽约很棒。我刚从诺福克回来，想知道你在哪里？如果你想让我留点晚餐，就请告诉我。再见。爱你。"我发出亲吻的声音，然后挂断了电话。

第一阶段：完成。

第二阶段：把我的房子收拾好。我把留在楼梯上的便条放在壁炉里烧掉了。我从来没去过卡罗家。我会告诉警察我在诺福克，趁马克出差时小小地休息了一下。我打扫我们的家。我把离开之前因为找USB闪存盘而弄得一团糟的一切都收拾好了。

最后，当干完那一切之后，我疲惫地坐在空荡荡的房子里的沙发上，盯着墙壁——它被漆成约克石白色，我们共同选择的颜色。

39

10月2日，星期日

失踪者

第二天早上，我醒得很早。我睡得很沉，现在我身体的每一块肌肉都在疼痛，因为数小时的紧张和劳累而被撕裂和重创。我起身给自己做了一份热巧克力，我需要糖，我需要温暖。

7点5分，我又打了马克的手机。

"马克，我是艾琳。我不知道发生了什么事。我现在有点担心，所以请你打电话给我好吗？"我挂上了电话。

我去客厅生了火。我今天要待在家里。一整天。

我查了一下瑞士账户，两百万欧元是昨天早上进账的。他一定计划在交接后把钱全都转到他的新账户上。但我确实注意到，共同账户中少了大约八十万英镑。我在马克的储蓄账户里没有找到，我在他的活期存款中没有找到。它一定已经在他的瑞士账户里了，在某个地方，天知道在哪里。现在没有办法知道。但就我当前的目的来说，这样更好。

现在我回想起来，一切都恰到好处。马克的故事将前后照应，天衣无缝。

马克一直在四处打听，为了一位想要转移钻石的客户，一位需要帮助处理某些资产的客户。这在将来会看起来很可疑。它将确实可疑。这种情况很理想。我丈夫插手了不该插手的事，然后跑路了，或者发生了更糟的事情，也许他与坏人打上了交道。我们永远不会知道。他们，也就是警察，会进行调查，但他们将什么也查不到。

纪录片制作有三个阶段，它们是：研究和准备，耐心地等待叙事的展开，最后，也可以说是最重要的，编辑镜头素材，创造清晰流畅且引人注目的叙事。我知道生活不是纪录片——但如果这个过程是有效的，那为什么不利用它呢？相信我，这个故事不是我想讲的故事，但我就在这里：这是我不得不应对的事情，这是我选择的叙事。我相信警察也将创造这样的叙事。

在他的网上银行账户上，我看到他从纽约回来后从我家附近的取款机上取出了三百英镑，这是你能取的最大现金额。我猜他是叫了一辆出租车，一路开到诺福克——他知道我在哪里，因为我的手机，或者因为帕特里克。帕特里克在跟踪我：他跟着我到了诺福克。即使没有打开"查找我的手机"应用程序，马克也会知道我在那里。

帕特里克有点让我无法理解。我不确定是谁杀了他。马克还是那个高个子男人。也许马克在帕特里克袭击我之后在诺福克见到了帕特里克，从他那里拿走了我的背包、电话和枪，然后割开了帕特里克的喉咙？我在尸体附近的树叶里发现了那把刀，并把它同他们一道埋了。也许马克不想冒有人要分享他的收获这一风险？或者，也许是那个高个子杀了他？也许帕特里克听到了枪声，跑过来查看情况，迎面碰上了正在离开的那个人。也许是由于离路太近而无法开枪，那个人割断了帕特里克的喉咙，让他倒在树叶上流血至死。

不管怎样，帕特里克都是我嫁给了什么样的男人的有力证据。我不敢相信马克的所作所为：让人跟踪我，恐吓我，让我怀疑自己。雇帕特里克来攻击和抢劫我。而现在，他俩都死了。

我一直想弄清楚我们之间发生变化的确切时刻。但也许马克从来都不相信我。可笑的是：我越是质疑他背叛我的理由，他的故事就越清晰。令我震惊的是，我没有预见到这一切的到来。我怎么会没有注意到呢？但我曾那么地幸福，我曾那么地爱他。

我在收拾屋子的时候，不停地回想两个月前的一场争吵，那是在我们试吃过婚礼餐食之后，那是我们吵得最凶的一次。我试图忘记那次争吵，忘记他那天说的话。我差点做到了。当时我把它归咎于压力，归咎于他失业后的恐惧。但现在我想知道，那是否正是这一切的开端。

我记得我不知道该怎么办。那天一切都不对劲。我完全无力去修复它。

我记得他对我大喊大叫——我的心在胸口跳了一下。我记得自己当时在想：马克走了，就是那么回事，站在我的客厅里的是另一个人。我呼吸急促，我还记得那种强烈的孤独感，彻底地孤独。我告诉自己不要哭，要坚强。那不是他的错。可能是我的错。但我记得眼底泪水的尖锐刺痛。然后他像个陌生人一样看着我，慢慢地转过身去。

"我真不敢相信你刚刚说了那样的话，马克。"我说。

但现在，当然，这完全说得通。

没有什么能把马克与诺福克联系起来。祝警察好运，他们会一直试图追查带马克一路前往诺福克的出租车司机，特别是当他们不知道他甚至在某个地方搭乘了出租车的时候。据他们所知，马克在希思罗机场下了飞机，乘出租车回家，然后从提款机取了钱就消失了。他从来没有给我打过电话，他从未见过我。

而当这一切发生的时候，我正在诺福克。我有信用卡收据。证人。酒店接待员甚至可以为我的头部伤口、在浴室里的滑倒做担保。我是安全的。

我把笔记本电脑上所有我想保留的文件都备份到了一个硬盘上。埃迪派人来擦除了我电脑里的内容，午饭后又重装了一遍。

我取消了行将发生的从瑞士账户向我的账户的打款。我会远离它，直到一切完结。

那天在打过第一个电话的一个半小时后，我又给马克打了一次电话。

"马克，你在哪里？请打电话给我。我查过你的航班了，没有任何延误。亲爱的，你错过航班了吗？我真的越来越担心了，你能打电话给我吗？我现在要打电话给航空公司查一下。"我挂了电话。我给英航打电话。当然，他们确认他搭乘了那个航班。

那么，马克在哪里？

我打电话给马克的父母。第一次打时，当他妈妈接了电话后，我不得不挂了电话，跑到厕所翻肠倒肚地吐了一番。第二次的时候，我成功地控制住了自己。

"嗨，苏珊。是的，是我。嗨，嗨。嗯，奇怪的问题，苏珊，你有马克的消息吗？"

我向她解释说，他去纽约出差，他可以肯定上了回家的航班，但他今天没有出现。她听起来有点儿担心，但向我保证他会出现的。他可能丢了手机，或者他有工作要做。这提醒了我。

我打电话给赫克托尔。他和马克在一起的时间是那么长，所以接下来向他打听似乎很合时宜。

赫克托尔也没有他的消息。

"那么，你最后一次见到他是在周末吗？"我问。

电话那头一阵沉默。然后，赫克托尔说了些我完全没想到的话。

"艾琳，自从你的婚礼之后我就没见过马克了。"他听起来很困惑。自从诺福克事件发生以来，这是我第一次真正感到惊讶。

马克说他要去见赫克托尔的那些天，他到底他妈的去了哪里？同帕特里克联系？安排他在纽约的新生活？

"他没给你打电话谈工作的事吗？"我问。

"嗯，没有，没有。他找到新工作了吗？"他问道，为话题的明显转变感到高兴。也许他在怀疑马克出轨了，因而利用他作为借口。谁知道呢？但很明显，马克没有与他商谈工作的事。很好。我可以利用它。我继续行动。

最后一个电话。

"马克。我不知道你是否在听，但没人知道你在哪里。我刚和赫克托尔谈过，他说自从婚礼后就没见过你。他对新业务一无所知。这他妈的到底是怎么回事？我需要你打电话给我，求你了。我要疯了。打电话给我。"我挂了电话。路已铺好。我丈夫跑了。

明天早上我要给警察打电话。

40

10月3日，星期一

空

　　打完电话后，我静静地坐着，空荡荡的房子像个壳子似的罩在我的周围。警察说，他们将在约一个小时后到达这里。除了等待，我别无他法。

　　我想他。大脑的运行方式很有趣，不是吗？我想他想得感觉到了疼。

　　很疼，而我真的不明白。我不明白发生了什么事。我想你永远不会真正了解一个人，是吗？

　　事情是从什么时候改变的？是从他失业的那天起改变的吗？还是一直都是如此？

　　你不可能知道，我们曾是很好的一对，结果不知怎的遭到了破坏，还是我们是很坏的一对，结果最终暴露了出来。但不管怎样，现在只要我能回到过去，我一定会的，我会毫不犹豫地回去。如果我能最后一次躺在他的臂弯里，我就会怀着幻想度过余生。如果我能，我会的。

我不知道我为什么要去够电话，这不是计划的一部分，我只是想和他谈谈，最后一次，而这不可能造成伤害。我拨通了马克的手机号码，当电话在接通中时，有那么一瞬间，我有些喘不过气来，我觉得他会接电话，他还活着，之前发生的一切只是种恶作剧。他会向我解释一切，然后回家来见我，我会再次把他抱在怀里。但当然，那不是他，他没活着，那不是恶作剧，他也不会回到我身边——那只是他的语音留言。他低沉清晰的声音：全世界我最喜欢的声音。当那声音响起时，我几乎说不出话来。

"马克？"我的声音沙哑而粗重，"我太想你了。我只希望你能回家。马克，请回家吧。求你了，求你了，求你了。我不知道为什么会这样，为什么你要离开我。但是我很抱歉。我很抱歉，如果我对你不好，如果我做错了事……说错了话。我很抱歉。但我爱你胜过你所知道的一切。我永远都会爱你。"我放下电话，在空荡荡的房子里长时间地低声哭泣。

我昨晚在床上同一个我不相信的上帝做了很多交易。我会把所有的钱都原封不动地还回去。让一切都恢复原样。

在警察到来之前，我从头到尾仔细地看了我们的相册。去年，在我们订婚之后的圣诞节，我们共同将照片放置在一起。为了我们未来的孩子：小时候的爸爸妈妈。

如此多的回忆。火光映照下的他的脸庞、他身后模糊的圣诞灯光、烟味、加香料的热葡萄酒、松树、滑过他的厚毛衣的我的手指。我脸颊上的他的头发、他的气味，很近。他的重量、他的吻、他的爱。

这难道不是真的？其中的任何一样？那感觉像真的一样。那感觉是如此的真实。

那是我一生中最美好的时光，同他在一起的每一天。

在我心里，我相信那是真的。他害怕失败。他有缺点。我知道。我也有缺点。我要是能救他就好了。我要是能救我们就好了。他失业了。情况就是这样，真的。但我知道这对一些男人而言意味着什么。有人在金融危机后死掉了。一些人跳了楼，一些人吃了药或酗了酒。马克幸存了下来。他比他的一些朋友多活了八年。

他知道他不能回到从前，他不想重新开始。他不想变得不如以前。他吓坏了：我现在明白了这一点，他害怕回到过去，回到东来丁，回到底层，回到他开始的地方。恐惧具有腐蚀性。

我要是过去能明白这一点就好了。我要是能把它修复好就好了。

但事已至此。他走了。我孤身一人。我想我不会再试了。我想我做不到。我会爱着马克，直到我生命的最后一天。不管我们是不是真的，我爱他。

妈的，我想他。

当警察来的时候，我一片混乱。